Bivouac

DE LA MÊME AUTRICE

Encabanée, *Le mot et le reste, 2021 ; Folio, 2022*
Sauvagines, *Stock, 2022 ; Folio, 2023*

Gabrielle Filteau-Chiba

Bivouac

roman

Stock

Cartes et dessins : © Gabrielle Filteau-Chiba
Couverture : © Raphaëlle Faguer
Photos de la couverture : Chloe Edwards,
Millennium Images, UK/Bharat Kumar B, Shutterstock

ISBN : 978-2-234-09293-8

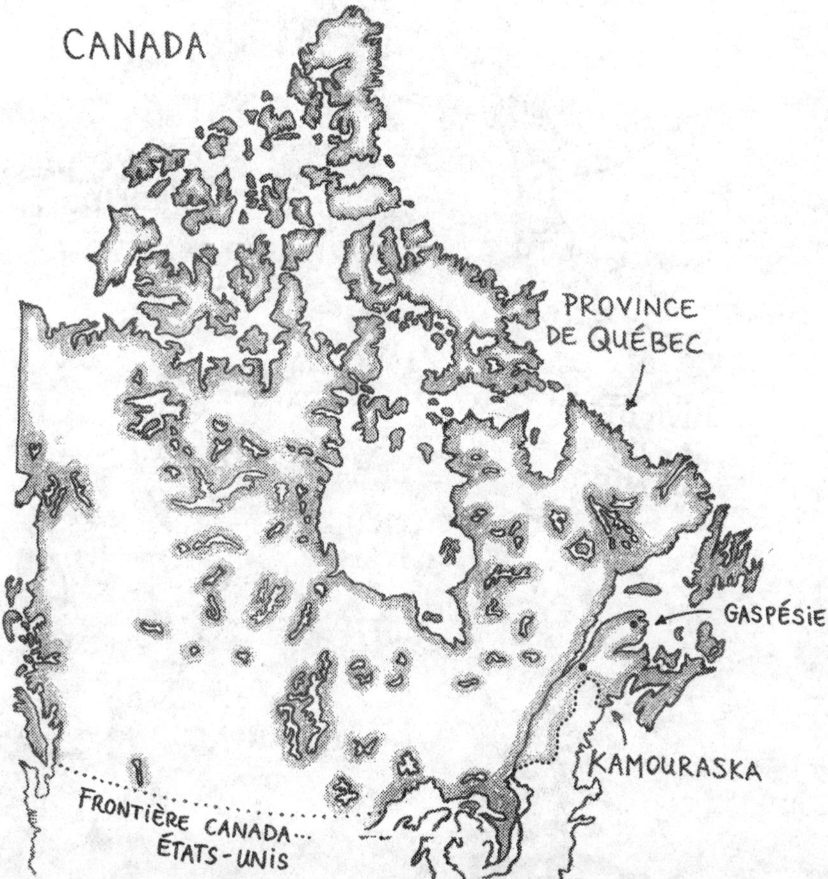
CANADA
PROVINCE
DE QUÉBEC
GASPÉSIE
KAMOURASKA
FRONTIÈRE CANADA…
ÉTATS-UNIS

CHALET
DE LIONEL
RIVIÈRE
AUX PERLES
RIV
AMOU
RANG DES
HIRONDELLES
RIVIÈRE
SAINT-
DENIS
VILLAGE DE
SAINT-BRUNO
ROUTE
287
ROULOTT
DE RAP
LE BIVOUAC
GROS
PIN
FRONTIÈRE
CANADA
É.-U.

SKA
FLEUVE SAINT-LAURENT 16 KM
GASPÉSIE →
CABANE D'ANOUK
HAUT-PAYS DE KAMOURASKA
RIVIÈRE MANIE
RIVIÈRE DU LOUP
POURVOIRIE DES TROIS LACS
N
O
E
S

À Marie-Pierre Barathon,
de mes paumes jusqu'à ta constellation,
je te remercie pour l'orange des aubes
et ce bâton de parole à brandir
avec le pouvoir de l'intention.

Nous ne défendons pas la Nature. Nous sommes la Nature qui se défend.

– Leitmotiv écologiste rendu célèbre par la Resistencia Indígena (traduction libre)

Bivouac : n. m. du suisse allemand *Biwacht*, « garde supplémentaire de nuit », installation provisoire en plein air de troupes en campagne.

PREMIÈRE PARTIE

Vers Allagash

Chapitre 1
Toucher du bois

Riopelle

À voir valser les conifères, à entendre grincer leurs troncs, je ne donnerais pas cher de ma peau. Tout ce qui compte dans l'instant présent : remuer les orteils, déglacer mes doigts, gagner du terrain plus vite que le froid.

Je suis seul. Je ne peux plus compter sur ma meute pour m'éclairer, débattre du chemin le plus sûr et des routes passantes à esquiver, à savoir si le rang du Nord me mènera paradoxalement plus vite à la frontière sud. Pas question que je sorte mon GPS tout de suite. La batterie ne fera pas long feu par un temps pareil. De toute façon, je n'arriverais pas à pitonner[1] tant mes doigts et l'écran risquent de figer.

---

1. Un glossaire en fin d'ouvrage recense les mots ou expressions québécois qui pourraient paraître obscurs aux lecteurs français.

Je vais de banc de neige en banc de neige, aveuglé par la poudrerie, un pas à la fois. La gifle du vent me fait contracter tous mes muscles, traverse ma capuche et ma tuque. J'entends des sifflements fantomatiques, qui hèlent sans jamais reprendre leur souffle, eux. J'aurais dû donner une autre chance au char. J'aurais dû.

Je revois mon père, qui donnait une volée aux appareils au fonctionnement intermittent, pour les relancer. Des fois, ça marchait. D'autres fois, il se défonçait les jointures en vain. Je me rappelle ses colères, le rose à ses joues, son torse bombé. C'est bien trop vrai, j'ai hérité de son agressivité quand les objets me chient dans les mains. Il y a aussi beaucoup de monde que je rêve de secouer en l'air. *Mais la violence n'éveille pas les consciences*, dirait m'man, à son époque bouddhiste. Je l'entends presque me susurrer : *Anitya, tout est éphémère, mon garçon*. Oui, tel le fourmillement des membres avant leur congélation.

C'est mauvais signe, ces apparitions du passé. Je reste imprégné des images qui me viennent, un continuum de guides qui m'aide à persévérer, tandis que je pose machinalement un pied devant l'autre, maintenant la marche ininterrompue vers l'avant. Ma barbe est incrustée de glaçons, qui rejoignent ceux de mon cache-cou en polair. Les étoiles scintillent comme mille milliards de diamants coupants. Mon souffle, qui n'est plus qu'un sifflement, me fait mal. Malgré mes pelures, je sens maintenant la morsure du froid gagner mes os.

Je divague. Un arbre me parle. Je pique vers lui, un hêtre de mon âge, pour flatter son écorce lisse. Toucher du bois. Mes bras sont raides comme des bâtons de ski. Je fais une prière tacite. *Forêt, aide-moi.*

Je marche longtemps encore, assez pour comprendre que la radio ne mentait pas et que la météo apocalyptique rend périlleuse toute tentative de survie à découvert. Je pense à Saint-Exupéry, écrasé en plein Sahara libyen, à ce que je n'ai pas compris du Petit Prince. Je songe aux coureurs des bois égarés du temps de la colonie, à ce vieux pêcheur errant en mer d'Hemingway. Tous allés trop loin. Est-ce la morale de ces histoires, dont j'ai oublié la fin ? Jeu d'esprit. À savoir si on se déshydrate plus vite dans le désert, brûlé de soleil en plein océan ou exposé au froid sur ce rang anonyme ? Mon esprit roule sur la jante, des routes qui ne débouchent sur rien aux banquises qui fondent, jusqu'aux neiges des sommets qui ne sont plus éternelles, en passant par tous ces espaces sauvages devenus hostiles, même pour les espèces qui s'y étaient adaptées au fil de mutations millénaires.

Je suis le plus mésadapté d'entre tous. Mammifère sans fourrure véritable.

J'avance longtemps, longtemps encore, en me parlant, habité par les quêtes d'hommes éprouvés par le climat, toutes époques confondues. Progresser par un temps pareil relève de la pure folie. Mais on m'a entraîné pour ce genre d'épreuves. Je n'ose pas enlever mes gants, même pour constater la gravité de mes engelures. Faut atteindre le point de rendez-vous, et vite. Je pense à Marius et aux autres. Je me demande s'ils ont tous réussi à s'échapper. S'ils sont déjà aux États-Unis, si les faux passeports ont passé aux douanes, s'ils sont menottés au fond d'un char de police ou dans une cellule des Services secrets. Si on les a laissés appeler notre avocate ou croupir dans une autopatrouille des heures et des heures sans chauffage, tous droits bafoués, jusqu'à une salle d'interrogatoire dont ils ne sortiront peut-être jamais.

Nous sommes autodidactes. Vandaliser des installations pétrolières, saboter de futures stations de pompage, forcer l'arrêt de trains charriant du pétrole lourd de l'Alberta, c'est devenu notre métier par la force des choses. Cette fois, urgence climatique oblige, il a fallu aller plus loin. Cet énième béluga échoué sur la rive de Trois-Pistoles nous a inspiré un coup de théâtre. Nous avons récupéré l'animal dans un linceul de toile bleue et l'avons transporté dans un garage, à l'abri des regards. Il fut décidé que, comme tous les bons petits écoliers, il irait faire une visite du Parlement.

Arielle a-t-elle réussi notre pari d'étendre la baleine morte sur une mare de mélasse, en plein centre de la place publique ? Ou s'est-elle heurtée aux gardes de sécurité, alertés par les caméras ? La tempête paralysante a-t-elle joué en sa faveur, toutes les forces de l'ordre étant mobilisées pour sécuriser les stations-service et aider les civils enlisés ? Le parvis de notre pétro-État était-il désert à l'aurore, puis noir de monde et de médias à midi ? Qui de mes frères et sœurs d'armes verra sa véritable identité percée et se retrouvera bientôt derrière les barreaux ? Comment les médias traiteront-ils la nouvelle, s'ils la couvrent ?

L'opération Baleine noire maintenant terminée, nos liens sont dissous. Et moi, il me faut faire mon bout de chemin sans réponses, tant que je n'aurai pas accès à un ordinateur crypté, en lieu sûr. Si, seulement si je parviens au point de rendez-vous.

Soudain, mon esprit cesse brutalement d'errer. À mon horreur, le froid mordant fait place à une sensation de picotement diffus, puis de chaleur douce – mauvais signe, mes engelures gagnent la manche. Je ne sens plus mes doigts mes mains mes orteils mes talons mes oreilles mon front mon nez. Je force le pas, comme un bison à bout de courage, m'accrochant à l'instinct de survie, tout en ruminant mes fautes. Et tout à coup, je me rappelle l'essentiel : les bandelettes autochauffantes, la boisson énergisante, l'huile de CBD, le contenu de la trousse et le protocole pour le rationner.

Sous le vent, je m'assois en boule et déchire les sachets un à un. Bientôt, mes mitaines seront cuisantes, j'avancerai boosté de guarana sans plus sentir la cristallisation de mes extrémités. Mes idées se placent, j'ai malgré tout franchi une bonne distance, la joie revient.

Sous la Voie lactée de mes sept ans, je rêvais de fusées interstellaires. Couché sur le dos, les mains derrière la tête, je perdais la notion du temps, perché dans ma cachette dans les arbres. *J'veux jouer encore un peu dehors, maman, y a même pas de mouches !* Mon père m'avait construit cette cache, c'était à mes yeux l'ultime preuve de son amour. Elle était interdite aux adultes et aux filles. J'y ai lu tant de BD, joué au pirate avec un trésor constitué de pépites de pyrite de fer. J'y ai caché toutes mes trouvailles : mues de grillon, cailloux brillants, plumes de geai bleu, onces[1] de pot, capotes. Plus tard, j'ai tapissé mes murs d'articles et de portraits de Julia Butterfly Hill, perchée comme moi mais durant sept cent trente-huit jours pour sauver Luna, un séquoia millénaire, des coupes forestières. C'est là-haut que j'ai appris la honte d'être humain, coupable par association de la destruction de la vie sauvage. L'été de mes douze ans, ma cour arrière, un boisé d'arbres matures, a été rasée à blanc. Désormais, de ma cache, j'avais vue sur une faille dans le décor, une tranchée pour gazoduc. J'arrivais pas à m'y faire. *Mets-toi des œillères, mon petit homme*, disait p'pa. J'y suis jamais parvenu. Après tout, s'il y avait une Julia Butterfly Hill en Californie, il y avait de l'espoir. J'ai trouvé des têtus comme moi, d'abord chez les scouts, puis à l'exposciences, et enfin au cégep, en parcourant les babillards. On voulait se battre pour tous ceux qui nous conseillaient de détourner le regard de ce qui dérange, riant de nos idéaux soi-disant incompatibles avec la sacro-sainte croissance économique. Nous étions convaincus qu'il suffisait d'une étincelle pour les réveiller.

C'est plus dur que ça, finalement.

---

1. Une once équivaut à 28 g environ.

Notre Terre est en feu, mais ça leur importe moins que la fructification de leur pension. Les dérèglements climatiques engendrent des tempêtes monstres, comme cette vague de froid qui me scie les bras. L'écolo en moi me pousse à croire que je n'ai pas fini de servir la cause, que je dois continuer de marcher, qu'il faut que je m'en sorte, quitte à perdre quelques doigts. L'autre voix de ma conscience fait contrepoids, soufflant à mon oreille : *T'es pas fatigué de te battre, de te mettre tout le monde à dos, de porter tout ce poids sur tes épaules ?* On en a vu d'autres, hein, Cowboy ? On n'est pas faits en chocolat.

Bientôt, il fera noir comme dans le cul d'un ours. La fatigue telle une chape de plomb de plus en plus lourde sur mes épaules, je combats l'envie de me coucher par terre. Qu'il serait bon de me laisser aller dans la neige et le sommeil rien qu'un peu.

J'allume mon GPS. C'est là ou c'est jamais. *Bip bip bip.* Mes coordonnées. Bingo. Le point de rendez-vous, par là. La pile chargée à 97 %. J'arrête de mourir. Je vais pouvoir me sortir vivant du bois.

Déesse soit louée.

Chapitre 2

Sacrer le camp

Riopelle

L'aurore. J'y suis presque. Tous ces kilomètres franchis dans le noir, et cet espoir lumineux au loin. Marche vers le soleil, Riopelle, et tout ira. Je pique plus à l'est sur un sentier tapé par motoneiges et orignaux. Pas un instant cette nuit je n'ai pensé aux bêtes, au risque qu'elles remontent ma trace. Les ours noirs sont au chaud, lovés les uns contre les autres. Les cougars ne courent plus les rues depuis des lunes. J'ai plus peur de la bêtise humaine que d'être pris en chasse.

Comme Arielle, qui préfère les mammifères marins à ses pairs humains. Qui traînait deux poings américains dans ses poches pour se redonner du courage quand elle marchait seule, à Seattle, tard le soir. Qui a choisi la double mastectomie préventive pour ne pas subir le même sort que sa mère, morte au lendemain de sa retraite. Mais même avec la tête rasée, même sans poitrine, sa force de guerrière irradiait. Emplissait la pièce. Je la revois à bord du pick-up, il y a quelques jours, le béluga couché dans la remorque. Elle était la reine de notre jeu d'échecs, et elle avait foncé avec la détermination de ceux qui n'ont plus rien à perdre.

Je ferme les yeux un instant, imaginant mon char, très loin là-bas, blanc sur blanc. Flash foudroyant, frôlant la prémonition : mon imminente arrestation, mes doigts qu'on appuie dans l'encre noire, mon identité à jamais fichée, quand ils compareront mes empreintes à celles trouvées dans l'auto abandonnée, le jour du déraillement. Je prie pour que la tempête avale le char. Mère Nature, efface mes traces.

Je gobe encore quelques gouttes de CBD, m'accordant une pause GPS pour me recentrer. Soulagement quasi instantané. Je souris, apaisé par les couleurs, le violet des nuages, les rayons qui caressent l'horizon hérissé de conifères.

Je lève les yeux au ciel, je suis toujours libre comme l'air, je n'entends même plus d'hélicoptères. J'en souhaite autant à mes amis, où qu'ils soient.

Je n'en saurai rien. J'avance tête baissée, la mort dans l'âme.

Un mort. Le pire de tous les scénarios auxquels nous nous étions préparés. Le conducteur de locomotive n'a pas dû voir, non, les pancartes d'arrêt-stop fixées des kilomètres plus avant, doit avoir foncé de plein fouet sur les troncs d'arbres entravant les rails. Nous avions pourtant calculé et recalculé la vitesse du train et son délai de freinage, pour que les cargos de bitume aient le temps de s'immobiliser avant d'atteindre Saint-Pascal. Pourquoi, mais pourquoi le chauffeur n'a pas freiné ? À la radio, pas question d'autres victimes ni de déversement de pétrole lourd, ce n'est donc pas le pire du pire. Mais un innocent a perdu la vie par notre faute, par ma faute. Les médias et le politique récupéreront la nouvelle, nous démoniseront. Ils auront enfin de quoi semer la terreur. Et matière à entacher toute l'opération Baleine noire.

Et moi, hein ? Simple pion, je serai à jamais complice et responsable de la mort d'un homme. J'essaie de me souvenir des paroles de Marius. De la mission, de nos commandements, des risques inhérents à chaque opération d'envergure. Ses mots comme des bouées, sa voix de bateau-phare. Mais le maudit petit démon sur mon épaule me chuchote méchamment : *L'enfer est pavé de bonnes intentions.* Je le chasse en même temps que les branches qui me griffent au passage. Mieux vaut focaliser mon attention sur les paroles de mon mentor, sur les derniers kilomètres à franchir, repérer les drapeaux noués aux arbres.

Un tissu social, disait Marius. *Quand vous vous sentez au bord du gouffre, rappelez-vous qu'il suffit d'un appel pour rameuter des gens qui sont prêts à tout pour vous aider. Pour eux et elles, vous êtes des héros.*

Même maintenant, considérant les derniers événements ? J'imagine tous ces liens comme les câbles d'un grand filet, et moi, avançant tel un funambule en sécurité au-dessus du grand vide. Il faut avoir confiance en leur bienveillance, en leur total dévouement. Ces gens, au sacrifice de leur vie de citoyens irréprochables, nous offriront s'il le faut un *lift*, des vivres, un véhicule accidenté remonté en douce, des cartes d'appel prépayées, les clés de maisons vides, un lit chaud, de l'amour libre, des vêtements propres.

Un foutu bon tissu social.

J'extirpe ma boussole de ma poche intérieure. Plein sud astheure. J'ai du frimas aux cils. Je m'enfonce creux malgré les raquettes, mais le moral va mieux. Je rallume mon GPS et insère une carte SIM neuve dans le BlackBerry. *Bip bip bip.* Bien, les piles coopèrent. Je tire de ma mémoire des séries de sept chiffres, envoie un premier texto codé à mes contacts mémorisés. La ligne du Maine est droit devant, plus qu'à un kilomètre. Un sympathisant près de son téléphone viendra me rejoindre de l'autre bord sans tarder, le char plein d'essence et de couvertures. J'ai confiance.

Le Maine... Je l'ai visité, enfant, avec mes parents. J'ai des photos dans une boîte à chaussures et des souvenirs de sable dans mes oreilles, de pare-soleil jaune-rouge-bleu, de visages hâlés. Ma mère si jeune dans son tricot corail, l'afro de mon père dansant en l'air à chaque foulée lors de son jogging matinal. Toutes ces plages plongées dans le sépia et le beige.

Le Maine que je m'apprête à découvrir à froid me semble bien différent de l'image que j'en garde.

Je progresse sous une forêt mixte, enneigée, les vallons galopants font place aux pentes douces des Appalaches. Depuis les dernières gouttes de CBD, je ne sens plus le froid. Je me laisse émerveiller par le paysage. Je n'ai plus l'impression de courir comme un lièvre. J'avance, vigilant. Je mange de la neige, laisse le soleil me brûler les lèvres, cède à une envie folle d'uriner. Pas évident de se déshabiller avec les doigts pris en serre d'aigle… En pissant mon trou dans la croûte polaire, une odeur féline me monte au nez. Me reviennent les instants de pur bonheur passés dans la cabane de l'ermite, comme arrachés à la réalité.

Si je me tire vivant d'ici, si un jour je reviens dans ces bois, j'ose espérer qu'on se reverra.

Chapitre 3

Passer les lignes

Riopelle

Je sais maintenant que je suis de l'autre bord. Quand j'ai vu la lisière sans arbres, cette voie libre de trente pieds parfaitement droite, j'ai su. Au cas où il y aurait des caméras dissimulées ou une quelconque surveillance aérienne, j'ai rabattu ma tuque par-dessus mes sourcils, remonté mon cache-cou jusqu'à mes yeux et foncé comme le dernier des chevaux sauvages. Mon cœur voulait me surgir du torse.

Une fois de l'autre côté de la frontière canado-américaine, au lieu de lâcher un cri, je m'accroupis, sur mes gardes. Et si des chiens pisteurs étaient déjà à mes trousses ? Mais non, Rio, ce seraient plutôt des drones. Je me risque quand même à ressortir mes appareils. Les écrans se fixent. *Bip bip,* le GPS me renvoie enfin mes coordonnées.

Vaut mieux profiter du réseau pour informer sans tarder mes contacts de mon emplacement exact. Je remplace ma carte SIM par une nouvelle, rallume le cellulaire, en priant pour que la batterie ait tenu le coup. Déesse soit louée ! J'envoie un signal à mes contacts. Puis je retire la carte, que je jetterai dans une poubelle tantôt. Difficile de détruire les traces numériques sans produire de déchets, malheureusement.

En petit bonhomme, je guette un temps, entre les arbres, les brèches dans le chemin, cherchant par où passer pour approcher la route sans attirer l'attention. La carte à l'écran du GPS m'indique la présence d'un ruisseau non loin. Je décide de longer la route. J'en crois pas mes yeux : il y a là un écriteau – le tout premier que je croise, en sol américain – en français :

Pont du ruisseau à l'eau claire

Suis-je vraiment aux États-Unis ? Est-ce que ça peut être le ruisseau Dead Brook que me montre mon GPS ? La pile faiblit à vue d'œil. C'est sensible au froid, ces bibittes-là. Vite, décide-toi. Par là, j'aboucherais sur une route : Irving Rd, qui serpente sur des kilomètres et des kilomètres vers rien. Je le sens pas. Ou par ici, je pourrais reprendre le bois et longer la voie déneigée. En même temps, faut pas trop que je m'éloigne, mon *lift* est censé être en route. Censé… Non, confiance !

J'opte pour le bord de route et me cache derrière un tronc. Accès de frissons. J'engloutis la moitié de mes raisins secs et cacahuètes salées en répétant mon mantra – *J'ai froid, un peu, beaucoup, passionnément, à la folie, pas du tout* – en boucle, pendant d'éternelles minutes.

*

Char en vue ! Freinant doucement, la musique dans le tapis, une familiale flanquée de panneaux de bois arrive en klaxonnant trois coups secs, puis trois encore. *Pout pout pouuut, pout pout pouuut.* On dirait le refrain de *Vive le vent, vive le vent.* Puis j'aperçois la conductrice, qui baisse la vitre pour me faire un signe de *peace*.

Je me précipite vers la route, oubliant que j'ai des raquettes aux pieds. Je déboule la pente, les mains accrochées à mon sac à dos, perdant presque mes babiches, jusqu'à plonger le plus gauchement du monde à l'intérieur du véhicule. Là, je me laisse aller. Chaleur utérine. Soulagement immense. J'ai envie de pleurer.

– *Hello, mountaineer.*

– *Hi. Thanks for coming so fast !* J'avais tellement froid !

L'Américaine venue à mon secours porte des verres fumés surdimensionnés. Elle me sourit de ses lèvres généreuses, peintes en rouge. Sa dentition est presque parfaite, à l'exception de la canine de droite, cassée en deux.

– OK, on dégage. Moi c'est Catwoman, en passant.

Et c'est vrai qu'elle a ce quelque chose de la femme-chat dans *Batman*. D'abord, son imperméable noir laqué, tout capitonné de pics chromés, puis son capuchon en peluche léopard avec oreilles de chat. Et surtout, son sex-appeal très assumé.

J'abandonne tout mon passé derrière et fais peau neuve. Jamais trop de précautions.

– Enchanté, Catwoman.

– *Just call me Cat !* Toi, t'es qui ?

– Robin.

– *Robin, of course.* Ça me fait plaisir de te rencontrer.

Plaisir. Est-ce que c'est la chaleur de l'habitacle qui m'étourdit et me donne un flash de la bonne samaritaine, encabanée loin derrière, sa courtepointe, sa peau de pêche, ses cheveux fous sur l'oreiller ?

Catwoman enfonce la pédale, file les kilomètres jusqu'à la pancarte d'accueil d'un tout petit village, dont la calligraphie dorée est couronnée d'un orignal, au pied d'une chaîne de montagnes.

Welcome to Allagash

Chapitre 4

Écowarrior

Robin

Je me réveille quand Catwoman bifurque sur un chemin privé, qui débouche sur un imposant bâtiment d'accueil en bois rond. Elle me fait sursauter en enfonçant le klaxon, reproduisant le même code sonore que plus tôt.

Quelqu'un à l'intérieur éteint puis rallume les lanternes de part et d'autre de la porte d'entrée.

– *All clear*, me chuchote-t-elle.

La voie est libre. Pas d'embrouilles jusqu'ici. Je n'y crois presque pas. Je suis à Allagash, Maine, aux portes d'une pourvoirie. J'étudie les lieux à travers le pare-brise givré. Dans un banc de neige, à droite, sont jouquées plusieurs paires de raquettes et de skis de fond. Je remarque à l'orée du bois un panneau indiquant les longueurs, en milles, des sentiers qui sillonnent le domaine : on se croirait devant un véritable gîte touristique. Trois bouleaux blancs centenaires traversent la galerie et la toiture. J'aime aussitôt cette construction, où les arbres font office de piliers, ce lieu reculé tout de bois massif, datant du temps où il y avait encore des feuillus et des conifères géants partout.

J'allais sortir. Cat m'attrape le bras. D'accord, je dois rester encore un peu à bord. Il y a des choses qu'elle doit me dire… dont certaines règles de base à respecter une fois qu'on sera rendus à l'intérieur. Mais je les connais déjà, ces étapes du renoncement à l'identité. Ces règles me font l'étrange effet d'un déjà-vu :

Ne jamais révéler son vrai nom, ni de renseignements personnels sur son passé, sa famille et ses anciennes relations. C'est beau. Riopelle de Cacouna s'est rasé et réincarné en Robin des bois. J'avais triché à ce niveau-là avec Arielle, qui aimait jouer dangereusement. À vrai dire, on brûlait tous de connaître l'élément déclencheur qui nous avait poussés chacun et chacune à devenir des hors-la-loi.

En cas d'arrestation, taire toute information qui pourrait servir à faire chanter d'autres détenus. Évidemment, le silence est d'or. Un droit.

Ne pas croire les promesses de remise en liberté des forces de l'ordre. Je fouille ma mémoire, sonde pour voir si je me rappelle encore les numéros des avocats qui couvrent nos arrières. Oui.

Disparaître des réseaux sociaux. Depuis mille ans déjà.

Aucun selfie, cellulaire, ni courriel personnel. Ça me fait justement penser aux cartes SIM que je dois faire disparaître immédiatement. Je sors de ma poche intérieure un restant de joint. Demande des yeux à Cat, qui m'épie, si j'ai le temps, si c'est OK. Pour toute réponse, elle me tend du feu. J'en profite pour faire disparaître les traces de mes appels au fond du cendrier. Note à moi-même de le vider dans un feu de joie dehors, aussitôt que possible.

J'ausculte les écorces des arbres alentour, tandis que Cat me parle des mesures de sécurité en place à la pourvoirie. Je me prête au jeu, la laissant guider la conversation. Pour tout dire, ça fait déjà plusieurs années que je vis ainsi, en homme invisible, mes pièces d'identité m'attendant en sécurité dans un coffre-fort dont je ne connais pas l'emplacement. Marius n'est pas le seul à en avoir la combinaison. S'il lui arrive quelque chose, notre avocate, maître Victoria Shields – elle l'a, elle, le nom de défenderesse, en plus du chien et du flair –, nous sortira du pétrin. C'est elle qui coordonne notre comité juridique.

Sans se réjouir de notre infortune, les juristes se préparent pour nos procès. Marius m'a raconté qu'ils ont hâte de plaider la « défense de nécessité », laquelle n'a jamais encore été accueillie favorablement dans une cause écologiste au Canada. Il s'agit essentiellement de faire reconnaître que l'urgence climatique et l'inaction des gouvernements poussent les uns à la désobéissance civile et d'autres à poser des actes criminels. Maître

Shields devra alors démontrer que, dans cette situation d'extrême nécessité, les accusés auront, certes, dérogé à la loi et violé certaines règles, mais seulement afin d'éviter un mal bien plus grand à la planète et à la société. Nous comptons sur la couverture médiatique des procès pour diffuser largement notre message. Il est fondamental que l'opinion publique soit de notre côté afin de réussir à sensibiliser et à rassembler une masse critique de citoyens autour d'un projet collectif : assoiffer le capitalisme en réduisant notre consommation au maximum et en occupant le territoire convoité par les pétrolières et les forestières. Le but ? Que les gens comprennent la nécessité de militer, de sorte que le politique entende enfin la science, et l'urgence de changer le cap de notre *Titanic*.

Hop, je me tire du véhicule, manquant de tomber tant mes jambes sont fatiguées. Je cogne mes bottes l'une contre l'autre pour déloger les amas de neige. Le manteau en cuir de Cat geint au moindre de ses mouvements. Nos crampons crissent sous notre poids. Le froid est mordant, même une fois à l'abri du vent, sur la véranda. Je passe instinctivement la main pour lisser ma barbe et me bute à un menton piquant. C'est bien vrai. Je suis Robin maintenant, le Canadien errant. Je dois peaufiner mon personnage… et soigner mes engelures au plus sacrant.

J'aime l'entre-deux des missions : l'anonymat, les règles claires, les limites à ne pas franchir, ces codes qui nous protègent les uns des autres, faisant de nous les maillons solides d'une chaîne humaine à toute épreuve.

J'écrase mon mégot. Quelqu'un débarre la porte de l'intérieur. Catwoman et moi franchissons le seuil du bâtiment d'accueil. Je jette un dernier regard sur le stationnement. La pourvoirie semble équipée jusqu'aux dents : véhicules tout-terrain, outils pendus aux murs extérieurs, canots juchés sur des réserves astronomiques de bois, cordées ici et là du sol jusqu'au toit, et même tout le long de la véranda.

Le hall d'entrée est propre, des coussins à carreaux rouge et noir ornent les coins du grand canapé en cuir usé, face au manteau de cheminée en pierre des champs, flanqué d'une tablette équarrie à la hache mettant en valeur une collection de canards en bois. Je reconnais les formes et les couleurs du huard, d'un colvert mâle, les autres, je ne sais pas. Le lustre au centre de la pièce est typique des gîtes de style habitant. Fausses chandelles avec coulisses de cire, ampoules ovoïdes, ossature de bois. Aux murs, des martyrs : une collection de têtes de chevreuils, de panaches d'orignaux et de photographies de prises spectaculaires encadrées. J'éprouve toujours un malaise face à ces trophées. En vigie sur ma droite, un lynx empaillé aux yeux de verre, debout sur ses pattes arrière, semble sur le point de bondir sur celui qui oserait s'aventurer à sa portée.

Tandis que nous délaçons nos bottes, Cat me chuchote que personne ne s'assoit vraiment dans ce salon, qu'en fait il sert uniquement à accueillir les visiteurs inattendus et à détourner leur attention. Comme ces boudoirs soignés où on nous interdisait, petits garnements, de poser notre derrière, de toucher à quoi que ce soit. Des cliquetis de clavier captent mon attention. Au bureau d'accueil, une femme au chignon retenu par un crayon à mine étudie plusieurs écrans, ses yeux passant de l'un à l'autre, épiant les mouvements de tout un chacun. Les lieux sont surveillés par plusieurs caméras, donc. Elles doivent être bien cachées : je n'en ai repéré aucune depuis mon arrivée.

Cat, qui devine ce que je cherche des yeux, me pointe les écrans, puis, se plaçant derrière moi, souffle à mon oreille en m'indiquant du doigt où sont dissimulées les caméras. Une dans l'œil vitré du buste d'orignal au-dessus de l'arche, une autre dans l'œil gauche du lynx près du couloir. Et ainsi de suite.

– *We're watching you*, m'avertit-elle en plaisantant à moitié.

– *Good*, vous surveillez nos arrières.

Clin d'œil aux dames qui couvrent mes arrières. La femme sans âge, au chignon grichu, me sourit de ses yeux ambrés. Je me sais en sécurité.

– *Eagle.*

La surveillante des lieux a bien choisi son pseudonyme. Elle a effectivement un regard d'aigle, un nez aquilin, et son échevelure ressemble drôlement à un nid défait. Manifestement diligente, Eagle fait peu de cas de notre rencontre et regagne son balayage des écrans en nous pointant du pouce le couloir gardé par le lynx empaillé.

Une rumeur joyeuse émane de la pièce du fond.

– *They're waiting for you.*

Ils nous attendent. Mais qui ?

Elle appuie sur le bouton de l'interphone et avertit la maisonnée :

– *Eagle at front desk.* Catwoman et son invité sont en route.

Les voix se taisent. Bruits de rangement prompt de papiers. Chaises grinçant contre le plancher. Vague de chuchotements, sitôt la porte entrebâillée. Fusent jusqu'à mes oreilles quelques rires contenus.

Catwoman me pousse légèrement vers l'avant pour que j'entre dans la pièce, puis referme la porte derrière nous. Ils sont quatre, assis à une table ovale, les yeux bandés de cravates colorées. Les visages aveugles se tournent tous vers moi. J'ai froid dans le dos. Ils me voient sans me voir. Attendent en silence. Mais quoi, un discours ? Un mot de passe ?

Mes yeux parcourent les murs tapissés de cartes et d'images. On dirait une classe de géographie ou de foresterie. Les vitres côté stationnement sont recouvertes d'une membrane plastique qui laisse pénétrer une lumière mielleuse. On ne discerne des arbres dehors que leurs jeux d'ombres, leur masse sombre. Tout au fond, une ardoise noire, où les gestes circulaires pour effacer la craie ont formé des nuages. Au centre, fraîchement notée, cette citation que je connais :

Ce qui amène le triomphe des révolutions,
c'est moins peut-être l'habileté des meneurs

que les fautes, la maladresse ou les crimes des gouvernements.

– HORACE PAULÉUS SANNON

C'est là que les pièces du casse-tête se sont emboîtées : le fait que ce soit écrit en français, la forme des lettres, cette calligraphie familière, plus de doute possible. L'homme tout au bout de la table. Ce barbu aux yeux masqués par une cravate écarlate. Je reconnais son sourire. Une bouille pareille ne s'oublie pas. Le poivre et sel de sa chevelure, le sourcil traversé par la cicatrice d'un ancien piercing, mais surtout : le tatouage délavé à son front, presque invisible : un code-barres. Ce ne peut être que lui. Abasourdi, je sens mon fardeau tomber d'un coup. J'ai retrouvé mon plus grand allié.

Marius se lève, et les visages anonymes pivotent vers sa voix.

– Bienvenue parmi nous, vieille branche. T'as réussi ta mission. Mais... comme tu dois l'savoir, les choses ne se sont pas passées exactement comme prévu.

Pourquoi ont-ils les yeux bandés ? Je tourne ma langue, recule d'un pas. De toutes mes « initiations », aucun groupe ne m'a accueilli avec ce genre de cérémonie auparavant. On n'avait pas été escortés de la sorte au temps de l'opération Baleine noire. C'est tant mieux si, de mission en mission, les ratés inspirent à Marius des stratégies plus peaufinées.

À la volée, j'étudie les feuilles épinglées aux murs. Je reconnais certains visages sur les coupures de journaux, qui me rappellent des missions précédentes. Les grandes luttes anticapitalistes de notre ère. Les figures de proue des mouvements de justice sociale et climatique. Des organigrammes liant des lobbyistes aux élus, des présidents aux chambres de commerce, des chaires d'université aux pharmacos. Autant de stratégies d'abus de pouvoir souillant l'environnement, asservissant les gens. Je ne peux m'empêcher de sourire en lisant sur un carton blanc, au mur :

Le public préfère les opprimés aux autorités.
Brandissez vos faiblesses, elles vous protégeront.
Lorsque les autorités auront recours à la violence,
elles briseront le lien de confiance
entre le citoyen et son gouvernement.

J'ai abouti dans un nouveau camp d'entraînement, donc. Une planque, à condition de prendre part à une prochaine mission, assurément. Je serre les poings et les dents de joie. Mes mains douloureuses reprennent du mieux. Il me revient en tête que, grâce à l'ermite et à son matériel de survie, je n'ai perdu ni orteils ni doigts. Et que je lui dois plus qu'un simple signe de vie. Je trouverai bien comment la remercier à la hauteur du risque qu'elle a couru en m'offrant son toit.

Les trois âmes aux yeux bandés patientent, sagement assises à leur place. Comme s'il pouvait voir à travers son bandeau, devinant mon emplacement exact dans la pièce, Marius s'adresse de nouveau à moi :

– Les yeux bandés, c'est pour que les collègues ici ne puissent pas t'identifier si tu décidais de ne pas rester parmi nous. Dans ta chambre, tu trouveras un document à lire et à détruire. Prends la nuit s'il le faut pour y réfléchir.

*

Cat ouvre grand la porte, puis tourne les talons. Je la suis sans plus tarder jusqu'au fond du couloir, qui débouche sur une pièce exiguë : une chambre très blanche à la fenêtre légèrement entrouverte, pour que s'en échappe l'odeur poignante de peinture fraîche. Le plancher, les surfaces sont nettes à s'y mirer. Pas de toiles d'araignée ni de poussière, ici. Dans ce décor minimaliste, les quelques objets utilitaires sont des touches de couleur bienvenues. Sur la table, on a placé bien en vue : une pile de feuilles vierges aux fines lignes bleues, un bol de punaises multicolores ainsi qu'une tasse contenant des stylos et une paire de ciseaux. Tout le nécessaire pour faire le tour d'une question. Je remarque, malgré la récente couche de peinture, que le gypse est criblé de centaines de minuscules trous. Il n'y a pas si longtemps, il devait y avoir toute une enquête épinglée au mur.

Je cherche des yeux le document censé me faire réfléchir toute la nuit.

Là. Sur le sac de couchage déroulé sur mon matelas repose effectivement une pochette. Assis en tailleur sur le lit, je m'apprête à l'ouvrir quand j'entends soudainement quelqu'un verrouiller la porte derrière moi. Je pense à Eagle, qui a des yeux sur tous les accès du bâtiment et sûrement même sur le corridor menant à ma chambre. Je souris. Je suis un prisonnier consentant. J'adore l'idée que, derrière ces murs, m'attendent le regard omniscient d'Eagle perché sur les écrans, l'exubérante Catwoman et sa canine brisée, Marius et trois autres recrues en pleine formation. Et moi, en garde à vue, je prends mon temps, reprends mon souffle. Avant de succomber à la fatigue, j'examine mes quartiers.

Dans la salle d'eau attenante, près de l'évier, on a posé une brosse à dents neuve et un savon encore enveloppé dans son papier ciré. Je caresse du bout des doigts l'émail de la baignoire, les robinets rutilants, et fais couler de l'eau brûlante jusqu'à ce que toute la chambre soit embrumée. Le temps qu'il se remplisse, je m'allonge sur le lit, les mains derrière la tête. L'oreiller dûment battu, je réalise que je suis bien trop épuisé pour lire. Je vois flou. Mes yeux tombent sur la seule surface de la pièce qui n'a pas été rafraîchie avant mon arrivée : le plafond. Le dernier chambreur y a laissé sa marque à l'aide d'un pochoir et de peinture couleur rouge révolution.

ÉCOWARRIOR.

Chapitre 5
Le dilemme

Robin

J'ai dormi comme une souche. Les premières lueurs ont cette même teinte saumonée, traversée de nuages cotonneux et de faisceaux dorés, que l'autre petit matin chez Anouk. Je retourne doucement en pensée dans le lit de l'ermite providentielle.

Elle guide mes mains, les glisse sous son chandail, vers ses seins chauds, ses mamelons dressés. Mon sang bout. Allongée sur des couvertures de laine, Anouk aux prunelles de braise me dicte d'abandonner contre elle tout mon poids. *Écrase-moi.* Je suis comme ensorcelé. Me dépose lentement sur elle, de peur de broyer la fille maigre. Les os saillants de son bassin me blessent, ses ongles me labourent le dos. Depuis combien de temps survit-elle seule ici ? Je caresse ses cheveux de feu. *Tout ce que tu veux, ma belle, tout ce que tu veux. Laisse-moi deviner.* Je l'embrasse du bout des lèvres, risquant ma langue, bavant d'envie de tout goûter, effleurant le duvet excité de son bas-ventre jusqu'à la chair de poule de ses cuisses ouvertes en diamant.

Sous les flammes orangées du poêle, je m'en souviendrai longtemps, tu avais chuchoté *encore, encore, encore*. À m'en rendre fou.

Je reste là avec elle, de délicieuses minutes à rendormir mon érection.

Tout ce qui dépasse de la couverture frissonne. Encore ce froid de canard. J'aimerais savoir si Anouk tient toujours le coup. Elle m'avait fait part de son choix douloureux : braver les derniers mois d'hiver à la cabane, ses énergies vitales à terre, ou rejoindre son père, dans son bunker en ville, celui qu'il avait fait bâtir sous sa galerie. Ces deux lieux austères se ressemblaient curieusement. Et je comprenais très bien son dilemme.

Nous vivons dans la marge pour des raisons similaires, au fond. Anouk a fui la vie robotisée, son bureau qui donnait sur une fenêtre sans ciel, la solitude oppressante malgré la foule omniprésente. Oui, je comprends ça. La cabane était le point de bascule de sa quête de sens. J'espère qu'elle continuera de fendre son bois jusqu'au printemps, qu'elle n'abandonnera pas son choix de vivre et créer dans la forêt. Anouk a la couenne dure, la trempe d'une activiste, elle pourrait très bien réussir.

Je revisite à vol d'oiseau ma propre cache dans les arbres, chez mes parents. Mon enfance, avant les « mauvais » coups. Me redemande pour la millionième fois si j'aurais pu me contenter d'une vie normale, rangée, d'un bungalow dans le quartier où j'ai grandi. Sans explosifs, graffitis de ruelle, pochoirs rebelles, masques de clown triste, slogans scandés aux manifs. Me demande aussi si ça se peut d'avoir les deux. Mais non, je pense pas. L'activisme vampirise – il prend toute la place, car il *fait sens*. Et puis, les secrets supposent une certaine aliénation. Je pourrais reprendre ma vie d'avant, celle où j'avais le temps de peindre toute la nuit, de rejoindre les amis autour d'un verre et de bruncher le dimanche avec mon père et ma mère. Mais le fossé s'est trop creusé. Il me semble insensé et carrément égoïste de baisser les bras maintenant. Marius m'a fait la promesse solennelle dès nos débuts que je pourrais redevenir l'homme d'avant, si c'est ce que je veux vraiment. Mais plus rien n'est comme avant ! Et quel serait le sens de ma vie, sans la gratification immense de déjouer les pollueurs, sans les précieux moments passés dans des forêts anciennes, et intactes grâce à nos efforts ? Oui, ça vaut le coup d'être toujours sur le qui-vive, d'exister à la dérobée.

Petit à petit, les murs blancs de ma cellule absorbent les pigments de lumière. Je saute sur mes pattes et enfile au hasard des vêtements trouvés dans la commode, puis vérifie que la fenêtre est bien fermée.

Devant moi, sur la grande table, j'ai juxtaposé les pages du document rédigé par Marius. Sur celle de gauche figure l'option A, sur celle de droite, l'option B. Deux missions auxquelles je pourrais me joindre. À moi de faire ce choix monumental entre le nord de la Colombie-Britannique, auprès de Premières Nations, et le sud du Québec, dans une forêt que je connais bien.

Dans les deux cas, une forêt d'épinettes à perte de vue qui risque d'être rasée net en prévision du passage d'un oléoduc. Dans un cas comme dans l'autre, un combat de David contre Goliath. Mais je ne peux prendre part qu'à une mission. Laquelle est *la mienne* ?

Chapitre 6

Les recrues

Robin

Indécis, je reste terré dans ma chambre, en suspens entre deux missions tout aussi préoccupantes d'un océan à l'autre. Là-bas, le privilège d'être invité en terres ancestrales non cédées, auprès de Premières Nations déjà bien mobilisées. Ici, la perspective de marcher en forêt connue, d'œuvrer avec mon mentor et de, peut-être, trouver à réparer mes torts.

L'inconnu ou les sentiers battus ?

De l'autre bord du mur, j'entends les écowarriors déjeuner, le tintement des couverts sur la porcelaine, la voix feutrée de Patrick Watson, ses accords de piano qui ont le pouvoir de fendre les armures, les carapaces.

C'est vrai, Pat, les *things*, elles *look down*, je sais... L'apathie des gouvernements qui se succèdent de leurs promesses creuses, les feux de forêt qui tuent des milliards d'animaux, toute la souffrance de Terre-Mère, et nous, si petits, qui, en essayant de bouger des montagnes, avons tué le chauffeur de la locomotive. Mais je suis tes sages paroles, Pat, j'me laisserai pas tomber, j'ai pas le droit de m'écrouler…

Éclats de rire, voix de Cat, de Marius et d'Eagle, celle des autres que je ne connais pas, leur camaraderie manifeste. J'ai soudainement envie de les rejoindre, mais le cri d'un train au loin me foudroie. Je me rassois sur le lit, sans appétit.

Nous avions assemblé une structure visible où brillerait un signal lumineux. Avions érigé un second avertissement pour que le train puisse freiner à temps. Des kilomètres en amont, nous avions terminé de fixer les pancartes d'arrêt-stop en hauteur. Nous étions certains d'avoir pensé à tout. Que ça irait. Et puis non.

La mission au Kamouraska comporte un net avantage : je ne fuirai pas mes responsabilités. Sur place, je pourrai faire pression sur Marius et le convaincre de remettre aux proches du défunt beaucoup de fleurs et de blé, assez pour qu'ils puissent vivre leur deuil sans stress financier, assez pour couvrir les obsèques et tout ce dont ils ont besoin. Il faut que je répare le mal que j'ai causé.

Et tandis que je me dis qu'en cas de refus, au pire, je braquerai seul un commerce polluant pour remettre la cagnotte et m'excuser en personne, quitte à finir derrière les barreaux, on cogne doucement à ma porte.

– *Morning, Robin.* Tu choisis quoi, *sweetiepie. A* ou *B* ?

C'est la voix de ma chaperonne au manteau de cuir.

L'idée de vivre un temps parmi les écowarriors du Maine me semble la plus judicieuse. J'ai des croûtes à manger pour rattraper leur formation visiblement entamée. J'ai cette chambre-cellule propre, de grands murs-babillards et des punaises pour les fins pis les fous, histoire de planter à qui mieux mieux des solutions partout. Ici, j'aurai le temps de me préparer convenablement. Ensuite, je retournerai au Kamouraska, et une fois là-bas, je ferai ce que j'aime le plus au monde : monter un campement à partir de rien, sculpté autour des beautés fragiles du territoire.

Et je reverrai peut-être la femme-renarde.

– *Robin,* t'es debout ?

– *B.*

– *Wonderful.* Allons-y, le cours va commencer.

Catwoman débarre la porte et me tend une pile d'effets : quelques bouquins, un cahier à spirales, une poignée de crayons retenus par un élastique, une pomme et un muffin.

En marchant derrière elle tout le long du couloir jusqu'à la salle de classe, je feuillette le premier livre de ma pile : un guide dont la couverture arbore un motif camouflage : *Guérilla Kit – Ruses et techniques des nouvelles luttes anticapitalistes.*

Un signet marque une page entièrement surlignée en vert, qui relate l'histoire d'activistes perchés dans les arbres, leur tissage humain dans les airs, comme un conte où les corneilles font la sourde oreille aux renards beaux parleurs.

Je suis Cat jusqu'au local de classe, l'imaginaire déjà truffé d'images d'habitations temporaires de forme féérique reliées par des cordes d'escalade et de hamacs multicolores, songeant à des techniques d'ancrage qui éviteraient toute blessure aux troncs et aux branches, aux discussions qui nous garderaient éveillés et aux liens de famille qui se tissent inévitablement entre les joyeux lurons qui campent à la belle étoile.

Dans l'entrebâillement de la porte, j'aperçois Marius, craie à la main. Le dos de sa veste en jean arbore un écusson représentant un immense pin blanc.

– Riopelle… sais-tu que t'es un oiseau rare ?

Il dépose la craie dans la poche de sa veste et m'ouvre les bras.

– Hé ! Je m'appelle Robin maintenant.

– Ah oui, Cat m'a dit ça… Bonne idée. Viens là.

Mon vieil ami, qui m'a enseigné tout ce que je sais des stratégies écologistes et des joies d'une vocation partagée, me serre fort contre lui. C'est dans l'étau de ses bras que je baisse les armes et fonds enfin en larmes. Les recrues reviennent de déjeuner, s'installent à leur table d'étude, gardiennes d'un silence monastique. Comme s'il n'y avait personne d'autre que Marius et moi dans la pièce, comme si le trop-plein que je contenais pouvait être déversé sans conséquences, je pleure ma peur, ma culpabilité, la mort du chauffeur dont je ne connais même pas le nom.

– On va trouver, mon chum, on va trouver une manière de réparer… J'te l'promets.

J'essuie mes émotions avec ma manche.

– Mais pour l'instant, c'est de toi qu'on va prendre soin, OK ? Et on va faire de notre mieux, hein gang ? Parce qu'on est une fratrie avant tout, ici…

Les recrues se lèvent doucement et nous enlacent. Rien de plus apaisant, émouvant, qu'un long câlin de groupe.

Le temps de l'opération Bivouac, ces femmes deviendront mes sœurs, ces hommes, mes frères. Soudés telles les mycorhizes des forêts millénaires.

Chapitre 7

La tordeuse

Robin

Marius est debout à l'avant de la classe. Dans ses fringues d'anarchiste, ses Docs – tellement usées que le cuir révèle les caps d'acier –, malgré les poils d'argent qui émergent du col de son t-shirt, de ses narines et de ses oreilles, il paraît jeune, et nous charme tel un prof d'université qui porte bien ses cinquante chandelles.

Le local est divisé en deux zones : d'un côté, des tables de cuisine dépareillées se joignent bout à bout, surplombées de plusieurs lampes de lecture aux ampoules éclairant des piles de documents, bien enlignés. Cinq chaises nous attendent. Vis-à-vis de chaque place, on peut lire, sur les étiquettes des cartables vert forêt : Cat, Flash, Monkey, Eagle, Robin.

Ma nouvelle famille. Je pense à Woods, Beaver et Arielle, dont je suis sans nouvelles depuis le jour du déraillement. Je savais qu'ensuite on ne se reverrait plus, que ça ne serait pas prudent... mais comment fait-on pour oublier ses colocs de la dernière année, les fous rires, l'intimité ?

Marius s'empare de mes feuilles. Il se dirige vers la déchiqueteuse jouquée sur un bac à recyclage. Les options A et B en sont recrachées sous forme de spaghettinis de papier, qui finiront sûrement ce soir dans le feu. Puis il se tourne vers nous :

– Bon matin, tout le monde ! Asseyez-vous. Commençons. Avant d'ouvrir vos cartables, nous allons faire un tour de table. Dites-nous votre pseudo, vos spécialités et le rôle que vous aimeriez jouer dans l'opération Bivouac.

Raclements de gorge. Toujours ce malaise avant que quelqu'un n'ose briser la glace.

– Bon, déjà, je suis Marius, pour vous servir. Je serai votre agent de liaison avec les autres groupes militants, dont vous ne devez rien savoir a priori. Dans l'organigramme, nous sommes des pions sur le terrain. Mon rôle à moi est de coordonner la mission et de vous former pour que vous maîtrisiez tous les éléments du plan d'intervention. Je resterai en coulisses jusqu'à ce que tout soit terminé, y compris vos procès et vos libérations, s'il y a lieu. Ensuite, je disparaîtrai de la carte, changerai de nom, et vous ne me reverrez qu'aux nouvelles, si les choses tournent mal pour moi.

Notre mentor s'assoit sur une chaise, le dossier devant lui.

– À vous, maintenant.

– *I'm Catwoman. Master of disguise and animal rescue rascal.*

– Pratique ton français, Cat.

– *Sorry, prof...* OK. Cat pour les intimes. Mon rêve : sauver tous les animaux en captivité ! J'aime aussi la couture, les costumes. Je peux réparer des toiles, tentes, hamacs, faire des bannières immenses avec des slogans. C'est aussi moi la coiffeuse du groupe. Je peux vous faire un magnifique *make-over* pour que personne ne vous reconnaisse, pas même *your mommy and daddy*. Dans l'opération Bivouac, je vais être votre Catwoman, femme-chat. Je peux a-ma-douer – *love this word* – qui vous voudrez, me déguiser pour aller aux galas et cocktails ou rester réveillée toute la nuit pour veiller sur vous. Miaou !

C'est avec le craquement plastique de son manteau en faux cuir que Catwoman se rassoit impérialement. Je n'avais pas remarqué, jusque-là, cette élégance toute sienne. Rien de plus beau qu'une femme bien dans sa peau. Les incisives tachées de rouge à lèvres, la tête fraîchement *bleachée* blond platine, on dirait une pin-up de bombardier aux couleurs criardes, dont l'assurance est effectivement désarmante.

– Hey-yo ! J'm'appelle Flash. Mon dada à moi, c'est la photo.

Les écowarriors posent leur regard sur l'homme à l'accent français, aux lunettes Ray-Ban noires et aux cheveux lichés en l'air à la David Lynch.

– On va avoir besoin d'images à couper le souffle pour faire valoir le caractère unique et les attraits du Parc. Je peux aussi tourner de petites vidéos et faire du montage. J'ai déjà été, dans une ancienne vie, gestionnaire de communauté. Je peux créer du contenu, lancer et alimenter une campagne de médias sociaux. On pourra se servir de mon matériel pour éduquer le peuple sur la faune, la flore... Bref, on capte du visuel pour sensibiliser le public, mais si vous voulez mon avis, c'est surtout précieux pour vous protéger des flics.

– Bien dit, commente Marius. Écoutez-moi bien, c'est crucial, groupe. Les caméras vous protègent. Pourquoi ? Ou plutôt de quoi ? De la brutalité policière, entre autres. Elles peuvent aussi nous aider à débusquer des policiers infiltrés, déguisés en manifestants : méfiez-vous des agitateurs, ils seront dans nos pattes à un moment ou à un autre. Tu voulais ajouter quelque chose, Flash ?

– Non, sinon que je suis content d'être ici. Et qu'après le cours, après votre rendez-vous avec Cat, vous viendrez me voir. J'aurai besoin de vous photographier pour rafraîchir vos pièces d'identité.

– C'est vrai, confirme notre prof en se frottant les mains. Vous allez tous devoir changer de tête cet après-midi.

Catwoman donne deux trois coups de ciseaux imaginaires en l'air. *Snip snip snip.* Les rires fusent. Instinctivement, je touche le bun au sommet de ma tête. Déjà, pas de barbe, ça me change. Ce sera l'occasion d'essayer la coupe Beatles et de troquer mes verres de contact pour des lunettes très carrées. Avoir l'air d'un comptable plutôt que du messie.

– Monkey, à toi.

Le jeune homme vêtu de textiles indiens se redresse, décroise ses jambes en lotus. Imberbe, crâne rasé, aucun piercing ni tatouage apparents. Il est de ceux dont on n'arrive à deviner ni l'âge ni le pays d'origine.

– Yep. Moi, c'est Monk. Mon animal totem, c'est le singe, d'où mon surnom, Monkey. Je suis un tripeux de grimpe sur bloc, d'escalade et de méditation. J'aime repousser toujours mes limites, tout en gardant l'équilibre. J'ai posé des bannières pour Green Rev, je peux grimper aux arbres sans équipement. Pour ceux que ça intéresse, je vais vous montrer comment faire. C'est pas sorcier, juste une question de transferts de poids et d'endurance. Alors Eagle et Flash, si vous avez des caméras à placer en hauteur, j'vais pouvoir vous les installer. Mettez-moi au défi, j'adore ça. Je me porte volontaire pour les trépieds, faire du *tree sitting*, je peux tenir longtemps dans les airs sans bouger, c'est mon élément.

L'adepte des hauteurs me fait penser à mon fantasme d'adolescent, Julia Butterfly Hill, debout sur sa cime, les bras à tout vent. J'étais prêt à suivre son exemple et tenir sept cent trente-huit jours dans la forêt du Kamouraska, si ma mission l'exigeait.

Distrait, je me concentre à nouveau sur la voix de Monkey, qui nous explique son mandat d'instructeur des recrues, une fois qu'on sera sur le site à protéger.

– J'ai ma formation d'abatteur-élagueur. On s'entend, pour l'essentiel de la mission, on va être en pleine forêt. Ça va demander une gestion du bois de chauffage. Je peux montrer aux bénévoles qui nous rejoindront les rudiments de la scie à chaîne, comment fendre de façon sécuritaire et grimper avec crampons. On aura besoin de sacrifier quelques arbres pour construire des abris, la cuisine commune, des ponceaux, des barricades. Ça revient toujours à une question d'affûtage de lames. On va s'arranger pour que vous gardiez tous vos morceaux.

Clin d'œil bienveillant à notre intention.

La dernière personne avant mon tour de parole : la femme-aigle aux cheveux fous, qui passe de l'anglais au français sans le moindre accent.

– Eagle. *You all know me already*. J'ai vos arrières. *Camera lady*. Vous ne me verrez pratiquement jamais sur le terrain, mais vous pouvez compter sur une chose : j'ai des yeux partout – des caméras de surveillance, des détecteurs de mouvement, des suramplificateurs de réseau, des informateurs. Soyez aussi assurés que, lorsque vous êtes tous dans la salle de classe en train d'étudier, les accès à la pourvoirie sont sécurisés. Vous serez toujours avertis à l'interphone des entrées et sorties. Si je quitte les écrans, et que quelqu'un approche du portail, on entendra cette sonnerie. Écoutez bien.

Eagle sort un téléphone intelligent et active une sonnerie de grenouilles qui coassent.

– Donc, si vous entendez cette sonnerie, vous attendez mes instructions. Laissez-moi gérer les clients qui débarquent. Restez dans la salle de classe ou, si vous êtes ailleurs sur le site, faites semblant d'être de simples touristes en retraite de plein air. Ceux d'entre vous qui sont recherchés, ou qui ont un tempérament anxieux – vous vous reconnaissez –, sachez que vous pouvez dormir sur vos deux oreilles.

J'aime cette femme : nous ne sommes même pas au front, et elle éteint déjà des feux.

Marius reprend la parole :

– Cat et Eagle, vous avez déjà rencontré Robin, notre dernière recrue. Flash, Monk : je vous présente un vieil ami à moi.

– *Nice to meet you, Rob.*

– Bienvenue parmi nous !

Je suis happé par un mouvement au-dehors. Une nuée de parulines nordiques assombrit l'horizon. Un essaim de centaines de milliers de passereaux néotropicaux qui survolent les Appalaches *en janvier*… On aura tout vu – des rafales du Sud-Ouest, des bourrasques chaudes en plein hiver, des vents d'altitude qui trompent les migrateurs. Ces oiseaux qui, normalement, filent les kilomètres de nuit, en août.

Je me lève brusquement pour tirer les rideaux. Catwoman, qui comprend, me remercie des yeux. Je prie qu'il n'y ait pas de pluie de parulines tombant, le cou brisé, à nos fenêtres. Me rassois, pensant aux chamboulements à venir et au passé révolu – ces années d'insouciance avant la coupe à blanc dans ma cour arrière, cette période où l'on pouvait jouer sans penser aux minces probabilités que les adultes se bougent le cul à temps.

– Robin est celui qui a le plus d'expérience terrain parmi vous. Quand vous serez en forêt et qu'il y aura des décisions importantes à prendre, considérez bien son avis, conseille Marius, qui, des yeux, m'invite à compléter le tour de table.

– Bonjour, *hi*, tout le monde. Merci pour votre accueil chaleureux. Je... je suis encore sonné par les événements.

Boum. Une première paruline se heurte à la vitre. Puis une autre. Et encore. J'encaisse, compte les cous cassés par poignées. Je pense au courant du golfe, ce courant océanique qui prend naissance entre la Floride et les Bahamas pour se mêler aux eaux plus au nord, près du Groenland. Ce mouvement des eaux qui joue un rôle capital dans la régulation des températures hivernales, conjugué au sens des vents dominants. Je me rappelle avoir lu une étude des chercheurs du Groupe d'experts intergouvernemental sur l'évolution du climat, qui avançait que le réchauffement climatique pouvait entraîner l'arrêt de la circulation thermohaline.

Cat se rive à la vitre, écarte le rideau, le regard plongé sur les oiseaux morts au sol. J'irai les enterrer avec elle plus tard. Je les enroulerai dans des écorces de bouleau et creuserai jusqu'à la terre gelée...

– Robin ? La Terre appelle Robin.

– Pardon. J'ai complètement perdu le fil de mes idées, Marius.

– C'est simple, mon chum. T'allais te présenter…

– Oui. Bon. Moi, mon domaine d'action, c'est l'art, l'esthétique au sens philosophique. La culture du beau, la peinture, les pinceaux. Je suis content d'être parmi vous, et surtout de donner suite à nos efforts. Je pense que la clé, c'est d'être irréprochablement pacifiques et d'attirer l'attention du public. Pour réussir, c'est essentiel qu'une foule d'activistes à l'échelle de la province s'investissent. On a déjà beaucoup d'alliés et des experts de tous les horizons scientifiques, en tout cas, c'était le cas jusqu'à récemment… Bref, j'aimerais m'occuper de la pression à mettre sur le ministère. À mon avis, il faut déposer le plus rapidement possible un projet d'aire protégée, puis s'entourer de gens influents qui appuient notre démarche. La confrontation pourrait être évitée.

Marius se redresse, tout sourire, et avance vers le tableau noir pour écrire :

Face à la destruction de son habitat,
le peuple a un devoir d'opposition.

– Groupe, nous sommes là pour mobiliser les personnes qui résident dans le Kamouraska, et plus largement dans le Bas-Saint-Laurent, le plus de Québécoises et de Québécois possible en fait, les personnes élues, dans des rôles de décision, à tous les paliers du gouvernement. Pour ce faire, il faut que notre lutte ait un message *clair*. Elles ne passeront pas, les forestières et les pétrolières. Les arbres resteront debout, et pas juste en lisière des routes. On a peu de temps pour s'activer, la crise climatique va tout chambouler, les élections fédérales sont à nos portes, et notre champ d'action, pour l'instant, ce sont les arbres. Encore plus d'arbres, des milliards et des milliards d'arbres. On commence par protéger les vétérans qu'il nous reste. Gros Pin et ses semblables. On a un parc à créer autour. Ensuite, on s'attaquera au reboisement à grande échelle. Je vous invite à lire tout ce que vous pouvez sur ces sujets : les coupes à blanc, les volumes prescrits, le jargon des techniciens forestiers, les essences boréales, etc. On fait un bain de forêt, on s'approprie le langage des experts et on retourne la rhétorique pro-coupe contre eux.

– *Yes, sir !* se réjouit Cat.

– Bon. Maintenant que l'équipe est complète, vous voyez comme vous avez tous des talents complémentaires. Nous allons commencer sans tarder l'élaboration du plan d'intervention de l'opération Bivouac. Je vous le rappelle : aucun cahier, aucune note ne doit sortir de cette classe. Vous déchiquetez au fur et à mesure et on brûle le contenu du bac tous les soirs en sortant. Ne parlez pas sur les lignes non sécurisées. Vous ferez vos recherches Web via les ordinateurs publics de la pourvoirie. Il n'y a aucun risque à prendre, tout est crypté. Et je le répéterai jusqu'à ce que vos oreilles chauffent : personne ne doit savoir où vous êtes. Personne, pas votre mère, ni votre ex, ni l'Agence du revenu du Canada, ni l'assurance maladie. On s'occupera de tenir vos pièces d'identité à jour. Faites gaffe, la moindre fuite pourrait compromettre toute la mission.

Hochements de tête. Tous opinent à l'idée de se plier, coûte que coûte, à la loi du silence.

– Qui veut bien me lire à voix haute la citation du chapitre 1 ?

Catwoman lève le bras. Nous ouvrons nos classeurs.

– On t'écoute, chère.

– *Everything on the earth has a purpose, every disease an herb to cure it, and every person a mission. This is the Indian theory of existence*[1].

– Merci. Alors, c'est une citation d'une femme de lettres connue sous le nom de Mourning Dove, de la nation salish. Ses œuvres se trouvent dans la bibliothèque du salon. Je vous invite fortement à les lire ce soir. Que nous dit cette citation pleine de sagesse ? Bien des choses. D'abord, que rien n'est là pour rien, dans la Nature. Nous allons aujourd'hui aborder la question de la désinformation au sujet de la tordeuse de l'épinette et de l'épidémie qui ravage les monocultures de sapins baumiers et d'épinettes blanches dans le secteur forestier qui nous intéresse. Comme tout, sur Terre, est essentiellement utile, à quoi *sert* donc ce défoliateur indigène dans son milieu naturel ?

1. Tout, sur Terre, a une raison d'être, toute affection une herbe pour y remédier, et toute personne une mission. C'est la théorie autochtone de l'existence. (Traduction libre – N.d.A.)

Robin, une piste ? À quoi sert-elle, et surtout à *qui ?*

– OK, attends, j'essaye... Je sais qu'on en a déjà parlé... Hum, dans une forêt saine et diversifiée, la tordeuse attaque *certains* conifères, qui finissent par en mourir. L'infestation ne devient problématique que dans les monocultures, donc les forêts commerciales au bois mûr. En milieu naturel, elle crée des éclaircies dont bénéficieront peut-être d'autres essences ? Chose certaine, elle nourrit des oiseaux, comme les parulines qu'on vient de voir dehors.

– Bien vrai. Mais ce n'est pas la réponse que je cherchais. Pensez à ma question sous un autre angle. À quoi sert la tordeuse *aux yeux de l'industrie* ? Pour vous guider dans votre réflexion, lisez le dossier de presse dans votre cartable. On s'en reparle dans vingt minutes.

Et tandis que nous feuilletons les articles, Marius écrit au tableau noir :

L'art de l'instrumentalisation

– Vous voyez : l'épidémie de la tordeuse est un argument très *utile* pour l'industrie. D'abord, la progression des insectes légitimise des coupes à blanc préventives, qui dynamisent les activités des groupes sylvicoles qui, on s'entend, en arrachent. Les techniciens forestiers vont de porte en porte dire aux propriétaires de forêts privées : *Bûchez-moi ça, m'sieur-m'dame, avant que la tordeuse arrive et gâche votre lot. Si vous attendez trop, votre bois va mourir debout et ne vaudra plus rien.* Alors, c'est tentant d'instrumentaliser la tordeuse, même dans les secteurs non affectés, pour renflouer les scieries régionales, et la pétrolière qui nous intéresse est morte de rire : les propriétaires bûchent justement à blanc des secteurs sur le tracé du Patriot-Pipeline – comprenez que j'utilise l'ancien nom du projet, mais que bientôt, on nous reviendra avec une nouvelle image de marque, le PP2 ou autre acronyme. Vous devinez que les lots ne valent presque plus rien une fois bûchés : les servitudes de passage seront donc moins chérantes, et l'oléoduc, perçu comme moins invasif si une partie des coupes est déjà réalisée. Bref, est-ce que la tordeuse pose réellement problème sur le plan écologique ?

Seul notre silence confus lui répond.

– Ce que j'essaie de vous démontrer ici est qu'une information vraie peut être tordue, ou plutôt *instrumentalisée*, au profit de groupes dont les intérêts capitalistes priment sur la pérennité des forêts. Enfin, nous aussi, nous pouvons nous servir du fléau de la tordeuse et plaider la protection des conifères sains, des tiges d'avenir, moins vulnérables. Une coupe préventive n'est pas une vraie solution. Pour illustrer mon propos, je vous lis Serge Mongeau – vous connaissez sûrement son livre phare sur la simplicité volontaire… Ensuite, on lancera la discussion.

Ouvrant son livre à une page marquée d'un signet, Marius enchaîne.

– *La tordeuse de l'épinette est vue par les compagnies de papier comme une destructrice de matière première qui leur cause des pertes économiques énormes ; mais pour la forêt, l'épidémie de tordeuse n'est qu'un moment d'un cycle normal* – comme les feux de forêt causés par la foudre, qui éclaircissent le couvert forestier. En somme, retenons qu'en Nature la prédominance d'une espèce est vite rééquilibrée au moyen de différents mécanismes : prédation, maladie, cataclysmes. Questions ? Commentaires ? Je veux vous entendre.

– Les coupes à blanc pour prévenir la propagation de la tordeuse, pour moi, c'est aussi intelligent que les saignées du Moyen Âge !

On se regarde. Pas sûrs de saisir la métaphore, certains froncent les sourcils.

– Explique-toi, Cat.

– Ben, la déforestation est payante ! *Big money* – mais l'écosystème, lui, en sort plus faible, pas guéri. La vraie question : est-ce qu'une coupe préventive empêche l'insecte de se propager ? Non, c'est… rien qu'un prétexte. *In other words*, c'est comme la saignée, pas de base scientifique, juste avoir l'air d'être dans l'action. Sans réelles solutions, faut bien qu'ils fassent semblant de faire de quoi, non ?!

– On est d'accord, Cat. Les coupes à blanc, c'est barbare. Et personne ne les voit, donc personne ne réagit. Voilà pourquoi une des premières activités que vous allez organiser là-bas sera une marche d'interprétation. Il faut montrer aux citoyens autant les attraits splendides du futur parc que les zones entièrement dévastées. Certaines personnes seront plus touchées par la beauté de la Nature que par l'horreur des sites d'aménagement forestier.

– *True that !*

– Vous savez, c'est comme lorsque vous essayiez, probablement, plus jeunes, de convaincre vos familles de faire un virage vert. Les gens se braquent dans leurs convictions lorsqu'on les attaque, n'est-ce pas ? Des questions ? Oui, Flash ?

– J'ai une idée ! Je pourrais prendre des photos de coupes à blanc et les juxtaposer avec celles de Gros Pin pour démontrer le danger qui le guette.

– Bien ! Effectivement, Gros Pin est notre allié principal. Il sera en plein centre, au cœur de l'espace à protéger. Alors oui, Flash : très bonne idée, ces photos choc. Groupe, allons maintenant aux ordinateurs dans le salon, Eagle va vous montrer comment crypter vos recherches et effacer vos traces numériques. On reviendra sur la citation de Mourning Dove demain.

– Qu'est-ce qu'on recherche, sur le Web, prof ?

– Champ libre ! Apprenez tout ce que vous pouvez sur la progression de la tordeuse d'épinette, les groupements forestiers qui opèrent dans la région du Kamouraska, dénichez des plans d'abris forestiers bien conçus, répertoriez les espèces de plantes et d'animaux classées comme vulnérables sur les sites du ministère des Forêts, de la Faune et des Parcs, visionnez des documentaires sur la surexploitation forestière – ceux qui n'ont pas vu *L'Erreur boréale* de Richard Desjardins et Robert Monderie, c'est le moment – lisez des blogs, des témoignages de visiteurs qui connaissent le sentier vers Gros Pin, des articles de gens du milieu qui pourraient être sensibles à notre cause, dressez des listes de contacts... Allez lire sur les nations qui occupaient autrefois ce territoire avant d'en être tassées, cherchez à comprendre leur réalité. Écoutez, l'important, c'est de vous remplir le crâne tous les jours et de nous faire un compte-rendu en matinée, au déjeuner. Je veux que vous fouilliez, que vous m'opposiez des arguments fondés sur des faits, on est là pour exercer ensemble une pensée critique, OK ? J'oubliais, votre devoir d'ici demain : vous allez me mémoriser les deux nouveaux numéros de téléphone de maître Victoria Shields, c'est elle qui est à la tête de notre comité juridique. Mémorisez aussi la phrase code que vous devrez dire lorsqu'elle répondra à votre appel. Phrase que, d'ailleurs, j'ai écrite au tableau noir tantôt. Quelqu'un s'en rappelle ? Monkey ?

– Face à la destruction de son habitat, le peuple a un devoir d'opposition.

– Super. Mettez vos cerveaux en marche. En sortant d'ici, vous serez en forme, vous serez des encyclopédies sur deux pattes, vous saurez grimper aux arbres, mais surtout, la chose de la plus haute importance que vous apprendrez ici, c'est l'art de vous démerder en toute situation. Et si vous avez encore de l'énergie ce soir, ou si vous souffrez comme moi d'insomnie, vous lirez le chapitre 1 de votre classeur : « Quoi faire si vous êtes en état d'arrestation ».

*

Le bourrage de crâne quotidien dirigé par Marius est plus corsé que ce à quoi je m'attendais. Mon cerveau est amplement stimulé, rassasié, à la limite de la surchauffe. Dans le silence de ma chambre blanche, j'essaie de taire toute pensée quelques instants. J'ai tendance à croire que, dans cette vie, je ne trouverai pas de repos, mais il le faut. Pour intégrer la matière, pour ne pas avoir le moral et les batteries à plat.

J'ouvre mon classeur au chapitre 1. À la première page, il y a des photos des agents en poste au service de police d'Allagash, à proximité relative d'ici. Je mémorise les visages des agents, leurs traits distinctifs, j'apprends leurs noms. J'ai hâte de voir si demain, j'aurai encore en tête ces informations.

Au tournant de la page, un premier sous-titre : « Garder le silence ».

L'adrénaline fait déjà pulser mes tempes. J'éteins la lampe de chevet, glisse le classeur sous mon oreiller. *T'es né pour protéger cette forêt, Robin. On va redonner au peuple son bois.*

DEUXIÈME PARTIE

La ferme
Quinze mois plus tard

Chapitre 8

Quitter la tanière

Anouk

Dégel. On serait restées planquées dans cette forêt nourricière pour l'éternité, si ce n'était le manque de vivres. La yourte et les chiens vont me manquer.

Du plafond pendent à des ficelles : le tapis d'entrée fraîchement battu, nos draps, la peau rousse du coyote et notre housse d'édredon, inévitablement tachée de gouttes de sang menstruel. Nos textiles essentiels resteront suspendus, le temps de notre absence, à l'abri des souris et du moisi.

En refermant la porte derrière nous, j'ai le motton.

Visiblement, mon amoureuse aussi.

Le redoux est arrivé d'un coup à L'Anse-Pleureuse. Les phénomènes météo extrêmes se succèdent… les marées monstres d'automne, les vagues de froid record, vingt degrés au-dessus de zéro en janvier, puis le ciel nous retombe sur la tête – encore un mètre de neige – et le printemps se garroche comme une bombe, faisant sauter les bourgeons. Explosion de parfums printaniers, écorce mouillée, vapeurs d'érable, neige fondante.

La fourrure des chiens s'est mise à tomber en mottes, puis à s'envoler comme du pollen au gré d'un vent aux bourrasques puissantes. Le vent du Sud. Les oiseaux migrateurs doivent être fichtrement confus. Les chevreuils sortent du bois, partent à la recherche d'épis dégelés, de grains de maïs flottant dans les champs inondés. De notre côté, c'est vraiment lorsque les conserves pleines ont commencé à manquer, les pots de verre vides s'empilant dans des caisses pavant le coffre de mon auto, enlisée à l'entrée de la terre des Robichaud, qu'on a senti que c'était, pour nous, le temps de bouger. On pouvait plus repousser. Les cordes de bois avaient déjà perdu de leur emprise sur le paysage, tout comme les bancs de neige qui, en fondant à vue d'œil, nous avaient livré sans préliminaires un horizon nu, mou, encore endormi… Chacun de nos voyages lourds de bagages, nos pas dans la terre friable, si vulnérable.

Il fut à la fois un choc et un soulagement, ce printemps. On s'était conté bien des peurs cet hiver, Raph et moi. Et si le froid s'installait pour de bon ? En même temps, Environnement Canada prétendait à la radio que notre pays se réchauffe deux fois plus rapidement que le reste de la planète ! Au point où on ne sait plus où donner de la tête pour se prémunir des cataclysmes à venir. On s'est questionnées sur la sûreté des lieux, à savoir si nous pourrions survivre à la fin du monde en Gaspésie.

En douce, les oisillons ont quitté leur nid, chantonnant que la neige ne tarderait plus à révéler les décombres d'avant l'hiver. Cette sensation de renouveau, censée être salvatrice, était mélangée à ma crainte qu'avec le printemps nos secrets enfouis ne ressourdent.

Mon amoureuse est beaucoup trop silencieuse à mon goût. Elle n'a rien dit depuis des mois sur ce qui s'est passé l'automne dernier. Pourtant, les cauchemars, eux, n'avaient pas cessé de nous surprendre, la nuit. J'espère qu'elle s'est simplement pardonnée. Qu'elle est en paix avec l'idée que nous avons rétabli l'équilibre. Mais sous la neige, il y a la boue, et imprégnées dans cette terre humide, tant d'odeurs, de traces, de mémoires qui peuvent lui rappeler le braconnier, celui dont le nom est banni de nos vies.

Malgré nos réticences à tuer, cet hiver, on a commencé à temps perdu un couvre-lit fait de peaux de lièvres pris dans nos collets. Fallait bien nourrir les chiens ! En embarquant dans l'auto, des pitous et des bagages partout, soudain, ça me frappe : j'ai peur, très peur de ce retour à la civilisation, que la réalité ne nous parasite, ne nous empêche de revenir sur nos pas. Je veux terminer la couture de mes peaux d'amour.

Les cheveux de jais de mon amoureuse miroitent des éclats de bleu, comme les plumes des corneilles. Parfois, je la regarde et j'ai l'impression de ne voir que ses traits mi'gmaqs : ses yeux légèrement bridés, sa peau toujours hâlée, même l'hiver, ses interminables cheveux lisses. Je n'en connais pas de plus belle.

La maudine, elle a réussi à me convaincre de sortir du bois, de quitter notre tanière. Elle a bien raison, au fond : nos provisions sont à sec. Elle connaît une commune maraîchère biologique près d'ici, à Cap-au-Renard : la Ferme Orléane. De prime abord, moi qui me terre depuis des années loin des gens, qui préfère la compagnie des animaux à celle des humains, je ne me réjouissais pas tant d'un été en colocation avec une vingtaine d'âmes. Mais les conserves sont à remplir avant la prochaine saison froide, et il ne nous reste plus de viande pour nourrir notre portée, qui a grandi en beauté et en appétit. Oui, c'est le temps de bouger. Rien ne stagne dans la Nature, et il faut savoir saisir les fruits de chaque saison. Or, nous ne suivrons pas les hardes de gibier, nous gagnerons plutôt une terre défrichée et une poignée d'idéalistes qui survivent, comme un village gaulois. Là-bas, il y a des serres, une érablière, des jardins, des animaux en pâturage. Je me console en me disant que j'oublierai peut-être mon inconfort de vivre en groupe si je passe mes journées seule à jardiner ou à soigner des bêtes.

– Tu vas voir comme l'été est court, mon amour. On change d'air, on canne des légumes et on revient ici tout de suite après les récoltes d'octobre. Promis, Nounoush, me souffle-t-elle dans le cou.

Nous quittons doucement la pinède, sans hâte, résolues. La yourte où nous nous sommes aimées tout l'hiver est en ordre. Les couvertures sont empilées, des branches de cèdre entre elles, pour éloigner les vermines frileuses qui parviennent à s'immiscer partout. Le poêle, lui, est rempli d'écorces de bouleau pour le prochain feu. Dans la grange, à l'entrée de la terre, on a terminé l'inventaire. Les outils sont bien graissés, chacun pendu à son clou. Et bien en vue sur la table, nous laissons nos derniers vivres en offrande, au cas où une personne mal prise trouverait refuge chez nous. Une porte débarrée vaut mieux qu'une porte défoncée.

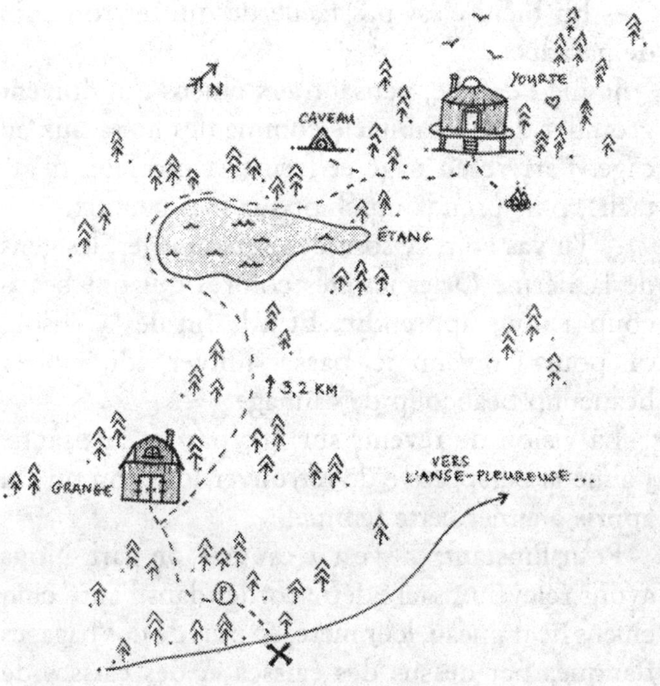

Ça y est : on suit la tranchée jusqu'au stationnement, tout en haut. Je trotte pour combattre l'émotion qui monte. C'est pas de froid cette fois que mes yeux se mouillent.

Je boucle ma ceinture. Réfléchis, tâte mes poches. Oups. Un oubli. Je me tape une course pour me donner du courage. Retournée chercher mon journal intime sous le lit, je jette un dernier coup d'œil sur le linteau de la porte d'entrée de la yourte, passe mes doigts sur son inscription gravée au couteau :

Sauvagines

– Eh bien, c'est pas facile de quitter ton coin de paradis.

Je me dépêche, pensant aux chiens qui doivent grouiller dans l'habitacle comme des lionceaux en cage. J'arrive en nage et ferme la portière, m'attache, puis prends un chiot sur mes genoux.

– Tu vas voir, ce sont des personnages, les gens de la Ferme Orléane. Des colorés qui ont beaucoup à nous apprendre. Et à la fin de la saison, on pourra revenir ici passer l'hiver, toi, moi et beaucoup beaucoup de cannage.

La vision de revenir sur nos pas est apaisante. J'aime la perspective de retrouver le cocon où j'ai appris à aimer cette femme.

Pour l'instant, ça y est, c'est vrai, on part. Nous avons relevé un sacré défi : corder dans l'auto cinq chiens de traîneau, leur mère, en plus de nos bagages flanqués par-dessus des caisses et des caisses de conserves vides. Chacune avec un chiot endormi sur les cuisses, nous quittons L'Anse-Pleureuse, direction Cap-au-Renard, à une cinquantaine de kilomètres qu'on parcourt comme autant d'hommages au fleuve.

*

Souvent, cet hiver, nous sommes venues nous asseoir dans mon auto, y savourer le confort des sièges et la vue sur la pinède. Le pare-brise pour seul écran, nous contemplions la vue quelque peu givrée, savourions des joints bien maigres, histoire d'étirer nos rations.

C'est lors d'un de ces moments de fumette qu'un orignal s'est pointé le panache dans notre angle mort. Il s'est avancé majestueusement, regardant le véhicule recouvert de neige sans nous voir. Les vitres renvoyaient peut-être le soleil ou son reflet. Ainsi camouflées, nous avons pu l'admirer de longues minutes. Puis j'ai éternué et l'animal a cessé de mastiquer son écorce pour braquer ses yeux sur la voiture pourtant immobile. Le plus nonchalamment du monde, il s'en est allé, ses longues pattes foulant le manteau de neige avec le calme et la lenteur d'un maître des lieux.

– Si t'étais un orignal, ferais-tu confiance aux humains ? J'veux dire, penses-tu qu'il pouvait sentir qu'on ne lui voulait aucun mal, qu'on ne lui *ferait* aucun mal ?

– J'sais pas, Raph. Mais si j'étais à sa place, non, j'ferais pas confiance aux humains…

– Moi non plus. Seigneur qu'on fait dur ! On rallume ça ?

Je prends la *puff* du guerrier en me demandant si nous sommes trop pessimistes, ou aveuglées par notre vision du monde.

– On fait de l'écoanxiété, tu penses ?

Raphaëlle se hisse hors du char, saisit une motte de neige et la fait fondre sur sa peau, son geste parcourant sa nuque, son front, ses joues roses qui rougissent. Les yeux fermés, elle offre ensuite son visage mouillé aux rayons du soleil :

– J'pense que tous les êtres sensibles ressentent la souffrance de la Terre. C'est la maladie de notre génération, l'écoanxiété. Et j'espère qu'elle est contagieuse, cette peur, cette angoisse-là, parce qu'il faut agir. Pis ça presse.

*

Sortir du bois, ça donne toujours un coup. La vitesse des chars, et partout, les dollars, le chacun pour soi. La yourte disparaît de mon champ de vision. La mer lisse la plage. Le temps sable les aspérités.

Quand je ferme les yeux, sous nos ongles, il n'y a plus de sang séché.

*

Raphaëlle vire sec sur un rang sans pancarte, au bout duquel habite Nathan, un musher à qui nous allons confier notre portée. Même leur mère,

Coyote, passera l'été chez lui. Mon amoureuse a le cœur gros, mais nous n'avons pas vraiment le choix. À la Ferme Orléane, m'a-t-elle raconté, il y a beaucoup de volailles en liberté : pintades, canards de Barbarie et des centaines de poules pondeuses. Pas besoin d'en rajouter, je comprends le risque que nos petits loups déplument l'élevage de ses amis. J'imagine une cohue de plumes s'envoler, des pauvres bipèdes courant pour leur vie. La basse-cour se ferait inévitablement déchiqueter au moindre écart de surveillance de notre part.

Raphaëlle triture sa laisse de cuir, visiblement émue de se séparer de Coyote. Au moins, se console-t-elle, les chiots auront la chance de grandir encore un peu auprès de leur mère.

Comme elle s'en était doutée, Nathan nous offre d'acheter les petits, histoire d'ajouter du sang neuf à son équipe de chiens de traîneau.

Queues battantes, oreilles curieuses et museaux bas, les frères et sœurs gagnent l'enclos sans se faire prier, guidés par de nouvelles signatures olfactives. Ils sont déjà robustes. L'entraînement sera bon pour eux. De l'autre côté de la clôture, les huskies juchés sur leurs niches en contreplaqué se relancent en aboiements, puis se mettent à hurler en meute. Ils débordent de joie et d'énergie, tenant le silence en respect.

Coyote reste campée au pied de sa maîtresse. Leur séparation sera plus déchirante. Je les regarde avancer vers l'enclos, Raph tirant sur la laisse, les yeux pleins d'eau, traînant sa chienne réticente, aux pattes plantées au sol. Puis Raph s'agenouille et colle son front contre la fourrure entre les yeux de sa chienne. Communion.

– Tout ira bien, mon coyote. Bonne fille.

Nathan tend la main. Raph lui remet la laisse. Coyote semble avoir tout compris, se lève, suit l'alpha des lieux.

– T'inquiète, tu sais bien que je vais veiller sur eux comme la prunelle de mes yeux, han ?

Mon regard se pose sur les seaux souillés, près du hangar. J'avance pour zieuter leur contenu. Des hures de poisson, des peaux de saumon. Sur le brûleur au propane, une grande marmite d'eau fumante pour la soupe du jour. Cet homme prend soin de ses chiens.

– Je sais. Ça me brise le cœur pareil, c'est mon premier bébé.

– Je comprends, répond Nathan. On ne se sépare pas si facilement d'une chienne de tête. Reviens la chercher quand tu veux, OK ? Elle ne t'oubliera pas.

Coyote rejoint ses chiots et nous dévisage, désormais de l'autre côté de la clôture. L'éleveur revient, la main droite enfoncée dans la poche avant de sa salopette. Il se lèche le pouce et l'index avant de faire glisser entre ses doigts une liasse de bruns, qu'il nous tend.

– Voilà. Deux mille balles.

– T'es salement généreux, Nat.

– Y'ont une belle génétique, ça se voit. Elle a du loup, la mère ?

– Moitié coyote, moitié husky-alaskane. Elle vient d'une compagnie de chiens de traîneau de

Charlevoix. Aventure Nushimit. Y'avaient peur qu'elle soit trop difficile à dompter.

– Tant qu'à moi, c'est le contraire. Sont juste plus intelligents. Ils choisissent de ne pas coopérer par caprice, ce n'est pas parce qu'ils ne comprennent pas les commandes. L'important, c'est qu'elle sache trouver sa place dans la meute. C'est pas sorcier, ça passe par le jeu. On va sur la grande côte, je leur lance une douzaine de Frisbee à tour de bras, jusqu'à ce qu'ils soient épuisés. Puis, quand ils sont calmes, ils socialisent mieux. On va prendre ça mollo, de toute façon, y'ont tellement chaud, l'été.

– Tiens, mon chum.

Raph lui refile quelques billets.

– Pourquoi tu m'r'donnes ça ? C't'un bon prix, quatre cents piastres du chien !

– J'm'attendais pas à tant. Tu leur donneras la meilleure viande. Pis engraisse la p'tite mère.

– Entendu. Au menu aujourd'hui, de la bouillie de poisson. Y'a un bar à sushis qui a ouvert, au village. Peux-tu croire que ce sont eux qui m'ont contacté pour m'offrir leurs restes ? Faut croire que les mentalités commencent à changer !

– Du monde conscientisé au gaspillage alimentaire.

Ça fait du bien à entendre.

– Une fois le poisson décongelé, il doit être consommé dans la journée.

– Tant mieux pour toi.

– Tant mieux pour les chiens.

*

Au garage, nous dépensons presque tout notre pactole en une heure. Raphaëlle insiste pour chausser mon auto des pneus les plus durables et payer mon changement d'huile, la vidange des fluides et autres patentes à réparer. La mécanique m'a toujours dégoûtée. Je n'y comprends rien, ça rentre par une oreille et me ressort par l'autre sans que j'aie rien retenu. Je hoche la tête à mesure que le sympathique homme en chienne marine nous détaille son diagnostic. Aïe – plus de mille dollars flaubés en sous-produits pétroliers.

Avec le reste, on fait l'épicerie du siècle : des kilos de café, de noix, de grains à germer, de dattes, d'épices et de chocolat. En prime, quelques pots d'huile de coco et des briques de cire d'abeille pour fabriquer des onguents avec les plantes que nous récolterons à la ferme. Je parcours les rangées, éblouie par l'abondance, venue des quatre coins du monde, jusqu'en Gaspésie. Il ne faut pas que je pense aux kilomètres parcourus, à l'empreinte du transport des produits.

– Regarde Nounoush, j'ai trouvé du gin au foin d'odeur !

Après le plein de vivres, le plein d'essence. Accotée sur la carrosserie rouillée, Raph me *frenche* comme si le pompiste ne nous dévisageait pas. J'essaie, de baiser en baiser, de chasser de mon esprit le deuil de la yourte et de notre meute. Ça fait bizarre, l'absence des chiens. Ce silence.

Les sourcils froncés, je les cherche des yeux au moindre bruit, mouvement, jappement lointain.

– T'es tellement myope, Anouk.

– Je cherchais les chiens.

– Ha ! Moi aussi, ça fait drôle, hein ? Mais pour les lunettes, je suis sérieuse. Ça t'en prend.

– T'as rien qu'à conduire, mon amour.

– Il nous reste des sous, tu sais…

– Allons plutôt acheter le *rack* et les vélos de l'annonce.

*

Face à l'horizon flou au-delà du pare-brise, j'ai une pensée pour tout ce qui est loin.

Si j'étais un aigle à tête blanche, je pourrais fendre l'air et survoler ma cabane au Kamouraska, voir à quel point la rivière est haute et si mon refuge se meurt d'une mort lente. Son toit défoncé coule, l'isolant est pertuis de tunnels de souris, le prélart, gondolé par les infiltrations d'eau, et les feuilles d'Aspenite en dessous, carrément pourries. Je ne peux plus l'appeler « ma cabane », ni l'habiter. Trop délabrée pour être rénovée.

J'ai trop attendu, faute d'avoir les sous pour la revamper. Ça fait une éternité que je n'ai pas travaillé. À vrai dire, je n'ai plus le cœur à traduire la pensée des autres, à me soumettre aux délais impossibles, aux mises à jour des logiciels, à l'Ordre. Je préfère être pauvre, voir jusqu'à quel point il est possible d'épurer ma vie. Et vivre d'amour et d'eau fraîche. J'agis en écureuil en rationnant toute chose. Par économie d'abord : j'haïs le gaspillage, mais aussi parce que j'ai toujours eu honte de demander de l'aide.

Quand même, je pourrais me payer un examen de la vue, et si je vends mes onguents maison à l'automne, je poserai sur mon nez de nouvelles loupes. J'avais des lunettes, à l'université, mais je pense les avoir perdues sous la neige.

Peut-être que je m'userai toujours à ramer à contre-courant, mais je préfère m'isoler qu'alimenter la grande roue au sacrifice de mon temps. J'ai maintenant au compteur trois hivers dans des abris sommaires. Je ne rentrerai pas en ville, la queue entre les jambes. Oh non. Ciel, non.

Raph sourit à me voir froncer les sourcils.

– À quoi tu penses ?

– La prochaine fois qu'on aura des bruns à flauber, je pense qu'on serait dues pour des bottes de marche, toi et moi.

– Ou un canot.

Nos regards s'éclairent, allumés par ces nouveaux projets de randos et de portages communs. Notre complicité n'est pas un feu de paille. J'envoie une demande à ma bonne étoile. Que notre amitié survive à la passion. Car je ressens un inconfort à mesure que nous approchons Cap-au-Renard. Je ne le fais *que pour elle*, ce séjour à la ferme. Une partie de moi est hantée par l'idée de revoir ma cabane, les travaux et le courrier qui m'y attendent. Avec le printemps, toujours ce besoin de fuir, comme l'eau.

*

Les champs sont circonscrits de clôtures électriques mobiles. Là, sur notre droite, gambadent des vaches Highlands, ces belles écossaises au poil caramel et aux cornes en forme de harpe. Un âne en plein centre fait le poteau. Dans la parcelle à gauche : des piles de seaux étincelants partout, une petite cabane à sucre qui bouille déjà, crachant une colonne de fumée blanche qui fait planer, dans toute la petite vallée, le parfum des érables.

– Ça sent le sucre à la crème !

– Bienvenue à la Ferme Orléane.

– Mon amour, je sais pas si j'ai ce qu'il faut pour vivre en commune…

– Tu seras peut-être tentée de partager ton lit, blague-t-elle.

– Ça, crains pas, chus folle de toi.

– Moi-tou, Nounoush. Mais sont beaux à craquer, tu vas voir, les fermiers.

On dirait qu'elle sonde ma réaction.

– Fais-tu de la projection, là ? Tu stresses parce que toi-même t'as peur d'être tentée ?

– Non, non. Mais si jamais ça te passe par l'esprit, tu m'en parles, promis ?

– Promis.

Chapitre 9

La commune

Anouk

La chambre qu'on m'attribue se trouve dans l'alcôve et est garnie des effets de son ancien occupant : Valentin. Il vit toujours à la ferme, mais l'été, il préfère sa tente canadienne, d'où il peut surveiller le troupeau sur la colline et se réveiller au chant des coqs, bien avant les maisonnées que nous partageons. Je suis heureuse d'avoir un toit et un vrai matelas. D'autres dorment sous la tente parce que les chambres servent en priorité à ceux qui ont de jeunes enfants ou un certain âge. J'ai de la chance, ou un statut particulier, peut-être grâce à Raphaëlle, dont le retour est fort apprécié. Je me réjouis de cet espace minuscule, mais fonctionnel, comme je les aime.

Tandis que j'épingle au cadre de fenêtre un paréo rouge en guise de rideau, une marmotte, aux abords du potager, se lève vers moi, comme pour me prévenir qu'il faut que je pose mes yeux sur le tableau dehors. Que c'est beau. Les champs sont vastes, les vaches paissent paisiblement, et le vent est chargé de nuées d'oiseaux. La Nature lance son appel, je l'entends m'ouvrir ses sentiers secrets, mais j'ai besoin de rester cachée encore un peu dans ma petite chambre.

Vlan. Je recouvre de draps propres le matelas au sol, puis m'abandonne à la gravité, en *shavasana*, paumes vers le ciel. Au plafond, des fils d'araignée captent la lumière de l'ampoule nue. Pardon. J'ai dérangé ta toile en m'appropriant les lieux.

Raph doit faire la même chose de son côté. On est dans l'œil de la tempête de notre première vraie grosse chicane. Pas besoin de recul pour prendre le blâme – je sais bien que ça l'a choquée, le fait que je me conforme de cœur joie au règlement du « chacun sa chambre ».

Elle avait commencé par me décortiquer, pour me préparer mentalement, différents règlements de la commune, dont celui qui prévoit que chacun doit y avoir sa bulle, les couples étant bien souvent éphémères. Ainsi, la cohabitation est moins chaotique à long terme. À nous de décider, par la suite, à qui rendre visite en chaussette le long des lames de bois franc qui craquent le moins, nous frayant un chemin jusqu'à l'amant ou l'amante de l'heure.

J'ai souri au mauvais moment, comme si l'idée d'être avec un homme ou d'un écart d'une nuit me chatouillait l'esprit. Je n'ai pas réussi à la convaincre que ce qui m'allume dans le chambre à part, c'est le fait de me retrouver seule dans une pièce, seule avec mon journal intime et mes crayons, seule avec mon silence. Rien à voir avec une envie soudaine d'aller voir ailleurs. Je n'aurais pas dû lui rappeler que la possessivité dénote un manque de confiance, ni revenir sur son histoire avec son ex, qu'elle avait fini par laisser en raison de ses crises de jalousie. Puis la conversation a vite dérapé. J'ai fait déborder le vase. Y aurait probablement pas fallu que je rajoute que *ce n'est pas parce que je suis bi et en présence d'hommes que je vais te tromper, franchement !* Elle est sortie de ma chambre en claquant la porte. Je n'ai pas essayé de la rattraper. C'était trop surréaliste.

Au fond, Raph devait simplement avoir besoin d'être rassurée. Je vais quand même la laisser me bouder un peu. Je lui écrirai une lettre d'amour qui dira que *mon besoin de solitude ne t'enlève rien*. Au contraire, je suis en paix, et j'ai confiance en elle, en nous, même si elle a opté, comme pour me défier, pour une chambre dans la maison bleue, à l'autre bout du rang, au lieu de celle qui était libre dans cette maison-ci.

Cette saison, nous ne dormirons pas ensemble, séparées par un froid, trois champs et six kilomètres à vol d'oiseau, et même si je l'adore, j'en suis ravie. C'est mal ? Je dors mieux seule, j'ai moins chaud, je peux lire plus tard, me lever plus tôt, sans déranger. J'écrirai tout en bas de mon billet doux *je t'aime même quand t'es pas là* ou *c'est sain de s'ennuyer*, quelque chose comme ça.

Le déménagement, la route, notre engueulade me rentrent dedans. Vidée, l'oreiller entre les bras, je m'endors sans elle. Je rêve que je jardine autour de ma cabane et transplante des pensées sauvages. Savoure l'odeur de la terre mêlée à la citronnelle, pratique le détachement sous une nuée de maringouins, écoute le chant de la rivière gorgée de pluie.

*

Une alarme de feu retentit. Puis, une voix, dans l'escalier :

– Inquiétez-vous pas, c'est juste moi qui ai *encore* brûlé mes toasts.

Je m'étire, roule hors du lit. Les objets dans la pièce piquent ma curiosité. J'ouvre le premier livre qui me tombe sous la main – *Études sur la langue des signes québécoise* – et lis le prénom inscrit à l'intérieur, essayant de deviner par la calligraphie les traits de caractère de l'homme chez qui je dors. Valentin. Qui es-tu, greyé de balles de jonglerie, de mousquetons d'escalade et d'une guitare sans cordes ? Je parcours du doigt la série de cassettes poussiéreuses sur la tablette. Ce n'est donc pas toi qui es sourd. Tu sembles apprécier les compilations de flûte celtique et de chanteuses country. Comme c'est chou. Je suis impressionnée par la pile de partitions de guitare, puis intriguée par le contenu d'une boîte à souliers. À l'intérieur, je découvre des clichés de femmes avec, au verso, des cœurs entourant des prénoms et des dates. Tous leurs regards fixent l'objectif avec l'intensité du sujet qui se sait passionnément désiré. Une grande majorité de rousses pulpeuses. Avant de refermer le couvercle, un peu troublée, je remarque un papier plié en quatre : les paroles des *Aurores*. Et là, j'essaie d'imaginer le timbre de la voix de Valentin, qui chante :

Tu fais mon amour danser les aurores
Dans ton cou, je retrouve mon cœur

Bon, arrête de fouiner dans la collection de cet homme à femmes, Anouk. Je gagne la fenêtre qui s'ouvre sur le potager, écarte mon rideau rouge. En bas, la marmotte me dévisage encore, debout sur une pile de compost, l'air de me défier. T'es mignonne, toé. J'ai la prémonition que cette petite bête est foncièrement chez elle, et moi, l'intruse en ces lieux : celle qui fuit toujours ses semblants de chez-soi.

Cher journal,

Après un hiver fusionnel, nouvelle migration. J'aime penser qu'un jour, je trouverai un lieu presque à mi-chemin entre le Québec et l'Allemagne, un point précis sur la mappemonde où je me sentirai entièrement chez moi. En attendant, je reste dans l'axe du fleuve. Il me faut cette proximité de l'océan ou d'une forêt noire, cette illusion d'être face au néant. Encore mieux si la Nature m'assiège totalement. Mais là, je ne peux pas jouer à l'ermite, je dois me montrer au groupe, comme cette courageuse marmotte.

*

On m'avait parlé d'une commune effervescente, pourtant je n'ai croisé presque personne depuis notre arrivée. Qu'une voix, celle de la brûleuse de toasts. Enfin, errant dans les sentiers à la recherche de ma douce, j'aperçois des silhouettes allant d'une grange à l'autre, affairées à quelque tâche urgente. Une fille élancée d'une dizaine d'années avance vers moi. Raphaëlle aurait pris le bois pour s'aérer les idées, me confie ma nouvelle amie, Marine, qui ne se sépare jamais de son bébé tigre en laisse. Tout en flattant le chaton, je lui avoue que ce doit être parce qu'on s'est chicanées, elle et moi. *T'en fais pas*, me console-t-elle. Je lui souris, reconnaissante. La boule de poil ronronne sur mes cuisses, tandis que Marine m'explique que si la ferme semble déserte aujourd'hui, c'est parce que les sangliers se sont enfuis, et que toutes les âmes s'époumonent en forêt à les pister avant la tombée du jour. C'est tout un drame pour la petite communauté. La petite enfile les confidences, racontant qu'elle vient tous les étés ici, apprendre les *vraies affaires*, comme aime dire son père. J'apprends ensuite que c'est la maman et les marcassins qui auraient pris la clé des champs. Marine a sa petite idée du pourquoi et du comment. Selon elle, la sanglichonne était malheureuse, trop à l'étroit dans son enclos. Elle avait besoin de courir à son aise. C'est bien normal, et pour tout dire, c'est connu : toutes les nouvelles mères ont des doutes, des tristesses, des idées noires. Le regard de la petite semble vouloir dire une autre vérité. Je me promets de prendre le temps de l'écouter, cet été. Sa maman est-elle partie ? Et si elle s'était enlevé la vie, sa petite mère ? J'ai trop d'imagination.

En lui remettant son chaton, je décide d'emmener Marine manger un cornet de molle au village en vélo, cette semaine. A-t-elle quelqu'un avec qui parler des filles ou des garçons, des premières lunes et des premiers poils ? J'ai envie de devenir son amie, mais en même temps, je crains qu'elle ne s'attache trop à moi, et qu'ensuite, je parte en coup de vent, à mon habitude. Je serai fine, mais pas trop, donc.

Je mets un pied à la ferme, et déjà, j'ai l'autre dehors.

*

La poussière finit toujours par retomber. Tantôt mon amour m'a envoyé la main, en chemin vers la maison bleue. Pendant un instant, j'ai eu envie de courir vers elle, de l'embrasser et la soulever de terre, mais je ne lui ai que renvoyé mon plus beau sourire. Puis elle s'est éclipsée, son sac de couchage sous le bras, et moi, j'ai gagné le rocher au bord du rang pour m'allumer un joint et admirer la brume sur la vallée. J'irai la rejoindre à la brunante.

*

Je lui avais prêté de fausses intentions lors de notre querelle. Ma blonde n'a pas choisi d'habiter dans l'autre maison pour me bouder. Raphaëlle a tout bonnement repris sa chambre habituelle : un grenier où les maraîchers de la commune entreposent les semences, les herbes médicinales et les bouquets de fleurs à faire sécher. Les murs sont jaune poussin, et le plancher, couvert d'un tapis beige à motifs de blés tressés. Tout ici est apaisant. Il faut grimper une échelle pour apercevoir, entre deux piles de paniers en osier vides, mon amoureuse dans son royaume aux tons de terre. La lumière chaude du soleil couchant oblique sur son lit. Le duvet de ses bras et de ses cuisses est tout illuminé, comme la poussière en suspens. Tant de beauté. Tant de douce beauté.

Mes battements de cœur me font remonter le temps jusqu'à notre première nuit d'amour, saoules-heureuses sur un lit de sapinage touffu de poils de lynx.

Raphaëlle range tranquillement ses effets, dos à moi, et je sais, par le mouvement subtil de ses épaules, qu'elle m'a pourtant bien entendue arriver. Entre nous, nul besoin de laborieuses explications. Je comprends qu'elle a besoin d'un moment d'enracinement pour se réapproprier son nid d'été. Je redescends l'échelle doucement, la laisse à ses rituels.

– À tantôt, Raphiki. Je t'aime.

– Je t'aime, ma louve. À tantôt.

*

La salle commune se remplit de visages inconnus. Marine saute sur la chaise à côté de la mienne, son chaton fidèle à l'épaule. Assise bien droite, elle semble fière d'être admise dans le cercle des grands. Je passe ma main dans sa tignasse rebelle et lui fais un clin d'œil.

Une femme aux cheveux blancs comme neige descend les marches bruyamment. Marine s'étire, féline, pour me chuchoter des prénoms et des secrets :

– Elle, c'est Adélaïde. Elle est sourde. Elle ne sait pas que ses pantoufles mènent autant de train… Attends de l'entendre faire la vaisselle ! Elle réveille toute la maison. Moi, je pense qu'elle le fait exprès… Y en a qui travaillent moins fort que d'autres, et ça dérange la Sainte Trinité.

– La Sainte Trinité ?

– Les fondateurs de la commune.

– Je vois.

– En passant… C'est bien vu si tu te lèves très tôt.

Les yeux rieurs de Marine – du bonbon – et ces premiers secrets partagés sont la plus belle porte d'entrée que j'aurais pu m'imaginer.

Adélaïde tire la chaise à ma gauche, la pointe, puis tourne les paumes vers le haut et soulève les sourcils en signe d'interrogation. Je comprends tout de suite ses gestes muets : elle me demande si cette place est prise, si elle peut s'asseoir à côté de moi. J'acquiesce avec un sourire qui dévoile toutes mes dents, puis je joins mes mains en prière, voulant lui exprimer du mieux que je peux que j'en serais enchantée. Ses yeux brillent. Et moi, je ne peux pas m'empêcher de sourire jusqu'aux oreilles, les pommettes chaudes et le front luisant de timidité. Je suis comme une petite nouvelle plongée dans une famille tissée serré, mais heureusement, je me sens déjà bienvenue grâce à Marine et à ce premier échange tacite réussi avec Adélaïde.

Les suivants à pénétrer dans la pièce ont les vêtements collés au corps, de sueur et de terre. Ils sont épuisés. J'en déduis qu'ils reviennent du bois, de leur mission de rattraper les sangliers qui se sont échappés. Mais leur expression n'est pas celle de vainqueurs.

La dernière âme à ouvrir la porte enlève ses bottes de pluie fleuries et s'écrie :

– Merci, tout le monde, d'avoir enlevé vos bottes pleines de boue dehors. Il manque juste Valentin, y'a presque fini le train des canards. Pis on attend aussi Bruce et Yvonne, qui sont aux vaches. Le troupeau avait fini le champ du fond.

Puis les yeux intelligents de la femme rassembleuse se posent sur moi.

– Oh, toi, tu dois être la belle rousse dont Raphaëlle nous a tant parlé !

Je rougis d'un cran. Enthousiaste, la femme avance vers moi en ouvrant les bras. Je me lève, faisant tomber ma chaise. Comme je suis gauche. Elle m'emprisonne de ses bras. Je me retrouve collée à elle pour ce qui me semble une éternité. Genre d'étreinte qui choque au début, puis qui devient confortable, non, apaisante. En fait, j'ai toujours espéré que ma mère me prenne comme ça dans ses bras. Le cœur ouvert et généreux. Le temps sans emprise. L'affection permise, et pas seulement aux remises de médailles et au mérite.

Je souris à la femme, qui se présente :

– Je m'appelle Clémence, dit la dame aux lunettes de plastique parfaitement rondes.

On dirait la sœur jumelle de Fred Pellerin. Non, plutôt Jane Goodall. Une femme qui sera de plus en plus belle en approchant de ses cent ans.

– Moi, c'est Anouk.

– Ton amoureuse m'a dit que tu écrivais, enchaîne-t-elle sans détour.

– J'écris, oui.

– On cherchait justement une écrivaine, han, Adélaïde ?

Le groupe rit de bon cœur. Tout le monde a compris, sauf moi et la personne concernée. Je passe du rose au pourpre. Quelle drôle de situation. Je devine que ma blonde a raconté des choses à mon sujet, probablement pour négocier ma venue ici. Lesquels de mes secrets ont-ils appris ? N'ai-je plus d'espace intime ? Que la chambre encombrée des effets de Valentin ?

Il arrive, lui, à l'instant d'ailleurs, faisant voler la porte. Je ne sais pas comment, mais je devine que c'est bien celui dont les choses meublent ma chambre. Il est bel homme. Valentin pivote pour atteindre la serviette au mur et s'essuyer le visage. Je reste hypnotisée par chacun de ses mouvements en attendant qu'il me remarque. Je vais enfin pouvoir assouvir ma curiosité. Qui est cet homme qui me prête son repaire pour l'été ?

Clémence la vive d'esprit me tire de ma rêverie.

– Donc tu tapes vite, j'imagine ?

– Une vraie machine, s'exclame Raphaëlle, qui arrive sur ces entrefaites et se tire une chaise en face de moi, m'offrant un clin d'œil brillant de fierté.

Toutes les chaises trouvent preneur. La pièce se remplit d'une douzaine d'humains de tous les âges. Clémence semble vérifier d'un balaiement des yeux si tout le monde est là. Puis elle me tend un petit ordinateur portable.

Adélaïde pousse un cri de joie fort aigu, son châle en laine tombe à ses pieds, et le chaton de Marine se précipite sur la frange. J'en comprends que la dame est enchantée à l'idée que je lui transcrive la conversation. Les syllabes qu'elle parvient à bien articuler me laissent croire que cette femme a déjà parlé quand elle était enfant. Je ne saisis pas grand-chose au début, puis, au fil des mots, je m'habitue. Phénomène impressionnant, tout un chacun intervient à son tour, mouvant les doigts, les mains, les bras. Je n'y comprends rien. Marine me fait un clin d'œil, attrape le châle au sol, le secoue un peu, déloge une griffe du minou et repose le vêtement sur les épaules frêles d'Adélaïde. Quel âge a-t-elle ? Cinquante ou soixante-dix ans ? Se blottissant dans son châle, elle remercie Marine des yeux et saisit au vol le bras de son amie. Alors c'est ainsi – Adélaïde prend la main des gens quand elle veut communiquer, puis elle lit sur leurs lèvres, déchiffrant un amalgame de mimes et de signes. Ça me touche droit au cœur, qu'ils essaient tous, tant bien que mal, de partager sa réalité. Un créole de belles intentions.

Clémence adresse une série de croisements de doigts à Adélaïde. Elle lui épelle :

– A-N-O-U-K.

Adélaïde quitte Clémence des yeux, me regarde, réjouie. Elle répète mon prénom, prononçant la première voyelle comme s'il y avait là un accent circonflexe.

– Ânouk !

Drôle. Me vient en tête l'air content de l'âne en plein milieu du champ des vaches à notre arrivée. Vie de troupeau, mais quand même seul, comme le vilain petit canard. Celui qui détonne. Fort, têtu et un peu moins roux que les bêtes cornues. Hum. Après tout, ce n'est peut-être pas l'écureuil, mais bien l'âne, mon véritable animal totem.

Alors que je m'amuse à imaginer à quelles belles bêtes ressemblent mes hôtes attablés, Adélaïde me touche le bras. La main sur le cœur, elle ferme les yeux et fait une petite révérence. Je comprends sa reconnaissance. Puis elle fixe l'écran noir et m'invite du menton à commencer à transcrire.

J'allume l'ordinateur et pose mes doigts sur le clavier. J'ouvre une page blanche. Le cliquetis qui suit impressionne les convives. Ma voisine enfourche ses lunettes et sourit en suivant les mots qui défilent à l'écran.

À ma droite, la petite Marine, qui me confie déjà des secrets. À ma gauche, Adélaïde, qui pose la tête sur mon épaule tandis que j'écris à vive allure. Devant moi, une table d'amis qui discutent des sangliers égarés, du menu du lendemain, des prochaines vaches à envoyer à l'abattoir, de l'autobus scolaire à retaper en appartement pour les stagiaires agricoles, etc.

Dans ma vision périphérique, je perçois Raph qui m'observe amoureusement, cils battants. Je me sens utile. Ce rôle d'interprète est dans mes cordes. La traductrice en moi est ravie de créer un pont linguistique entre les paroles, que je dois abréger sans en perdre l'essentiel, ou taper telles quelles, si mes doigts me le permettent. Je pianote allègrement, cachant ma gêne derrière l'écran et le jeu d'esprit de transcrire la conversation pour ma nouvelle amie, qui, par moments, me flatte la cuisse pour que je lève les yeux du clavier et voie les larmes perler à ses yeux. C'est qu'elle saisit, m'explique Clémence, pour la première fois depuis qu'elle a perdu l'ouïe, l'ensemble des enjeux discutés autour de la table. D'habitude, on lui résume les conclusions, et elle ne peut pas suivre l'argumentaire ni y participer. Là, Adélaïde peut rigoler presque en même temps que les fermiers, qui racontent les prouesses de l'une, qui a presque rattrapé un marcassin avant de tomber dans la boue, puis de l'autre, qui les pourchassait en quatre-roues en se demandant ce qu'il ferait, une fois qu'il les aurait regroupés.

Nous mangeons des salades, buvons des tisanes. Tout est harmonieux, délicieux. Tour à tour, les fermières et fermiers inscrivent au marqueur, sur le tableau blanc bien en vue près du poêle à bois, les tâches du lendemain.

Yvonne, la vachère, planifie le transfert du troupeau de quatre-vingts têtes d'un champ vers l'autre. Deux mains se lèvent pour lui venir en aide. Adélaïde saisit le marqueur et inscrit à l'ordre du jour : *Semis : oignons et poireaux*, puis Raph lui tapote l'épaule et lève l'index. Ensuite, Bruce recrute Clémence et Marine pour la récolte d'eau d'érable de demain. Il ne reste plus que moi à ne pas avoir de tâche lorsque Valentin s'adresse au groupe. Je recommence à taper.

– Nous avons une leçon à tirer de ce qui nous arrive. La perte des sangliers, c'est beaucoup d'argent qui, normalement, nous permet d'acheter nos commandes d'hiver… et nourrir beaucoup de bouches. On ne peut plus lésiner sur l'entretien des enclos. Des bêtes peuvent s'enfuir, se blesser sur la broche. Des prédateurs peuvent entrer. Avec votre approbation, dès demain matin, j'irai inspecter toutes les clôtures de la ferme, les enclos des canards, des pintades, des poules, des sangliers et des vaches. Pis j'vais noter les réparations à faire en ordre de priorité et le matériel qu'il nous manque. J'y passerai la semaine s'il le faut. *Aho ?*

Je sursaute de surprise lorsque le groupe prononce à l'unisson : *Aho !*

– Parfait. On est tous d'accord. J'aurais besoin de quelqu'un pour m'aider.

Les yeux caramel de Valentin se posent sur moi.

– Rendez-vous à cinq heures du matin, ici, l'écrivaine. Mets des bottes de pluie et des pantalons de neige. Apporte de quoi noter. On ira faire le train des petits animaux ensuite, et le tour des mères sur le point de vêler. Ce sera ton département par la suite. Raph m'a dit que t'aimais prendre soin des bêtes et que tu connaissais très bien les plantes.

À ces mots, j'hallucine ou les yeux d'Yvonne me lancent des éclairs de feu ?

Aussitôt après avoir parlé, Valentin part comme il était arrivé : en coup de vent, claquant la porte derrière lui.

*

Dans la grande salle à manger, je passe une guenille sur les trois tables raboutées. Clémence allume de l'encens. Adélaïde bourre le poêle. Marine étend des linges humides près du feu. Le long du mur, il y a cinq divans dépareillés où se prélassent ceux qui ne font pas la vaisselle. Ils jasent des sangliers. Sous cape, certains s'avouent soulagés pour les pauvres bêtes, ayant espéré tout au long de la battue qu'on ne les retrouve pas.

– On ne peut pas être végé et être en paix avec l'idée d'élever de la chair à pâté…

– Torvisse, j'espère qu'ils ne mourront pas de faim, quand même !

La panse pleine, les restes du souper rangés au frais, les tâches du lendemain attribuées et la vaisselle faite, il est temps de clore la veillée. Pourtant, tout le monde se rassemble en cercle autour des tables. Je suis le mouvement, espérant très fort que ce ne soit pas pour prier.

Clémence guide en fait une séance d'étirements. Moment festif et rigolo. Parmi les exercices : rotations oculaires, tirage de langues, massage d'oreilles et toutes sortes de grimaces apaisantes.

Marine soupire :

– J'ai sommeil !

Ses bâillements sont contagieux.

– C'est le dernier mouvement, la rassure Clémence. Quelqu'un veut proposer un étirement ?

Avant de nous mettre au lit, Yvonne nous invite à chatouiller le ciel. *Crac crac.* Mon dos me remercie. Je remarque, les bras en l'air, que toutes les femmes ont du poil aux aisselles. Naît en moi un étonnant sentiment de tribu. Enfin, Raphaëlle initie un câlin de groupe, remerciant chacun et chacune de nous accueillir, elle et moi, à bras ouverts. Je me retrouve le front collé contre celui de ma blonde, et bras dessus, bras dessous avec ma nouvelle famille. Les corps dénoués, une file se forme vers la salle de bains.

– Tu m'en veux pas si j'te suis pas ? chuchote mon aimée. Je suis crevée… J'vais *crasher* dans mon grenier.

– T'inquiète. De toute façon, faut que je me lève avant le lever du soleil pour la corvée de clôtures avec Valentin.

– OK, fais de beaux rêves, alors.

– *You too*, *baby*-chou.

Chapitre 10
Vertes de jalousie

Raphaëlle

Je cherche des orteils le poids de ma chienne au bout du lit. J'inspire sans percevoir mes arbres autour. Je suis ailleurs, c'est vrai. La yourte, les pitous, sont à des kilomètres de moi. Je somme mon esprit : *rendors-toi.* Les oiseaux ne chantent pas encore.

Je sais que la nuit n'est jamais vraiment noire, que les étoiles sont là, derrière, et que les prunelles ardentes, perchées çà et là, luisant dans la canopée de mes rêves, ne sont pas malignes. J'avance sur un sentier qui m'aspire. Il y a, devant, une clairière. Je reconnais la succion de la boue, l'odeur ferreuse du ruisseau qui coule juste ici. J'ai peur, mais il ne faut pas.

Par réflexe, ma main glisse vers l'espace froid sous les draps, sans atteindre l'être de chair.

Non, elle n'est pas là, ma douce. Allez, corps, rendors-toi.

La forêt est muette. Tout s'est tu pour capter la voix au loin. Un rire aigu et grave à la fois, tels les phonèmes des sirènes. Je m'approche pas à pas, écoute de plus près, avance tandis que la lumière s'élève, puis me heurte à une clôture de barbelés. Neuve. Coupante.

Les vaches sont couchées. Elles regardent paisiblement le soleil se lever sur le pâturage constellé d'une fine rosée. Au bout du champ, deux humains courent car des cumulonimbus mauves poussent de menaçantes notes de violoncelle. L'homme et la femme disparaissent dans les herbes hautes. Avant le premier coup de tonnerre, j'ai tout juste le temps d'apercevoir un éclat orange, la chevelure d'Anouk. Puis un éclair violet fend l'atmosphère. Les vaches meuglent, mais restent résolument ventre à terre. Un orage vient, et fort. *Plock, plock, plock.* Calamité. *Plock, plock.* Des rainettes visqueuses tombent du ciel. Le sol grouille de perce-oreilles. Moue de dégoût. Coup de tonnerre. C'est le déluge ! Une pluie violente, diagonale, martèle toutes surfaces. Je me réfugie déjà trempée sous l'appentis d'une grange en pensant à toutes ces bêtes lovées dans le creux des chicots, qui grelottent moins que moi. L'eau qui monte charrie des vers de terre jusqu'à mes chevilles. Je n'ose pas bouger, mi-incrédule, mi-catastrophée, craignant d'écraser les vies innocentes qui se tortillent là-dedans. Tout ce qui me calme : regarder à l'horizon le troupeau de Highlands qui attend que ça passe, ces bêtes à cornes soudées là, comme des vaches sacrées. Je grelotte de plus belle.

Par moments, des éclairs d'une beauté fulgurante m'illuminent les champs. Parfois, ils sont blanc bleuté, et tantôt d'un lilas électrique, mais leurs angles, toujours aussi aigus et tranchants. Une améthyste aux apex biseautés mille fois. Étincelle de diamant qui tient les nocturnes en respect, une fraction de seconde à la fois. Alors je me demande… d'éclat en éclat de lumière : où est ma luciole ? C'est qui, le gars qu'elle suivait de près ? Et pourquoi se cachent-ils de moi ? Et s'ils couraient juste se mettre à l'abri de la pluie ? Et si c'était son amant ? J'hallucine ou c'est Valentin ?

Des corneilles fendent l'air pour happer les grenouilles à mes pieds. Banquet de l'apocalypse. Dans mon cœur, le doute germe, devient ronces, nid de vipères. Il n'y a pas que parmi les herbes hautes qu'il peut t'avoir emmenée. Il existe plein de lieux propices, des portes dissimulées et des planches qui basculent sur un monde en marge de la ferme. Je vois se balancer l'ampoule, bien rouge, du Red Light aménagé dans le grenier de la grange à foin.

On s'y infiltre pour une petite vite en ne lâchant jamais la patte rugueuse de Valentin. Il pénètre dans la grange, brusque les fibres dansantes dans l'air, hâte le pas. Car il ne faut pas qu'Yvonne le voie, oh non. Je me sens tirée vers l'avant. Pourtant, ce n'est pas ma main, qu'il tient, qu'il tire, c'est la paume de mon Anoushka.

J'entends la voix lointaine de ma louve. *Promis.* Tu m'avais promis de m'en parler avant de te laisser séduire, même en rêve, même en pensée.

Je rêve, faites que ce ne soit qu'un rêve.

Yvonne se matérialise à mes côtés juste comme la foudre tombe. Sœur d'émotion. Nœud au ventre. J'ausculte mon rival. Les longs cils de Valentin, ses bras de fer, sa mâchoire sculptée au couteau, son habit de fermier aux genoux terreux. Il avance doucement vers toi, attend une permission. Personne ne nous a vues, moi et mes yeux pleins d'eau, Yvonne et ses ongles en sang. Elle et moi, fiévreuses et confuses. Elle et moi, et les poutrelles qui craquent sous notre poids.

L'ambiance est jazzée de poussière qui revole, saccadée, au rythme des pas d'Anouk qui danse dans la pièce, comme je ne l'ai jamais vue danser. Ondulant sa colonne comme un cobra, ses cheveux statiques, un sourire endiablé aux lèvres. Trop rouges. Elle est maquillée. Je hume l'air pour retrouver l'odeur du foin, mais il n'y a que le parfum d'Anouk qui m'enivre. Elle se promène dans la pièce, légère comme un pétale au vol n'obéissant à aucune gravité, se laissant soulever par le vent qui tourne et qui tourne dans la grange.

Des balles de foin sont empilées aux quatre coins, et, au centre, trône un divan de psychanalyste en feutre couleur aubergine que je ne me rappelle pas avoir déjà vu. Valentin se dépose sur l'ottomane, tout l'éclairage rivé sur lui, comme au théâtre. Yvonne a quitté les coulisses, elle ne veut pas voir. Elle en sait trop déjà. Elle sait le penchant de son homme pour les rousses. Il ne reste que moi dans l'ombre.

Contrairement à elle, j'ai encore foi en mon amour. Je sais qu'elle ne me ferait pas ça. C'est un rêve, je pourrais tout arrêter, me réveiller. Mais Anouk ouvre le frigo, décapsule une bière, qu'elle cale. Puis une autre. Moi aussi, j'ai soif, mais elle ne sait pas que je suis là, ne m'en offre pas. Le temps s'écoule et tout se gâte : la pièce s'enfume, le plancher tangue comme celui d'un navire, je sens que je vais tomber dans le vide. Elle sombre dans l'interdit, fait tomber ses vêtements trop chauds au rythme de staccatos qui donnent envie de se dandiner. Valentin la dévore des yeux comme la viande fraîche qui débarque ici tous les étés, les stagiaires de passage, les amies des amis.

Faites que ce ne soit qu'un rêve, oh oui, que je dorme, que ce soit faux… Je cherche au mur un interrupteur, qu'une lumière aveuglante les immobilise juste à temps, mais les murs s'éloignent, le bois tord, je rampe sans plus trouver d'issue, tout chavire…

Je me plie comme pour vomir, et me retiens, m'agrippant à l'oreiller, aux draps. Je glisse et *boum*, tombe en bas du lit. Je reste là, quelques secondes avec ma nudité et mon drap fou tout entortillé. Salut, les fleurs séchées et toiles d'araignée au plafond. Bon, un peu de décorum : je retourne lentement dans mes draps poisseux de sueur. OK, grenier, ça va.

Je me lève, ouvre la fenêtre pour respirer de l'air frais, savoure la caresse du vent du matin, qui sèche ma peau. Frisson de plaisir. Ce n'était qu'un mauvais rêve. J'ai hâte de voir ma blonde et de l'embrasser.

Toc toc toc.

– Bon matin, cocotte, t'es debout ?

– Hum... Mouais. Une minute.

– On part dans pas long.

– OK, Vonny.

Je respire profondément, clenchant trois salutations au soleil, bien au centre de la pièce, pour ne pas que mes doigts accrochent au passage les bouquets d'aneth et d'armoise qui longent les murs mansardés. Puis j'enfile la seule dentelle que j'ai, qu'Anouk affectionne, pour me donner confiance aujourd'hui, passe un t-shirt au hasard, une salopette. J'attache mes cheveux en une des tresses les plus serrées de ma vie, essaie de chasser mes doutes en cherchant une casquette dans le fond de mon sac. Puis, j'entends le moteur du bazou d'Yvonne dehors. C'est l'heure d'aller aux vaches. Je remplis mes deux gourdes d'eau en me dévisageant dans le miroir de la salle de bains. *Pourquoi tu lui fais pas confiance, han ? C'est quoi cette insécurité, tout d'un coup ?*

Je m'envoie de l'eau glaciale au visage. Coups de klaxon.

– Raph ? Grouille ! On part. À moins que tu veuilles inspecter le champ des vaches jusqu'à la ferme. Mais je t'avertis, les bouvillons peuvent être agressifs, des fois.

– Non, non, attendez-moi ! J'arrive.

Les joues roses, je cours rejoindre mes colocs en bas. Ils écoutent religieusement la météo dans le char. Orage en vue ? Non, faut pas que je me mette à croire à un rêve prémonitoire… À voir la tronche d'Yvonne, je ne suis pas la seule à avoir passé la nuit sur la corde à linge. Hum. Et si c'était simplement la Lune qui venait nous chicoter ? La taquine !

Je pense à ma douce, qui doit déjà être à son rendez-vous avec Valentin, elle qui dormira toute la saison dans sa chambre à lui, parmi ses affaires, son odeur de mâle… et qui travaillera du lever au coucher du soleil à l'abri des regards, à ses côtés. Quand elle rit fort, elle bascule la tête vers l'arrière, et elle ne nous laisse pas le choix d'admirer son col de cygne, la vue plongeante sur sa poitrine, sa peau, là, qui frissonne au toucher.

Seulement vingt-quatre heures dans la commune et déjà, une chicane et un cauchemar. Comment vais-je passer l'été ici sans lui faire de crises de jalousie, sans l'étouffer ? Je n'ai pas envie de jouer dans un mauvais film de commune qui éclate pour une histoire de cul.

En route, mes vieux amis s'arrêtent dans un tournant et se rangent sur l'accotement pour observer le lever du soleil. Une boule de feu des plus éblouissantes émerge des collines. Tout l'habitacle est instantanément orangé. Les rayons nous caressent. Résurrection de lumière. Je suis contente de voir que, malgré la liste infinie des choses à faire à la ferme, on n'oublie pas de savourer les heures.

Paupières baissées, j'inspire profondément. Je pense à la journée devant moi et je décide qu'elle sera des plus belles. On traversera le pont lorsqu'on aura atteint la rivière.

C'est futile de s'inquiéter, sinon du menu du déjeuner.

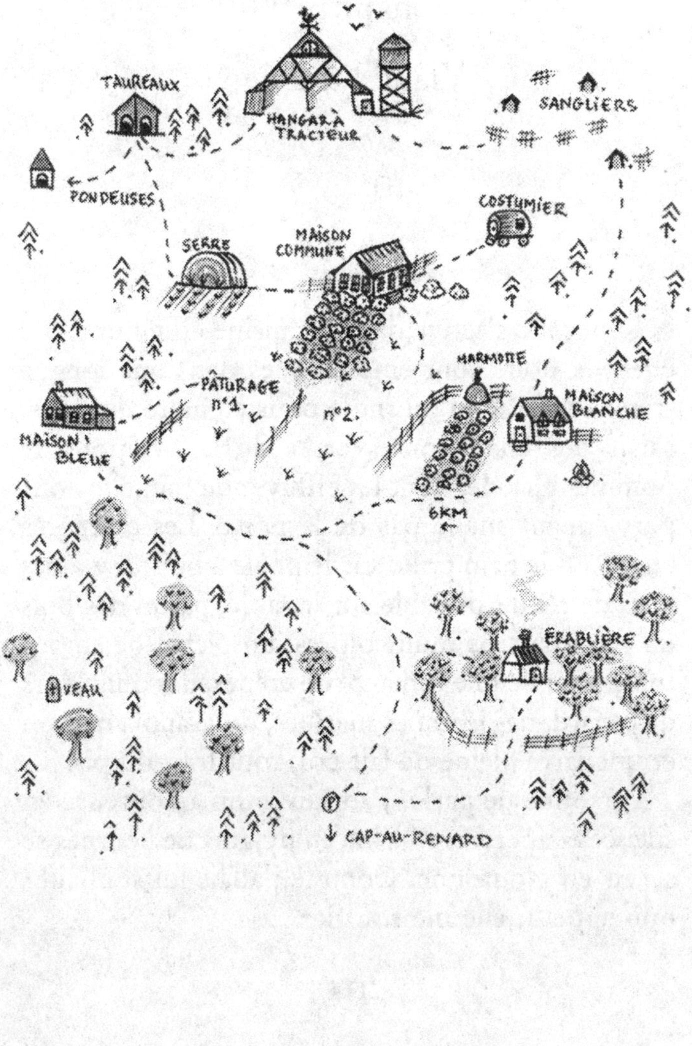

Chapitre 11
Viande à chien
Anouk

Raphaëlle s'active dans la cuisine commune. Ses cheveux noirs sont emprisonnés dans une longue tresse serrée. Elle tournoie pour éteindre des feux, saisir des chaudrons, verser de la compote de pommes chaude, dont les effluves de cannelle nous parviennent sur le pas de la porte. Les cafetières chantent, le pain grille sur le poêle à bois, il y a des pots de réduit d'érable sur la table, parmi des bols de germinations multicolores, un pichet de smoothie vert, une pile fumante de crêpes, des œufs durs de canard, des légumes marinés, du granola maison et une jarre pleine de lait cru, tout frais du pis.

Personne ne parle. J'admire mon amoureuse en silence et aperçois Marine en pyjama de licornes se servir en gloutonne. Comme j'allais lui souhaiter bon appétit, elle me souffle :

– Chuuuut.

Je comprends le jeu collectif. La quiétude des matins se savoure sans mot dire. Tout le monde se sert sans trop faire de bruit, mange lentement, lit un brin, mastique longuement, tandis que dehors, le soleil inonde les champs.

J'apprécie ce moment de calme. Il s'agit probablement d'une stratégie éprouvée qui contribue à maintenir l'harmonie au sein d'une cohabitation nombreuse. Mes yeux se posent sur les illustrations aux murs : des dessins d'enfants, un calendrier de semis, une affiche des courges du Québec, une grande carte situant les bâtiments de la ferme. Puis je constate que mon nom a été ajouté sur le tableau du fond.

– TÂCHES –

Raphaëlle : *Déjeuner*
Marine : *Nourrir les chats*
Adélaïde : *Chercher et mirer les œufs*
Clémence : *Vaisselle du déjeuner*
Yvonne : *Dîner (12 personnes)*
Thomas : *Vaisselle du dîner*
Bruce : *Entretien tracteur*
Anouk : *Vaisselle érablière + clôtures*
Valentin : *Aspirateur + clôtures*
Groupe : *Souper (15 personnes)*
Corvée du jour : *Bois de chauffage*

J'embrasse Raphaëlle, qui se dégage pour me resservir du café. Je la serre contre moi de mon bras libre et déroge au règlement en lui glissant un *bon matin, mon amour* dans son cou tout doux.

Clémence se racle la gorge, je crois d'abord que c'est pour me rappeler au silence, mais je me trompe. Elle se lève, décidée. Prend appui sur la table avant de se lancer :

– Bon, je sais qu'on est pas censés parler le matin, mais c'est un jour exceptionnel ! On fait quoi, groupe, pour retrouver les sangliers ? On restera certainement pas les bras croisés !

La porte d'entrée s'ouvre, se referme. Yvonne, à bout de souffle et aux bottes de pluie toutes boueuses, souille l'entrée, mais elle est tout de suite pardonnée :

– Les sangliers sont revenus dans leur enclos ! J'peux pas croire ! s'exclame la vachère.

– Nous niaises-tu ? On en parlait justement... répond Clémence, étonnée par la coïncidence.

– Non, j'vous dis. Ils dorment, les pattes dans les airs. Sont brûlés raide.

– Quel soulagement... soupire un barbu que je n'ai pas encore rencontré avant d'attaquer son gruau.

– Lui, c'est Thomas, me chuchote Marine avant d'engloutir une tartine pliée en deux, dûment trempée dans du yogourt.

– Bruce, va les surveiller, s'te plaît. Moi, j'vais porter une balle d'ensilage aux bouvillons.

– OK, Yvonne. Après, tu parqueras le tracteur proche du garage, j'vais changer l'huile.

– *Team work !*

*

J'essuie la vaisselle au côté de Clémence, le regard absorbé par le dehors. Je fouille les armoires, trouve où ranger ceci et cela. Soufflant sur ma tasse fumante, j'observe par la fenêtre tout ce beau monde se mettre à l'œuvre. Yvonne et Bruce se donnent une tape dans le dos, contents que l'épisode des sangliers en fuite soit terminé. Ma Raphaëlle gambade jusqu'à la serre, où l'attendent des multicellules remplies de terreau à semis. Marine et Adélaïde, suivies par le petit tigré, marchent jusqu'au poulailler, des seaux en plastique blanc leur pendant aux bras. On entend, au loin, le meuglement des taureaux Angus – deux monstres aux muscles saillants, au poil foncé et luisant de sueur : Barack et Nelson. Les mâles reproducteurs, dorlotés comme des chefs d'État.

La fenêtre au-dessus de l'évier donne sur le jardin médicinal presque entièrement dénudé de son couvert de neige. Des buissons de thym entremêlés de lavande en émergent, libérés d'un grand poids, se redressant vers la lumière. En posant les assiettes sèches sur la tablette, je vois Yvonne qui enjambe la clôture de cèdre, puis grimpe sans hésitation dans le Mahindra qui vrombit vers l'enclos des vaches. Le tracteur rouge repasse à vive allure dans mon champ de vision, chargé d'une balle de foin presque aussi grosse que la machine elle-même.

Il y a quelque chose qui me dérange chez cette femme, un je-ne-sais-trop-quoi : peut-être sa façon de m'ignorer lorsque je la regarde en face ou ces regards qu'elle me jette, justement, dès que j'ai les yeux ailleurs. Soit elle évite mon regard par gêne, soit je l'intimide, soit elle me hait. Peut-être les trois. Je fronce les sourcils et tords la serviette, l'égouttant dans l'évier.

Clémence me donne un bec sur la joue. J'avais oublié sa présence.

– Merci, m'dame. Vous êtes fort aimable, débite-t-elle, à la blague.

– Plaisir. On enchaîne sur les ustensiles de l'érablière ?

Loin au-delà de la vitre, ma blonde sort de la serre, les mains noires de terreau. Marine est sur son retour, son chaton dans son capuchon. Elle dépose ses seaux pleins d'œufs aux pieds de Raphaëlle, qui prend le relais. Il faudra les mirer, les laver au besoin, dater les cartons et entreposer le tout au frais, dans l'étagère la plus froide du coin de la maison. La petite, étincelle de liberté, pique une course jusqu'à un bâtiment dont je ne connais pas encore la vocation, un genre de wagon de train en bois, peut-être une minimaison.

– Clémence ?

– Oui m'dame ?

– Il sert à quoi, ce wagon-là ?

– Ah ! C'est le costumier.

Je souris. Ce tonneau géant sur roues, quel bel univers pour les enfants petits et grands !

Clémence me raconte que c'est Paul-Émile, le père fondateur de la commune, qui serait arrivé ici dans les années 1960 à bord de cette chose insolite et qu'au fil des visites, on a garni le wagon d'objets perdus, de tricots d'automne et de vêtements de rechange. Puis il y a eu ce clown humanitaire qui s'est posé un été à la ferme, avec ses malles chargées de perruques et de drôles de trucs – boas multicolores, jupons à froufrous, bottes de cowboy et chapeaux hauts de forme, sans parler des accessoires de magie. En partant, il a presque tout laissé pour se faire un bagage plus léger. Finalement, c'est devenu le royaume des enfants et le costumier des jours de fête. Quand il pleut à boire debout, ou lorsqu'il y a de nouveaux venus, il n'est pas rare que s'organise une troupe de théâtre impromptue, laquelle représente en déambulant son grand classique : *la Sainte Trinité ou la fabuleuse naissance d'Orléane.*

– T'inquiète, on n'est pas une secte, piaffe Clémence !

– Ça m'intrigue : qui c'est, cette Orléane ?

– Orléane, c'était, comment dire : une grande âme. La matriarche de la ferme.

– La fille de Paul-Émile ?

– Ha ! Presque ! Une jument canadienne, noir suie, pas maligne du tout. C'est grâce à elle que Paul-Émile et les premiers membres de la commune ont pu survivre au premier hiver. Ils n'avaient pas une cenne. Sans elle, ils n'auraient jamais pu sortir autant de bois. C'était un bon cheval, elle adorait travailler. Dès qu'on enchaînait un tronc et qu'on claquait la langue, elle partait ! Fallait voir ça, c'était de toute beauté de la voir tirer, la sueur fumant sur son dos. Et tous les poulains et pouliches qu'elle nous a donnés... Mais j'te livrerai pas tous les punchs du spectacle...

– Tu l'as connue, toi ?

– Oui, elle est morte il y a une dizaine d'années. Paul-Émile s'en remet tranquillement. À son âge, il sait qu'il ne connaîtra plus pareil amour.

Marine ressort d'un bond du costumier, son t-shirt étiré à l'avant sous l'effet d'un objet qu'elle cache dessous. Elle trotte à présent pour rejoindre Raphaëlle à mi-chemin entre la serre et la maison. Je n'entends pas les voix, mais je sais par les traits rieurs de la petite qu'elle s'apprête à lui offrir quelque chose. Elle tire sur une patte qui dépasse, au bas. Une peluche grise et blanche. Un bébé husky en doudou. Raph le serre contre son cœur, et ouvre les bras. Marine s'y enfouit, savourant son câlin. Doux moment.

Et moi je pense à cette jument travaillante, figure de proue du domaine. Aux chevaux qui devaient galoper dans la prairie, là où se tient le troupeau de vaches, au vent fou dans leur crinière, au son de leurs sabots compactant la terre, au sentiment de ne faire qu'un avec ses semblables en pleine course... Je n'ai jamais ressenti ça.

– J'peux te demander conseil, Clémence ?

– Toujours. Je t'écoute.

– Est-ce que tout le monde est en paix avec ma présence ici ? C'est important pour moi de vérifier. J'ai peu d'expérience maraîchère, je me rends compte, et...

– La vie de ferme, c'est d'abord une question d'amour et de cohabitation.

– Hum.

– Comme les énergies que tu ressens ici.

Mon regard est soudain happé par le tracteur rouge qui gronde, dehors.

– T'es plus que bienvenue parmi nous, chère. Pis tu le sais, au fond de toi, pourquoi Yvonne est fâchée contre toi.

Marine secoue ses bottes de pluie croûtées de neige brune, s'en libère, puis remonte ses bas de laine en avançant dans le salon pour saisir une bande dessinée. Puis elle nous surprend toutes deux en déclarant, comme si elle nous écoutait depuis fort longtemps :

– Vonny est frustrée c'matin parce que Tintin *veut pas* qu'elle vienne camper avec lui dans sa tente comme l'été passé.

– Le quotidien tue la passion, commente Clémence.

– Ils sont ensemble ?

La question est sortie trop vite. C'est odieux.

– Des fois oui, des fois non, répond Marine. Aujourd'hui, je dirais que non.

Clémence sourit, puis, s'adressant à l'enfant :

– Et si tu allais nourrir les chats, ma petite fouine ?

– Je *fouine* pas ! C'est eux qui crient tellement fort qu'on les entend à travers le plancher !

– Va, les minous te réclament.

Effectivement, ils miaulent et miaulent, se frottant les flancs contre la porte de la cuisine.

Flash des ex dans la boîte à chaussures du collectionneur Valentin. Tu me hais, Yvonne, parce que je suis rousse, comme il les aime ? Même si je suis avec Raph, tu me considères comme une menace, moi et mon karma de poseuse de bombes dans les couples ? Non. Je m'accorde sûrement trop de charme, et son aversion doit simplement traduire le fait qu'elle ne peut pas me sentir. Une affaire de phéromones.

Parlant du loup. Je consulte l'horloge au mur : quatre heures de retard, quand même.

Valentin pousse la porte, cerné, essoufflé. Il s'excuse et engloutit un œuf dur tout rond, se rince la gorge de café brûlant, puis se tartine une rôtie avant de me faire signe de le suivre, le croûton de pain entre les dents.

Clémence insiste pour terminer seule la vaisselle de l'érablière. Prétend qu'elle aime ça.

– Tu verras quand t'auras de vieilles mains comme moi : l'eau chaude, c'est fort agréable…

Valentin et moi faisons un détour par le garage. Aux murs, les contours d'outils ont été tracés au marqueur noir afin que tout revienne au bon endroit. Valentin saisit un rouleau de broche à clôture, des pinces, un marteau et d'autres bricoles. Moi, j'examine l'atelier. Chaque chose a sa place : les clés anglaises en ordre croissant, les gréements de tracteur au sol, démontés pour être graissés, tous placés chronologiquement pour le remontage. Une infinité d'objets rangés dans un ordre apaisant.

J'avale ma salive. La tension est palpable, je me réfugie dans le silence, laissant Valentin réfléchir à ses affaires. J'entends Bruce parler avec Thomas, qui semble être son apprenti. Des bouts de phrases captés ici et là, tandis qu'ils entrent et sortent du bâtiment, les bras chargés de matériel. La commune a tout de même ses castes, Raph m'en avait parlé. D'une part, les vétérans, qui sont ici depuis longtemps, et de l'autre, les nouveaux, qu'on surnomme les *rookies*, et les *wwoofers*, soit la main-d'œuvre gratuite. Je n'ai plus l'habitude d'avoir un chef, ni de faire tout ce qu'on me dit sans avoir voix au chapitre. Manifestement, les dynamiques ici impliquent une certaine perte de liberté.

Puis sans mot dire, nous nous mettons en marche vers les enclos. Mon hamster mental fige. Je suis folle ou Valentin fait exprès de me foncer dedans, effleurant mon bras et ma main ? Son sourire un peu trop proche de mon visage ? Ouf. Ça commence de même.

– Là, le poteau, on va le renfoncer avec notre poids.

Appuyant de toutes nos forces sur la perche de cèdre, nous réussissons au bout de trois coups à bien le replacer dans son trou. Première victoire d'équipe. Une dizaine d'autres jusqu'à la laiterie. Heureusement, la terre est meuble. Petit à petit, la clôture se redresse.

Soudain, en traversant le stationnement vers le prochain enclos à réparer, nous entendons le moteur du Mahindra qui force au point d'étouffer, et les vaches qui meuglent et meuglent et meuglent.

Puis un cri.

Nous courons.

L'horreur.

Yvonne a fait une mauvaise manœuvre. La balle d'ensilage est tombée de trop haut et s'est écrasée dans la mangeoire des bouvillons. Une vache, qui avait déjà la tête à l'intérieur, les cornes de l'autre côté des barreaux, est coincée sous le poids de la balle. Elle ne bouge plus du tout. Yvonne ne parvient pas à agripper la balle d'ensilage avec les dents du tracteur. Le troupeau beugle à vous en déchirer le cœur. Thomas n'arrive pas à se rendre utile tant il est bouleversé par ce qu'il voit. Valentin et moi courons jusqu'à l'étable et revenons avec des fourches pour faire levier. Thomas et Bruce nous prêtent main-forte, passent deux tours de corde sous la balle d'ensilage et la nouent à la pelle. Nous réussissons, mais de précieuses minutes trop tard. La vache a étouffé, la gorge écrasée contre la barrière, les cornes prisonnières des barreaux.

Je tombe par terre, n'arrive pas à ne pas regarder la pauvre bête aux yeux révulsés. L'horrible marque déjà mauve à son cou. Bruce et les autres font sortir le troupeau et guident les bouvillons affolés vers un autre enclos. C'est dangereux, les bêtes turbulentes courent en ruant, envoyant des coups de cornes et de sabots en tous sens.

Yvonne ne sort pas de sa cabine, le visage livide, catatonique.

– Tu fais toujours tout trop vite, crie Valentin. Descends la pelle, tu vas nous tuer !

Elle obéit, actionne des leviers, rabaisse la balle d'ensilage, qui roule dans la cour, comme un pion sur un damier géant.

Je me botte pour me relever. J'erre. J'ai juste envie de me réfugier dans les bras de Raph, mais je ne sais plus où elle est…

Figée, chancelante, j'entends une engueulade dégénérer derrière. Je balaie la cour des yeux. Où sont Marine et Adélaïde ? J'espère que la petite n'a pas vu la scène. J'espère que tout le monde va bien. J'aperçois Thomas, accoté sur la carcasse d'un autobus scolaire. Il vomit.

– Va falloir la soulever pour la saigner, soupire Val, qui m'attrape le bras. T'es pas obligée de rester voir ça.

– La saigner ?

– On va quand même pas perdre la viande… Faut se dépêcher, son ventre a déjà commencé à gonfler.

J'entends des bruits de chaînes, des voix qui fusent. Nous longeons la scène sans distraire Yvonne, affairée dans la cabine du tracteur, faisant lever la fourche hydraulique arrière, où Bruce a déjà enchaîné les pattes de la vache morte.

Haut-le-cœur.

Nous fonçons vers l'enclos des sangliers, Valentin, décidé comme un bouc, moi, moins sûre. Je repère enfin Raphaëlle au détour d'un bâtiment, elle lève tristement la main, noire de terre, et regagne la serre. Elle non plus n'aidera pas à sauver la viande…

Je me retourne une dernière fois et aperçois Bruce qui sort un étui de couteaux, Yvonne qui déplace le tracteur où la carcasse gonflée pendouille au gré des virages, jusqu'au-dessus du dernier banc de neige sur le terrain. Puis le sang gicle sur le visage impassible de Bruce. Ses lèvres remuent. Je suis trop loin pour capter les mots, mais c'est bien clair qu'il explique chaque coupe à Thomas, qui a repris de l'aplomb et qui l'assiste. Qui veut apprendre. Bruce a l'intelligence d'un chirurgien : il décortique aussi bien les machines qu'il dissèque les bêtes, avec minutie, contrôle et pédagogie.

– C'est ta blonde qui va être contente, commente Valentin, la voix chargée d'émotion.

– Pourquoi tu dis ça ? Ma blonde adore les animaux, elle est plutôt triste à mourir, à ce que j'ai pu voir.

– Non, ce que je veux dire, c'est que d'ici quelques heures, on va avoir une sacrée *batch* de viande à chien. T'as vu comme le ventre de la vache était gonflé ?

– Arrête, j'ai mal au cœur.

– Et avec le choc, le poids, on peut pas prendre de risques, peut-être que des organes ont éclaté et contaminé la viande.

– Val, s'te plaît, tais-toi.

– On va sauver ce qu'on peut, la cuire longtemps, et le mieux qu'on puisse faire pour pas gaspiller tout ça, c'est d'aller la porter à Nathan.

– Ouf. On dirait que ce n'est pas la première fois que ça vous arrive...

Valentin s'acharne à former un œillet avec la broche pour réparer une brèche de l'enclos, visiblement troublé lui aussi.

– On est une bande d'amateurs...

Chapitre 12
L'orage

Anouk

Ils n'ont pas chômé de la nuit, nos bouchers de service. Il ne reste que du sang sur la neige, l'écho de la scie à batteries et une odeur poignante de bœuf cuit, qui plane tel un brouillard sur la ferme. Glauque.

Les chaudrons gommés de sirop d'érable que Clémence a nettoyés à ma place sont remplis à ras bord de viande et d'os tranchés en morceaux. Raphaëlle charrie le tout dans la fourgonnette de la commune, dont le fond du coffre a été abrié d'une *tarp* bleue.

Ce matin, Raphaëlle est la seule intéressée par le ragoût qu'on mijote à la chaudière. Ça m'étonne d'elle, une ardente défenseure des animaux, mais en vérité, elle a raison. Ce qui est fait est fait, et rien ne peut le réparer, sinon l'effort de ne rien gaspiller de la viande.

À l'intérieur du bâtiment principal, le noyau de la commune est regroupé pour une réunion matinale d'urgence. Je croyais y échapper, vu la nature sensible de la conversation, mais Clémence installe l'ordinateur portable devant moi. J'avale ma dernière bouchée de gruau tiède.

– Adélaïde a un veto, il faut qu'elle comprenne ce qu'on va se dire.

Un deuxième matin où le vœu de silence est brisé. Force majeure.

J'ai tout juste le temps d'apercevoir mon amoureuse démarrer la fourgonnette et quitter le terrain en klaxonnant. J'imagine qu'elle est heureuse de prendre un temps pour elle et de revoir déjà sa chienne, d'offrir un festin aux chiots et à tous les huskies du chenil. Je suis surprise que ses coups de klaxon soient la seule salutation à laquelle j'aie droit : elle n'a même pas pris le temps de venir me voir et de me demander si j'aimerais l'accompagner. En vrai, j'aurais accepté. On dirait qu'elle me pousse dans la gueule du loup. Raph doit se douter de quelque chose… Ma façon de dévorer Valentin des yeux à chaque occasion – peut-être que je bave inconsciemment – ou notre abstinence, à elle et moi, depuis notre arrivée. Il y a clairement un non-dit, un abcès qu'on devra crever.

Bruits de pattes de chaises grinçant contre le plancher. J'ouvre une page blanche à l'écran, pitonne la date, fixe le curseur qui clignote pour échapper à mes inquiétudes amoureuses. Les membres fondateurs – la fameuse Sainte Trinité – s'attablent à leur tour, Paul-Émile au centre, Clémence et Adélaïde à ses côtés.

J'ai espionné par l'entrebâillement de la porte la chambre secrète du patriarche, son tapis persan sur lequel il déroule sa couverture pour dormir, et les centaines de cristaux et géodes tout autour, ce cercle de pierres semi-précieuses nappées de poussière. Je l'imagine restant couché au sol des heures, raide comme une barre, les yeux rivés au plafond comme si, à force de fixer les éléments, on pouvait les transpercer des yeux. Paul-Émile ne dort pas, il se recharge grâce aux forces minérales.

Le curseur clignote, j'attends sagement en ressassant ces images, mes pensées errent jusqu'au mystère de Stonehenge. Bruce et Thomas sortent de la douche, le premier, une serviette nouée autour de la taille, le second, flambant nu, sauf le chef enturbanné. Ils grimpent l'escalier en vitesse.

– On s'habille et on arrive !

Je suis heureuse d'habiter quelque part où l'orientation sexuelle n'est pas taboue. Aimez-vous, pis c'est tout. On me sert du chaï au lait cru. Yvonne entre avec un nuage noir au-dessus de la tête et s'assoit en face de Valentin. Les amants-mécanos-bouchers aux cheveux encore mouillés s'attablent enfin. Tout le monde y est. Clémence semble méditer, les yeux clos, une tristesse aux lèvres. Je commence à taper.

Les arguments sont bons de part et d'autre : le troupeau de vaches prend trop d'énergie au groupe. Ronde de murmures et assentiments. Bruce fixe le sang encore sous ses ongles. J'apprends, comble du malheur, que les veaux sont atteints d'un mystérieux mal ce printemps : ils naissent faibles, marchent à peine, et on ne les voit jamais téter. Dix-neuf sur vingt-deux tiennent à peine sur leurs pattes tant ils sont malades. Certaines mères les abandonnent au bout du champ, leur refusent le pis. Nous sommes trop peu nombreux pour les sauver tous et les nourrir au biberon. Yvonne a commandé du colostrum bovin auquel elle a mélangé de l'orme en poudre. Ils avalent la pâte avec appétit, mais rien ne semble calmer leur tube digestif inflammé. Ils continuent de chier leur vie, émaciés.

La chicane pogne, parce qu'évidemment la souffrance animale ne laisse personne indifférent, ici. La solution est pourtant simple : un traitement antibiotique pour tout le troupeau, quitte à perdre la certification biologique.

– Faisons venir le vétérinaire d'urgence, propose Yvonne.

La Sainte Trinité s'y oppose, car toute prise de médicaments au grand jour suppose la faillite, la viande conventionnelle valant quatre fois moins que la viande biologique. Bien des clients de la Ferme Orléane annuleraient leurs commandes. La réputation de l'élevage serait entachée l'année suivante, même si le problème ne revenait pas. Le Ministère. Les inspections. La non-conformité de certaines installations, à l'ère où la paysannerie est diabolisée, à l'ère où les mégafermes d'acier inox et de béton sont vues comme une référence.

– Mais si tous les veaux meurent... avance Valentin, avant d'être interrompu.

L'homme aux airs de Panoramix plaque ses mains sur la table, nous faisant tous sursauter. Le grand esprit de la Sainte Trinité, celui qui a établi presque toutes les règles ici et dont je n'avais pas encore entendu la voix, tranche :

– Ce sera quand même moins onéreux, grommelle-t-il.

Je transcris.

Adélaïde se lève et se met à taper dans les mains pour que tous se taisent. Les fermiers la regardent, surpris de la voir s'interposer, elle qui, d'habitude, reste murée dans son silence. Avant de quitter brusquement la table, elle prononce quelques mots, tout à fait intelligibles, cette fois.

– Bravo, l'argent a fait de vous des monstres !

J'arrête de taper. Je me demande ce que je fais là. Les oreilles me chauffent, les remarques sont acerbes. Puis j'entends mon nom. C'est Clémence, aux lunettes embuées de larmes, qui m'apprend que je devrai, ce soir, accompagner Valentin en forêt pour enterrer la première victime de l'épidémie : le petit veau blanc mort ce matin. J'aurais aimé avoir le courage de refuser. C'est une des choses que je n'aime pas ici : il faut obéir au doigt et à l'œil à la Sainte Trinité. Comme si leur âge vénérable ou le fait qu'ils soient les pionniers du projet agricole leur conféraient une intelligence supérieure. Déjà qu'ils ont un veto. Ce n'est ni équitable ni démocratique.

Je m'avance sur du sable mouvant :

– Et si on votait ?

Tous se tournent vers moi. C'est vrai, je n'ai pas le droit de parole, lors des réunions, que le devoir de taper.

– Je peux vous offrir mon point de vue ? Un regard extérieur ?

– On t'écoute, Anouk, dit Clémence.

Derrière ses lunettes, je lis dans ses yeux que j'ai marqué un point. Je survole rapidement le visage des membres avant de me mouiller. Paul-Émile confus, Marine tristounette, Bruce avide d'entendre ce que j'ai à dire, Thomas qui tambourine la table, Valentin qui me fixe ardemment, Yvonne et ses yeux lanceurs de mauvais sorts.

– Pardonnez-moi, mais il me semble que la question ne se pose même pas. Les veaux sont malades au point qu'ils ne tiennent plus debout… Qu'est-ce qui vous dit que les mères ne sont pas malades elles aussi ? Après combien de bêtes mortes allez-vous réagir ? À mon avis, vous vivez des expériences traumatisantes par peur de la réalité. Et je termine là-dessus, détestez-moi, je m'en fous. Vous pensez au profit avant tout, et ça, c'est franchement cruel ! Pensez donc en premier au bien-être des vaches, c'est tout ce que j'ai à dire ! Le vétérinaire, il aurait fallu l'appeler dès les premiers symptômes. Vous allez vraiment vendre de la viande de vache malade en prétendant qu'elle est de qualité ? La bactérie *E. coli*, ça vous dit quelque chose ? Si c'était *mon* troupeau, j'attendrais pas une autre seconde, j'appellerais le vétérinaire. Et si c'est trop cher pour vous, ben faudrait les vendre à quelqu'un qui peut s'en occuper, de vos vaches.

– *Aho*, soufflent en chœur Thomas et Bruce.

Pour une fois, Yvonne me regarde, et je sens quelque chose comme du respect. Basta, tout est dit.

Hochements de tête. Clémence dépose ses lunettes embuées sur la table. Marine lui replace des mèches de cheveux derrière les oreilles, essuie du bout du doigt ses larmes.

– Vous, les adultes, vous êtes dans le champ, s'indigne Marine. Si c'était Nelson ou Barack qui étaient malades, vous n'auriez pas hésité à les sauver, parce qu'ils valent très cher, les taureaux, han ?

Je souris malgré moi. Elle enchaîne :

– Dans les naufrages, on sauve les femmes et les enfants d'abord.

Perplexe, j'ai hâte de voir où veut en venir la petite. Tous sont pendus à ses lèvres. Clairement, son opinion semble compter autant que le veto de la Sainte Trinité, finalement.

– Hier matin, une de nos vaches est morte, et cette nuit, c'est le petit veau blanc qui est allé rejoindre le paradis des animaux. Pourquoi les taureaux sont bichonnés comme des rois, et les vaches et les veaux, eux, non ?

Marine regarde tour à tour les fermiers. Thomas prend la parole :

– Me semble que c'est ce qu'on voulait leur offrir ici, un éden, non ? Moi, comme vous le savez, je suis végétarien. J'ai failli ne pas me joindre au projet parce que ça me brise le cœur de voir les bêtes partir à l'abattoir et d'être impliqué dans tout ça. On s'était pourtant promis qu'on leur donnerait la plus belle des vies, à ces pauvres animaux nés pour finir dans des barquettes de viande ! Vous me décevez...

– C'est bon, c'est bon. Appelons donc le vet, il fera des analyses. Au moins on saura à quelle maladie s'attaquer. Peut-être qu'on n'aura pas besoin d'antibiotiques. Peut-être qu'on pourra diviser le troupeau et lui donner un soin qui ne nous fera pas perdre la certification bio, han, Yvonne ? Tu parlais de l'orme rouge, l'autre jour... Y a peut-être d'autres remèdes naturels et efficaces. Tant qu'on ne sait rien, on ne peut pas agir. Entre-temps, on risque de perdre tous les veaux, et personne veut ça, réaffirme Clémence.

– Je suis d'accord. Mais après, on vend le troupeau, lance Valentin. Je suis sérieux ! La commune aura plus de temps pour les jardins, les marchés fermiers, les livraisons aux restaurants. L'argent des quatre-vingts têtes pourra servir à réisoler nos trois maisons en chanvre, à rafistoler la toiture de la grange, à creuser un nouveau puits... Il faut se concentrer sur nos forces, sur ce qui marche. On n'est pas tous végétariens, mais on est tous ici parce qu'on veut créer un modèle différent, une agriculture consciente, et là, on est en train de tomber dans le même merdier que l'agriculture conventionnelle. Marine, Adélaïde et Thomas ont raison. On est dans le champ, on prend des décisions sur les mauvaises bases. Je vous jure que je ne suis pas l'homme le plus heureux du monde quand je chauffe le *truck* jusqu'à l'abattoir. Je préférerais être n'importe où ailleurs, mais je le fais pour vous, pour nous, pour la ferme.

Clémence place sa main dans mon dos et me souffle à l'oreille :

– Merci d'avoir crevé l'abcès, Anouk.

– Je…

– Si les vaches partent, je pars aussi, laisse tomber Yvonne, à la surprise de tous. Je suis là à cause d'elles, moi ! À quoi ça sert, une vachère, sans troupeau ?

Clémence s'essuie les yeux de sa manche.

– Je sais bien, ma belle. Mais c'est un pari fou qu'on a pris, han, de te laisser pratiquement seule à gérer quatre-vingts têtes ? Vous étiez combien, chez vous, pour un troupeau pareil ?

– Chez nous, Clémence, on perdait moins de temps à chialer ! Pourquoi vous venez pas m'aider, à la place ? On va tous les remettre sur pied, au biberon s'il le faut !

– C'est pas réaliste, ma chouette… Qui s'occuperait des petits animaux, des jardins, des enfants ?

– Sans les vaches, la Ferme Orléane n'est pas rentable. Et mon troupeau, c'est tout ce qui me retient ici.

Je baisse les yeux, me réfugie sous la poussière dans les craques du plancher de bois franc pour éviter de joindre mon regard aux autres qui sont posés sur Valentin, qui ne réagit pas.

Paul-Émile, au bout de la table, fixe le néant.

– Pas de vaches, pas de foins, ajoute Bruce. Vous imaginez l'économie sur l'essence et l'usure du tracteur ? On pourrait enfin avoir le temps de monter nos projets de permaculture et de déplacer les troncs d'arbre pour faire de la culture sur buttes.

– *Less is more*, conclut Thomas.

Yvonne se lève, pousse sa chaise violemment.

– Vous me direz ce que vous décidez, moi, j'vais aller soigner mes veaux.

*

Les mains dans les poches, à défaut de pouvoir m'enfuir, je botte des cailloux dans la cour. Je ne peux m'empêcher de m'approcher du tas de neige brunie de sang, à deux pas de la grange à foin. Je remarque aussitôt la lanterne rouge et son ampoule allumée. Le Red Light. Je me rappelle cette soirée à la yourte où Raph m'avait raconté en riant l'histoire du bar clandestin à même la grange, et qu'il ne fallait pas, ô sacrilège !, oublier de déposer sa contribution volontaire dans la jarre à biscuits où des dollars froissés s'entassaient, juste au-dessus du frigibière. Y a-t-il quelqu'un sur la brosse là-haut ? Me disant qu'il est midi quelque part dans le monde, je me laisse séduire par l'idée d'une courte fugue. Le temps de caler une bonne petite frette.

Il faut se mettre de biais pour passer entre les immenses balles d'ensilage. L'échelle tient bon. Je monte un barreau à la fois, guettant les sons. Rien. Je me hisse jusqu'à la trappe, l'ouvre avec fracas. Un nuage de poussière monte dans la pièce. La lumière suit les fentes, éclaire en faisceaux les paillettes mouvantes. Par les craques des planches, je vois le dehors. Personne ne m'a suivie.

Soupir. Je savoure le moment de solitude absolue. Que le ronron du réfrigérateur pour me rappeler où je me trouve dans la galaxie.

Les journées sont longues. Je mérite bien une bière. Je laisse une poignée de monnaie sur la table, faute d'avoir localisé la jarre à contributions. Je décapsule une IPA. Prends une gorgée délicieuse. J'ai une pensée pour mon plan de fin de soirée : la tombe à creuser, les coups de pelle qu'il faudra donner dans une terre sillonnée de racines. Ça me dégoûte, et j'espère qu'ils ne s'attendent pas à ce que je participe à enterrer tous les veaux qui trépasseront encore. Mais si c'est pas moi qui le fais, peut-être qu'ils demanderont à Raph, et ça, je ne peux pas le concevoir. Il ne faut pas réveiller le chat qui dort.

Iglou iglou. J'avais oublié le goût floral du houblon. Songe à ses propriétés médicinales, aux oreillers d'autrefois bourrés de ses cocottes somnifères, aux bières que l'on sert dans les auberges au sommet des Alpes bavaroises, à mon père qui boit seul chez lui. J'ai soudainement envie de sauter dans mon char et d'aller le rejoindre pour une cuite. Les aiguilles du coucou au mur sont figées, indiquant éternellement 16 h 20. Blague de poteux, fans de Bob Marley. C'est aussi l'heure des embouteillages sur la 20. De Cap-au-Renard jusqu'à Montréal-Babylone. Huit heures de char pare-choc à pare-choc, papa, ou sept cent cinquante-quatre heures à pied. Il nous faudrait un moyen de communiquer, comme une ligne souterraine et du code morse : tu triperais, assis dans la cave, à déchiffrer tout ça. Des textos de bunker à bunker aussi, ce serait sympa.

Je prends une autre bière, fais sonner la monnaie sur le comptoir. J'ai comme un motton imbuvable. Tranquillement, une faille se taille en moi, s'ouvre et me fend : je ne suis pas sur mon X. Je mets mon énergie au profit des coffres d'une ferme d'élevage mal gérée qui, malgré elle, est responsable de souffrance animale, alors que je devrais rentrer chez moi au Kamouraska et veiller sur ma forêt.

Mais Raphaëlle ? Comment elle prendrait ça ?

Je fouille les tiroirs du buffet où sont rangés les sous-verres, trouve des feuilles et des crayons parmi de vieux jeux de cartes. Je m'installe à la table bancale, plie un carton pour la stabiliser et tasse les vides.

Je devrais écrire à mes parents, maman-juge, papa-refuge, qui n'ont pas eu de mes nouvelles depuis notre fuite du Kamou, l'automne dernier, mais qui ne doivent pas non plus s'en étonner...

C'est plus pressant d'écrire au loup de mer qui a chapeauté notre fugue.

Cap-au-Renard, 8 avril
Cher Lionel,

C'est Anouk.

T'inquiète, tout roule. On bosse sur une ferme proche de la yourte.

Coyote est chez un ami musher qui a acheté ses chiots. Raph est allée leur porter un festin de bœuf aujourd'hui. Elle travaille sans arrêt, ta chouette. Moi, j'apprends des tonnes de choses : l'art d'être une bonne secrétaire pour une femme sourde, quand arrêter le réduit de sirop d'érable juste à temps, comment dégommer des chaudrons, réparer des clôtures avec pas grand-chose, mais surtout la vie en commune. C'est pas évident.

J'en viens à la raison de ma lettre, te demander encore un grand grand service. Ma case postale doit déborder. Pourrais-tu prendre ma clé cachée dans la cabane d'oiseaux sous le pommier et m'envoyer mon courrier ici, à l'adresse sur l'enveloppe ?

Tu dois le deviner, on va se dire les vraies affaires entre ermites, mon coin de paradis me manque. J'aimerais tellement que tu prennes le temps de me raconter ce que tu auras vu en passant chez moi. À quel point ma cabane est effondrée, si la rivière est sortie de son lit et jusqu'où, quelles empreintes tu croises, et si à ton avis, il y a un nouveau braconnier qui rôde ou pas.

P.S. : SVP entre dans la grange pour voir si mon chat Shalom est revenu. Juste au cas, pourrais-tu emmener une poche de croquettes au saumon et la percer pour lui ? D'habitude, il se tient près de la boîte en carton remplie de vieilles guenilles. C'est son lit. Je sais, les croquettes vont attirer les souris, mais y'est déjà trop tard pour ça... Alors tant mieux pour le matou.

Je t'embrasse et au plaisir de te revoir à mon retour. Merci pour tout.

♥

A.

Ces deux bières derrière la cravate m'ont engourdie. Tant mieux. Ma petite sieste dans le hamac – qui semble tendu entre les poutres centrales exprès pour ça – n'en sera que meilleure.

*

Je redescends l'échelle. C'est l'heure de creuser.

Dans un film d'horreur, il y a toujours – comme en ce moment – des nuages noirs qui pèsent lourd et des coups de tonnerre qui donnent la chair de poule.

– Dépêchons-nous, avant la pluie.

Valentin jette trois pelles sur la couverture qui cache le corps mort. Pourquoi trois ? J'espère que ce n'est pas Yvonne qui s'est portée volontaire pour nous aider. Il suit mon regard, me devine.

– Au cas où y en aurait une qui pète…

– Ah.

Valentin enfourche le quatre-roues, et hop, j'embarque derrière lui. Coup de gaz. *Vroum*. Rebondissements. Je m'écrase les seins contre son dos. J'allais attraper les barres latérales pour empêcher une autre collision, et puis *fuck*, j'ai trop peur de tomber, je m'agrippe à lui.

Yvonne peut bien mordre de la poussière de crotte de veau.

Nous tirons une petite remorque où gît l'animal, sous une couverture tachée de peinture. Des gouttelettes froides commencent à tomber. Je me colle contre le dos de Valentin, moi qui ai si peu l'habitude de ces engins, surtout hors piste. Je rebondis à chaque bosse et j'ai peur de finir sous les roues de la remorque. Je l'enlace fort, tandis que nous gagnons le couvert des arbres.

Bientôt, là-bas, à l'abri des regards, nous creusons et creusons. Valentin a sorti une hachette du fond de la remorque et fend une à une les immenses racines qui entravent notre progression à la pelle. Il tient à ce qu'on creuse au moins six pieds.

– Pourquoi si profond ?

Valentin réfléchit. Le ciel gronde. La pluie commence à tambouriner la canopée, nous parvenant à peine. Pour l'instant.

– Pour les coyotes et les loups.

– Ils vont se rendre pareil.

– Sûrement. D'ailleurs, je suis surpris qu'on les entende pas déjà.

– Ils doivent attendre qu'on s'en aille.

Le ciel tonne encore. La pluie, la sueur nous coulissent au front, aux tempes. Premier hurlement au loin. Valentin enjambe le tas de terre et redémarre le quatre-roues. Les phares illuminent à la fois mes jambes et le trou.

– On manquera pas de gaz pour rentrer, han ?

– T'es plus peureuse que je pensais...

– Non. Juste prévoyante. J'ai pas peur des bêtes sauvages. Au pire, elles vont venir déterrer le veau. Ce qui m'écœure, c'est de penser qu'il pourrait les rendre malades.

– Ouin.

– Nous, on risque rien. J'ai quand même pas *full* envie de marcher deux heures dans le noir et la boue jusqu'à mon lit parce qu'on a manqué de fioul. On attraperait la mort.

– J'te tiendrai la main, au pire.

Les manches mottées de terre, tout le corps trempé de sueur, Valentin et moi traînons le veau jusqu'au trou de quasi six pieds. La carcasse glisse bien, grâce à la toile de plastique, et tombe tout croche dans la fosse. J'ai besoin de me recueillir avant de le recouvrir. Minute de silence sous la pluie.

Des coyotes yippent de plus en plus près.

Nous récupérons la toile bleue toute dégoulinante. Imaginer à quels jus je touche m'écœure. Et si je devenais le spécimen hôte d'une zoonose ? *Focus.* Faut remplir la fosse, à présent. Les mains, les bras, les joues, les vêtements souillés de boue, j'essaie de ne pas regarder une dernière fois les yeux révulsés de l'animal. Et puis merde, j'y peux rien, comme une biche qui fige face aux phares d'un char. Je regarde. Ils me rappellent les yeux de la vache découpée hier. Ce regard absent. En pelletant, la nausée me prend par à-coups, je vomis dans le trou.

Val est moins loquace tout d'un coup. Entre deux pelletées de terre, il est aussi pris de haut-le-cœur. Mais rien ne sort. Je gerbe encore. Deux âmes sensibles forcées de manipuler des cadavres.

– Ça va, moussaillonne ?

– Mouais. J'm'habituerai juste jamais à cette odeur-là.

– Tant mieux.

En pelletant de plus belle, je me demande si c'est toujours aussi intense à la Ferme Orléane. Qu'est-ce que je fais ici ?

– Dure semaine, trouves-tu ?

– As-tu de la mari, par chance ? J'ai besoin de me geler solide. Ça a effectivement été une semaine de marde, depuis la fuite des sangliers.

– Tantôt, je nous en roule un gros.

Je regrette l'invitation aussitôt que je l'ai formulée. Et si Raph revenait ce soir et me faisait une visite surprise ? Valentin rembarque sur le quatre-roues. Je le rejoins sur la selle et me colle sans gêne contre son corps. Nous frissonnons tout le long du retour. Le chemin à suivre est plus hasardeux qu'à l'aller – les ornières se sont remplies d'eau, tout est plus glissant, il fait noir, mais Val conduit bien. Mon cœur bat fort contre son chandail mouillé. Je resserre mon étreinte, comme si le torse de Valentin était un tronc d'arbre à épouser, geste qui me fait sentir à la fois vilaine et sécurisée.

Il pleut des cordes maintenant. Valentin coupe le moteur devant la maison. Nous montons l'escalier jusqu'à *notre* chambre, bifurquons par la salle de bains pour nous laver les mains, le visage.

– Tu permets que j'aille chercher du linge sec dans ma, euh, dans *ta* chambre ?

– Vas-y, fais comme chez toi.

J'allume la radio dans le couloir, barre la porte des toilettes, me rince vite fait sous le jet d'eau glacée et me sèche, lui laissant le temps de se changer.

Heureusement que j'ai suspendu une brassée sur la rampe de la cage d'escalier hier ! J'attrape du linge au hasard et retourne m'embarrer dans la salle d'eau. Je rince mes vêtements pleins de boue dans le fond du bain, les tords à mort avant de les pendre à la pôle. Mon pantalon et mon chandail forment un rideau sombre, et derrière, à la pomme de douche, j'accroche ma brassière et mes bobettes, histoire qu'elles soient moins en évidence.

Le long miroir incrusté dans la porte me renvoie mon corps squelettique. Ayoye. Mes os saillent de mon bassin, mes genoux sont enflés, j'ai les paumes en feu et mille bleus. Faudrait que je me crème. Je me rhabille en vitesse, enfile le jogging noir et mon vieux t-shirt *Dark Side of the Moon*. Aucune coquetterie permise. Ma crinière ressemble à un nid d'autruche sec et cassant comme de la paille. Tant pis. J'en retire carrément deux brindilles et un brin de foin. Ha !

Le ficus souffre lui aussi du chauffage électrique. J'en profite pour remplir l'arrosoir et étancher la soif des plantes de l'étage. La radio dans le couloir grésille. J'ajuste la fréquence, puis l'antenne. Rediffusion du bulletin de nouvelles régionales – on annonce un programme de coupes préventives sur les lots privés, afin de prévenir la propagation de la tordeuse d'épinette de la Gaspésie au Bas-Saint-Laurent. Je monte le son. Ça parle du déclenchement prochain de la campagne électorale au fédéral, de la lutte qui s'annonce serrée comme d'hab entre les libéraux et les conservateurs, et *cauchemar :* deux experts jasent du projet Patriot-Pipeline, qui risque d'être remis en branle si les démons l'emportent. On renchérit : les lobbyistes de la pétrolière seraient déjà en mode séduction. Et l'entretien se termine en hypothèses sur le futur nom du tuyau, histoire qu'on oublie le bilan catastrophique de la compagnie.

Contrariée, je retourne à la chambre avec pour seule consolation l'idée de fumer, fumer, fumer jusqu'à tomber dans les pommes. Pour réprimer mon instinct de décamper tout de suite. Pour m'empêcher de paqueter tout mon stock et de sauter dans mon auto. Je m'ennuie de ma cabane. Je me demande combien de temps ma lettre – qu'il me faut impérativement poster ! – mettra à rejoindre Lionel, et mon courrier, à me retrouver ici. Une semaine ou deux, max. Je suis condamnée à attendre ici. *Fuck me.*

L'esprit agité, j'oublie que Valentin était lui aussi en train de se changer et arrive au seuil de la porte de la chambre. Il est plié en deux dans son jogging noir. Ouf que c'est beau, son dos lisse, son bronzage d'habitant aux bras, ses épaules pleines de nœuds. Puis il se tourne et me sourit en enfilant un t-shirt des Doors. Comme s'il avait fait exprès de prendre tout ce temps, attendant que j'arrive, pour finir de s'habiller devant moi.

Je ne peux pas m'empêcher de rire de notre accoutrement si similaire.

– Vêtus pour l'occasion.

Je tire un livre dans la bibli pour égrainer de l'herbe, m'assois sur le matelas au sol et plonge dans mon rituel, le temps que mes joues de rousse dérougissent. Maudites mains moites, ça roule donc bien mal.

– Es-tu partante pour un feu dehors, tantôt ?

– Tout doit être trempé, non ?

– Le bois est à l'abri, on peut mettre des couvertures sèches sur le banc. *Come on !* J'prends jamais le temps d'exister...

– Qu'est-ce que tu veux dire ?

– Tu le sais, t'as bien vu qu'on court comme des poules pas d'têtes pour faire rouler la ferme. J'prends jamais le temps de faire des feux.

– J'pensais que c'était juste moi qui étais pas faite pour le travail à temps plein...

– Ha ha ! J'aimerais tellement ça, faire rien que quarante heures semaine.

– Moi, quand je suis à ma cabane, mes journées de travail se résument à corder, fendre, rentrer du bois, cueillir des trucs, faire du cannage, des feux, marcher dans le bois, et prendre un contrat de traduction quand j'ai plus rien à fumer. Mais je suis cassée à temps plein. Ça a son lot de désavantages. Toi, au moins, t'as pas à t'en faire avec l'argent.

– La ferme endosse toutes mes dépenses, ouais. Mais j'en ai pas beaucoup, j'sors jamais. Ça paye le gaz dans les chars qu'on partage. Y m'ont payé le dentiste aussi.

– Pas si pire.

– Ça reste une forme différente d'asservissement.

– Ouais, on s'en sauve pas, han ?

– Y'est où, ton spot ?

– À Saint-Bruno-de-Kamouraska, là où les Appalaches commencent. Mes oreilles bloquent quand j'monte la côte jusqu'à mon rang. Y avait des épinettes à perte de vue, mais depuis un an ou deux, y a de plus en plus de coupes à blanc. Y en a qui sont contents d'avoir soudainement une vue sur le fleuve.

– Pis le vent dans la face !

– Ouais. Tellement fort que y a plus de mouches.

– Wow. Beau joint, *good job*.

– Merci. On part le feu ?

– Ouais.

*

Nos joggings fourrés dans des bottes de pluie, pour ne pas dire bottes à vaches, nous traversons la cour et ses herbes ployées jusqu'au spot à feu derrière la maison. Malgré la végétation lourde d'eau, nous réussissons à créer un îlot de chaleur vite confortable. Sur un banc de parc, Valentin a étendu deux couvertures de laine bien sèches. Assis à distance raisonnable l'un de l'autre, les yeux perdus dans le feu, nous nous passons le joint en silence sur une trame sonore de crépitement et de bourrasques qui malmènent les draps trempés sur la corde.

Des véhicules arrivent et repartent, la porte d'entrée claque et reclaque, mais personne ne vient nous rejoindre. Tant mieux : j'ai l'esprit trop grillé pour socialiser. Je pense aux fenêtres des chambres qui nous surplombent, aux curieux qui pourraient nous observer et même nous entendre d'en haut. Mais qu'est-ce que je fais de mal ? Moi et mon conditionnement judéo-chrétien… Mouais. Ça : accepter le *shot* de Valentin, approcher dangereusement mes lèvres des siennes, aspirer tout le nuage sortant de sa bouche si près de la mienne et m'étouffer en riant. J'ai envie de me coller contre lui, comme sur le quatre-roues, de sentir les mains la force le poids d'un homme. Ça fait si longtemps.

Mais je fais gaffe, Raph, je n'ai plus quinze ans. Je sais me maîtriser. Le pire, c'est de le penser. Faites qu'on trouve rapidement un sujet de conversation ou qu'il sorte une blague plate.

Soudain, à l'intérieur, l'alarme incendie retentit. Nous courons vers la maison emboucanée, et j'extirpe du grille-pain deux rôties noires, me brûlant le bout des doigts, tandis que Valentin monte sur une chaise pour éventer le détecteur de fumée. Yvonne sort de la salle de bains.

– Pas subtils, vous deux.

– De quoi tu parles, Vonny ?

– J'vais tout conter à Raph, Anouk.

– Conter quoi ?

– Vous deux qui prenez une petite pause en tête-à-tête, alors qu'il y a encore plein d'ouvrage, pour venir ici baiser quand la maison est vide. Pas besoin de mentir, j'ai vu votre linge éparpillé partout en haut. Et j'sais que t'aimes bien ça, hein, Val, fumer après l'amour.

On se regarde lui et moi, estomaqués.

– Vous vous méritez, tous les deux.

– Vonny, attends. Fais pas de conneries, y s'est rien passé... J'te jure !

Le ton monte. Les oreilles me silent. Écœurée, je lance aux porcs-épics :

– Lavez donc votre linge sale en privé ! Moi, j'me tire. Valentin, expliques-y donc qu'on est trempés parce qu'on est allés enterrer son veau en plein orage, crisse ! Pis toi, Yvonne, si tu vas raconter tes hallucinations à ma blonde...

– Tu me voles mon chum, tu trompes ta blonde et tu me menaces en plus ! T'as du culot en maudit, fille.

– Espèce de paranoïaque. Dis un mot de plus et...

– Et quoi, salope ?

– Rien, laisse faire.

– Envoye, dis-le, le fond de ta pensée, Anouk.

– Tiens-toi loin de moi, juste, tiens-toi loin.

Dehors, l'orage éclate. Je monte les marches deux à deux et m'enferme dans ma chambre.

*

Je suis trop enragée pour m'endormir. Je lutte contre le sommeil, retournant ma colère contre moi-même. C'est de ma faute.

Je n'ai peut-être rien commis, mais mens-toi pas, fille. Tu baises Valentin en pensée, ça oui.

Je me lève d'un bond, tire toutes mes couvertures du lit, saisis et déroule le matelas de randonnée autogonflant qui était rangé dans le garde-robe. Je dévisse son capuchon et tandis qu'il se remplit d'air, je soulève le matelas du fruit défendu, le traîne jusque dans le couloir et l'accote au mur. Cette nuit, je m'impose une posture militaire. Je dormirai par terre, comme Paul-Émile couché dans son Stonehenge. Ça m'apprendra à jouer avec le feu. Ma volonté se doit d'être plus forte que les phéromones de cet homme.

Malgré l'inconfort, je finis par sombrer.

*

Sous une pluie de gazouillis précoces, j'entends les cloches des vaches qui broutent dans les hautes terres. Laquelle d'entre elles cherche son petit ? Celle qui mugit au bout du champ ? J'ai le cœur brisé. Je m'enfouis le visage sous l'oreiller, la joue contre le matelas dégonflé et le plancher froid. À tout le moins, la pluie aura eu raison du banc de neige ensanglanté dans la cour. Je n'aurai plus à le voir ni à le contourner.

J'ordonne à mon corps de se reposer encore un peu, mais presque aussitôt retentit le cri nasillard d'une scie à chaîne. C'est Valentin qui fait rugir l'engin. J'écarte le paréo et l'aperçois, en bas, affûtant l'extrémité de perches de cèdre pour en faire des piquets de clôture. C'est vrai, pendant notre tournée d'hier, nous en avions noté une quinzaine à remplacer. La sueur perle à son front, il soulève son chandail pour s'essuyer le visage, sans savoir qu'il me dévoile son ventre, son chemin du bonheur, la fleur de lys tatouée sur l'os de sa hanche. Tout ce haut du corps lustré, chocolaté de terre et de bains de soleil.

Je suis foutue.

Yvonne et son sixième sens. Raphaëlle et ma trahison imminente. Valentin et son matelas plaqué contre le mur. Moi et mon amour des femmes et des hommes. Tout mon présent chamboulé par cette ambivalence.

Je l'aime, Raphaëlle, sincèrement. Mais physiquement, je ne suis pas rassasiée. Elle a un appétit différent du mien. Elle vivrait de tendresse, la soie. Moi, ça ne me suffit pas. J'ai la nostalgie d'un homme un peu rustre, de la sensation de complétude lorsqu'on emplit mon corps. Je m'écoute penser et j'ai l'impression que c'est mal, ressentir cet instinct, alors que c'est le mien. Il n'est malsain que parce que je n'assume pas mon ressenti, je le bloque dans un coin de mon esprit, comme si ça allait passer.

Chaque jour de plus en plus, je marche sur de la glace mince.

Je repense à Rio, à ses doigts crispés tout croche par ses engelures, assis près de mon poêle à bois. J'ai désiré cet homme pour des raisons bien plus profondes que parce qu'il était beau. Valentin est beau. C'est un à un sur ce plan.

Mais le fermier du dimanche ferme les yeux sur ceux qu'il reconduit à la mort.

Riopelle, lui, a le courage de ses convictions, c'est un défenseur des arts, du bois, des animaux. Quarante-huit heures en sa compagnie ont suffi à m'insuffler l'envie de me battre pour le territoire. Avant sa rencontre, je me contentais de bouder le système, de vivre en marge, comme si je pouvais m'en extraire. C'était un peu enfantin comme posture, je l'admets. Puis, quand mon grand fou a repris le bois pour traverser les lignes, j'ai suivi à la radio la couverture de la vague d'actes de vandalisme ciblant les pétrolières d'un océan à l'autre, toutes ces *tracks* de train bloquées pendant des semaines, banderoles aux gratte-ciel et les manifs pour la Terre. J'ai compris que Riopelle avait joué son rôle dans une vaste stratégie internationale qui avait le pouvoir de faire basculer des géants. Que nous nous trouvions précisément au point tournant d'une époque. La preuve, on déployait maintenant l'énergie du désespoir pour salir la lutte écologiste, accusant les citoyens mobilisés d'encenser ces voyous, ces « terroristes environnementaux ». Je montais le son dès que j'entendais les mots *sables bitumineux*, *dilbit*, *pétrole*, *gaz liquéfié*, qui, la plupart du temps, étaient remplacés par le terme *ressources naturelles*. C'était archilouche, ce travail de maquillage du réel, cette sémantique, ce parti pris des médias. J'arrivais au bout de ma solitude, j'avais envie de redonner un sens à ma vie d'ermite qui voyait bien que boycotter les méchants n'était pas suffisant. Puis... puis est venue Raphaëlle, pour qui je me suis sali les mains, me disant qu'après tout, j'avais déjà commis une première offense en hébergeant un fugitif. Le plus difficile, pour moi, ça aura été de faire la paix avec la violence. Désormais, je comprends mieux à quel point ces causes que l'on porte peuvent accaparer tout l'espace, voire chambouler nos valeurs fondamentales. Raph et Rio ont ça en commun : ils ont été des catalyseurs pour moi. Ils m'ont montré du doigt les vraies menaces mettant en péril l'Habitat. Et voir que Rio est parti à pied jusqu'aux États-Unis, avec un mépris du danger qui semble disparu de nos tripes, depuis le temps des coureurs des bois ! Ça me jette à terre, cet esprit de fronde là. Valentin ne fait pas le poids, il mène les bêtes à l'abattoir, enterre les veaux morts, il ne se révolte pas. Deux à un.

Y'a un fantôme qui plane dans ma tête depuis l'épisode de l'opération Baleine noire : il manque une fin à notre histoire. Il est parti, il le fallait. Mais là ?

Si tu rentrais au Québec, Rio-Riopelle, la seule place où je risquerais de te recroiser, c'est dans mon patelin... Mais j'ai pas la moindre idée de comment tu t'appelles pour de vrai, ni de quelle ville tu viens !

Plus j'y pense, moins ça fait sens. Je ne l'ai pas vu depuis un an et demi : ça en fait, du temps, pour l'idéaliser à force de me remémorer ses histoires. Valentin, il est en chair et en os dans ma vie. À portée de main. Deux à deux.

Bilan : j'ai envie de baiser Val... mais la meilleure chose serait de partir avant, pour ne pas blesser Raph... et pour mettre toutes les chances de mon côté de recroiser Rio. Ouf. Gros zéro en sciences sociales, Anouk Baumstark. Tu vas finir par blesser tout le monde. T'as déjà commencé, avec Yvonne. Ce n'est que l'onde avant le tsunami. Va falloir que je regarde la vérité et mon amour en face. Que j'arrête de fantasmer.

Chapitre 13
L'héritage

Anouk

Épuisée par le train-train quotidien, les mille et une tâches, puis les réunions qui finissent tard, le soir, je décide de prendre du repos à l'écart pendant ma lune.

Je sirote rose, ortie et framboise, une bouillotte sur le bedon, les reins calés dans une pile d'oreillers, un bon livre en appui sur un coussin, la fenêtre entrouverte sur l'immensité.

En fait, c'est un *bed-in*, un boycott. Je suis à bout, alors je boude les fermiers et fermières, qui travaillent du lever au coucher du soleil. Je n'en peux plus de leur rythme et de la vie misérable qu'ils font mener aux animaux, malgré toutes leurs bonnes intentions.

Je m'isole petit à petit de la commune. De ma chambre, je travaille sur quelques dessins. Je n'ai pas eu le courage de confier à Raphaëlle ce qui me chicote, parce que je ne suis certaine de rien. Parfois, on s'accroche à la nostalgie parce que le présent est moins palpitant. Et je me connais, je sais ce penchant que j'ai pour la fuite, de façon générale. Ne pas faire de maîtrise en traduction, plutôt partir voyager sur un nouveau continent. Fuir Montréal, pleine d'opportunités de carrière, pour prendre le bois. Et si mes fugues étaient cycliques ? Des phases. Comme la Lune, j'ai besoin de me cacher, la plupart du temps.

Comment rassurer mon amoureuse ? Si elle se tient loin, depuis qu'on est ici, c'est peut-être parce qu'elle sait tout ça, déjà ?

*

Plutôt que de covoiturer, je franchis maintenant à pied les six kilomètres de champs qui séparent la maison blanche des bâtiments de ferme. Parfois, je jogge tout le long. J'ai pris la bonne habitude de me remplir deux Thermos à l'aube : un de café brûlant et un autre de smoothie vert, comme ça je peux sauter le déjeuner et aller directement aux enclos des nouveau-nés.

Je fais le tour des petits animaux, donne du grain aux pintades, vérifie que leurs abreuvoirs fonctionnent, éteins les lampes chauffantes, puis donne du grain aux canards, étends de la paille dans leurs nids, ramasse tout le compost de la cuisine en plus des fruits du désherbage des jardins, et porte le tout aux sangliers affamés. En fin de journée, je fais chauffer le lait d'Ida, la petite dernière-née qu'on a séparée du troupeau de vaches pour la sauver. Sa mère refusait de la nourrir, et en deux semaines au biberon, elle est la seule à avoir pris du poids. Tous les autres sont morts et enterrés. Je sais qu'un vet est finalement venu, qu'il a traité d'urgence toutes les vaches, mais qu'il était trop tard pour sauver les veaux – les mères les ayant abandonnés dès leur naissance, plusieurs sont morts déshydratés. Je n'arrive toujours pas à le concevoir. Elles les savaient condamnés. Elles les ont laissés mourir.

Je ne vois ma Raphaëlle qu'aux repas. Elle est dévouée aux jardins, et moi, je la couvre de petits becs au passage. Elle roucoule de plaisir et panse mes inquiétudes d'un battement de paupières. Je l'aime, parce que même si ça brasse dans ma tête, même si le temps nous manque, elle n'est pas rancunière. Elle tient bon et se lance dans l'ouvrage. Nous n'avons ni dormi ensemble, ni fait l'amour depuis notre déménagement à la commune, et honnêtement, elle ne semble pas s'en plaindre, alors je ne provoque rien. Plutôt l'inverse. Je garde mes manques pour moi.

*

À l'orée du bois, les clintonies boréales sont déjà en fleurs. Une fois mes tâches solitaires accomplies, je me perds dans les centaines d'acres forestiers derrière la ferme, marchant d'une talle en floraison à l'autre, cueillant des plantes médicinales et parfois un bouquet odorant pour ma chambre. Coronilles bigarrées roses et blanches, épervières orangées, kalmias et lupins violets. Plonger mon nez dans les fleurs sauvages, heureuse comme une petite fille qui s'invente des raisons savantes de faire l'école buissonnière.

En marchant vers la boîte à lettres, je remarque le petit hibou perché au sommet du poteau de téléphone. Je me demande si sa femelle et lui sont inséparables.

Débarrant la case postale, pleine d'anticipation, je fouille. Joie ! À toute vitesse, les mains pleines de pouces et de ruban adhésif, je déballe le colis qui m'est adressé. À l'intérieur, retenu par un élastique, une pile d'enveloppes, et sur le dessus : une lettre de Lionel, que je lis appuyée au casier, sans attendre, presque sans respirer. Il y raconte les crues du printemps, ma rivière sans embâcles, mon matou qu'il a pu flatter, la portée de renardeaux qui se doraient sur son perron l'autre jour, le campement de colorés qui s'est formé dans les Hauts, sans parler de son invitation à souper chez lui, Raphaëlle et moi, dès que nous serons rentrées au Kamouraska.

Eh bien, je la comprends de te porter si près de son cœur. Je suis choyée que vous m'ayez admise dans votre clan.

Je m'attaque à la pile d'enveloppes et tombe sur une étrange carte postale. Estampée le 12 mars. On y voit l'Isle-aux-Grues, blanche d'outardes. Au verso, une seule lettre :

R

Puis une autre, de San Francisco celle-là, sur laquelle apparaissent des paroles de Desjardins, ce

Richard cher à mon cœur, qui chante et qui lutte et que j'adore :

Revenir d'exil
comporte des risques
...
J'me demande qui je serais
si j'tais resté icitte

Alors, R, c'est dans celle-là que tu m'annonçais ton retour ? Elle est datée du 25 mars. Tu revenais d'exil, il y a presque un mois.

Une autre missive dans la pile happe mon attention : une enveloppe trop blanche. J'y lis mon nom trop proprement dactylographié. Mon compte de taxes foncières ? Non. Dans le coin gauche a été apposée une étiquette autocollante très chic. *Fuck*. Dites-moi pas qu'on me poursuit. Qu'on a trouvé des preuves. Que je suis appelée à témoigner. Tu veux quoi, toi, *Maître Georges Filion ?*

C'est peut-être *mom* qui s'est fait un nouveau chum ? Mais pourquoi m'écrirait-il ? Je décide de faire l'autruche, plie l'enveloppe en deux et la fourre dans mon chemisier. Puis je froisse en vitesse tout mon courrier et l'enfouis pêle-mêle dans mon petit sac à dos. C'est déjà l'heure de rejoindre le groupe pour souper. J'ai peu d'appétit, comme quand ça tourne pas rond dans ma tête. J'oublie alors de me nourrir, je vois l'exercice comme une corvée. Chose certaine, participer à l'élevage de bêtes m'a complètement enlevé le goût de la viande. Je me ferai une soupe solitaire sur le poêle à bois, jetterai quelques bouts de légumes dans l'eau bouillante et mes brouillons aux flammes, comme dans le bon vieux temps à la cabane.

Si je me grouille, je pourrai avoir la maison juste à moi encore un peu, le temps d'empiler du petit bois dans l'âtre, de faire partir un feu pour tuer l'humidité et de me réchauffer les mains avant de décacheter cette enveloppe légale, que je pressens porteuse de malheur.

*

Je brûle des circulaires, le carton déchiré de mon colis, quelques brindilles. Le poêle gronde. Je m'approche un pouf de méditation et fixe les braises jusqu'à ce que le salon soit plongé dans les mauves du soir. Je flanque une autre bûche de tremble, la soupe frémit, j'y ajoute des chanterelles séchées.

Détendue, armée d'un courage fébrile, je ressors l'enveloppe.

Je m'attendais à recevoir une gifle en pleine face : une citation à comparaître, des accusations de complicité, une sommation à agir à titre de juré, mais non, niaiseuse – la missive m'aurait alors été remise en mains propres par un huissier.

C'est bien pire. Le notaire m'annonce, avec ses sympathies impersonnelles d'usage, qu'un des miens est mort. Oma Marlene a rendu l'âme, ma grand-maman. Enfant, j'ai passé plusieurs étés chez elle, dans les herbes hautes et fleuries des Alpes, à cueillir des bolets, pieds nus dans les montagnes. Je me rappelle quelques berceuses, ses cheveux très bouclés, sa poitrine généreuse. Son potager luxuriant, les bettes à carde multicolores qui me dépassaient, le nain de jardin au bonnet rouge près de l'étang, l'immense cerisier dans lequel j'avais le droit de grimper, ses branches qui touchaient le sol tel un saule pleureur tant elles étaient lourdes de fruits. Il en reste un si beau tableau dans mon esprit, robes à fleurs jaunes sur fond de prairies et de sommets aux neiges éternelles.

Papa doit avoir quitté son bunker montréalais pour les obsèques en Allemagne. Je saisis le téléphone fixé au mur de la cuisine avec la culpabilité d'avoir négligé mon petit papa, maintenant orphelin. Ça sonne dans le vide à Montréal. Je le joins sur son cellulaire européen. Il est dans les Alpes, il y a de la neige sur les sommets, oui, il est à la quincaillerie du village, un lampion entre les mains, qu'il ira allumer ce soir sur la tombe de ses parents. Je me rappelle ces lampions dansants dans le noir, ces témoins lumineux des morts qu'on n'oublie pas.

– Papa...

– Anoushka...

D'une voix triste, il m'apprend comment Marlene est partie : tout doucement dans son sommeil. Il a fallu décider de la robe, des fleurs, des arbustes, de la pierre, de l'épitaphe. Je me sens impuissante et loin. J'aurais pu et dû être là. Papa me laisse en disant que je suis la seule de ma génération nommée dans la succession. *Warum ich ?* Pourquoi moi ? Parce que Oma savait, s'inquiétait, que je sois la seule de la lignée sans maison digne de ce nom.

Je me couche sur le plancher pour pleurer.

Le pouf serré contre mon cœur comme un ourson en peluche, je perds le fil du temps jusqu'à ce qu'un char arrive dans la cour. Quelqu'un rentre à la maison. Nul autre que le loup. J'entends Valentin, qui pose de nouvelles cordes à sa guitare, l'accorde, puis sort gratouiller sur le perron. Je le rejoins.

– T'es là !

Je m'assois à distance, et puis merde, y a que les fous qui ne changent pas d'idée. J'empoigne les deux hamacs restés au sec sur le banc de quêteux à l'entrée et les accroche aux anneaux de la galerie.

Nous nous installons, lui et moi, le dos arqué. Je me laisse bercer par sa guitare avec cette vue imprenable sur le spot à feu et ses tisons noirs comme l'enfer. Les couvertures de laine oubliées dehors ont pris l'eau. Faudrait que je les suspende au soleil avant qu'elles ne moisissent. La scène a été laissée en plan, le soir de la chicane avec Yvonne. C'est beau ce qu'il joue, le Valentin, maudit. J'ai soudainement une autre montée de larmes. Je viens de me rendre compte que j'ai perdu tous mes grands-parents, des deux bords de l'Atlantique. Mes racines de part et d'autre du monde s'effritent.

Je laisse les secondes et les notes m'apaiser. J'inspire profondément l'air, le paysage, l'horizon au goût de sapinage.

Ses yeux plongés dans les miens, Valentin dépose sa guitare. J'ai peur qu'il ne quitte son hamac pour le mien. Mieux vaut parler, meubler le temps et taire la tension physique. Je lui raconte pour Marlene. Les montagnes. La mort. Lui me confie qu'Yvonne et lui font une pause, dans la foulée de la quarantaine du troupeau et de la décision unanime de la commune de vendre les vaches au prochain encan agricole. Leur sentiment de libération. Valentin semble effectivement plus soulagé qu'en peine d'amour.

Je pense à ma Raphaëlle que j'ai tellement négligée, à la tendresse qui a remplacé la fougue depuis que nous vivons ici. Mais elle semble heureuse, accomplie et dans son élément. Ça me surprend d'elle, que j'ai connue peut-être dans une période plus sombre. Là, elle chante en cuisinant, me fait un signe de la main tout sourire, ou pose la paume sur son cœur, puis sur sa bouche charnue pour me souffler des baisers à distance. Je la vois rire avec ses amis, partir chez Nathan voir les chiens, tirer le plus de chaque journée.

Valentin reprend sa guitare. Le problème, c'est qu'il chante bien, un sourire au coin des lèvres. Tout mon corps crie : *Run, now !* Faudrait courir, ouais. Appâtée, je sens le piège. Mais... *Tu fais buzzer mon œil magique à chacun de tes mouvements.* Arrête de fixer sa bouche de même, Anouk.

Je suis des yeux une volée d'oiseaux et retourne en pensée sur mon lot à bois, loin loin là-bas, plane au-dessus de tous ces grands amis à protéger des défricheurs. Je médite sur le chemin que mon cœur a fait ces dernières années : de la métropole à l'ermitage, de la solitude à la vie à deux, jusqu'à ce ménage à quinze. Et maintenant, je résiste du mieux que je peux à l'envie de redevenir sauvage. Au bout de mon autopsychanalyse, je me dis que je suis allée au terme d'une expérience sociale dont Valentin n'est que la carotte.

Soudaine clarté mentale : je dois partir avant qu'il ne soit trop tard. Il est temps de rentrer chez moi, sans blonde, sans chiens, sans avoir semé la pagaille. Je vais me poser là-bas, reconnecter avec ma terre et réfléchir. Dans une tente ou à la belle étoile, s'il le faut.

*

– Oh... Nounoush... Tellement désolée pour toi. Vas-tu rejoindre ta famille en Allemagne ?

– J'sais pas. J'ai juste envie d'être chez moi.

– À la cabane ?

– Oui.

– Ah. Bonne idée. Prends du temps pour toi. Mais t'aurais pu aussi retourner à la yourte… Je serais allée te rejoindre plus tard, le cannage terminé.

– Raph, je… je sais pas quoi dire.

– Sens-toi pas mal. Tu vas où tu veux. Je voulais juste te proposer de te réfugier *chez nous*. Tu pourrais continuer notre couverture, faire des confitures de petites fraises… La yourte, ce sera toujours chez toi.

– Je t'aime tellement.

– Moi aussi, j't'aime. Pis j't'en veux pas d'avoir pris tes distances. Tu as tes raisons, moi les miennes. Je suis même surprise que t'aies pas décampé plus tôt, en plein milieu de février…

– L'hiver à la yourte, c'est la plus belle saison de ma vie, crois-moi.

– Ça fait du bien à mon p'tit cœur d'entendre ça, ma louve…

Elle prend mon bras. Ma poitrine veut déchirer.

– Merci d'avoir essayé. Tu vas me manquer.

– Je vais probablement capoter à mi-chemin rendue.

– Dis pas ça, Nounoush. Vas-y, fonce ! Pogne-toi un cell. On se textera. Moi j'ai accès au cellulaire des jardins. J'bougerai pas d'ici. La ferme a besoin de moi. Sont en train de tout restructurer. Je vais me concentrer là-dessus, faire l'expérience jusqu'au bout, des semis aux récoltes, et canner des tonnes et des tonnes de conserves.

Raphaëlle saisit un feutre noir, retrousse ma manche et écrit sur ma peau le numéro qui va faire un pont entre nous. Puis elle plonge la main sous son chandail et détache sa chaîne d'argent. L'améthyste que je lui avais offerte repose maintenant dans sa main tendue vers moi.

– Je te redonne ton porte-bonheur. Avoue que t'en as plus besoin que moi.

*

Tout est bouclé. J'installe mon vélo tristounet sur le *rack* double à l'arrière de notre auto. La lettre froissée du notaire sur le tableau de bord, comme un rappel de la promesse d'Oma Marlene : ses économies me sont destinées, à moi, la plus pauvre de la famille.

J'ai parlé à papa, hier ; il tarde à rentrer à Montréal. C'est le seul descendant de la branche des Baumstark qui, après la Seconde Guerre mondiale, n'a pas cru bon de retourner s'établir en Allemagne. Je me demande s'il n'aurait pas été plus heureux là-bas, s'il n'aurait pas mieux valu qu'il ne rencontre jamais une brillante avocate et qu'il retrouve plutôt ses Alpes, sa famille, sa langue, au lieu de grommeler que l'hiver est donc dur, que les Québécois polluent sans scrupules, qu'après un passeport et soixante années ici, on le considère encore comme un étranger à la piscine du quartier.

Moi aussi, j'ai l'étiquette d'*étrange* dans mon village d'adoption…

Mon capteur de rêves ballotte sous le rétroviseur. Je file d'un village à l'autre sur la 132 Ouest, fais le chemin de l'automne dernier à contresens. Cette nuit-là, j'avais conduit du Kamou à la Gaspésie le pied dans le fond, le cœur emballé. Raph avait été traversée de crises de larmes. Nous nous étions juré, quoi qu'il advienne, de ne jamais nous trahir. Est-ce que je suis en train de revenir sur mon serment ?

*

À voir toutes ces grandes surfaces de bord de route, aux stationnements remplis de véhicules utilitaires sport dernier cri, aux passants chargés de sacs en plastique, j'ai mal au cœur.

Dégoûtée par l'architecture des lieux, je me stationne quand même devant le premier centre commercial que j'aperçois pour m'acheter un amplificateur de signal, un cellulaire, une nouvelle batterie marine douze volts à décharge profonde et de la bouffe non périssable. Je m'en veux, je pense aux terres rares, aux enfants en sandales dans des mines d'Afrique, à la facilité qu'on a ici de flauber nos payes sur du superficiel. Mais. Il faut ce qu'il faut. J'ai amèrement regretté mon obstination à être injoignable, par le passé. Maintenant, si tout fonctionne, mon téléphone retentira au fond des bois. Le gouvernement pourra me géolocaliser, et Raphaëlle, me texter.

Je déguerpis des étalages d'abondance avec un désir ardent de bombardement. Comme dans bien des bleds, *yé tombé une bombe su'a rue principale.* Y a un glouton en plein centre, qui tire la couverte, et les anciens petits commerces autour sont barricadés. J'ouvre mon coffre pour y déposer mes achats, remarque une étrange boîte en carton, l'ouvre avec curiosité : c'est Raph qui m'a glissé en douce plusieurs conserves : du sirop d'érable, des éclats de chaga, du chocolat et des germinations.

Quelle soie. Et moi qui m'en vais. Sans même qu'on ait fait l'amour. Mais on se rattrapera. À l'automne, tu retontiras chez nous avec une citrouille et tes cheveux noirs et ta beauté de sorcière, han ?

Nouvel appareil en main, j'enregistre le numéro qu'elle a écrit sur mon bras. Mon premier contact. Puis je compose gauchement un texto pour qu'elle ait mon numéro. J'efface plusieurs fois avant de décider quoi lui envoyer. Un émoticône de cœur ? *Merci pour les vivres, je t'aime* ou *à bientôt* ? Je n'arrive pas à mettre le doigt sur mon ressenti. J'ai le cœur léger d'être partie. En même temps, je me sens coupable de cette froideur qui a toujours été mon lot.

Je suis à la fois libre comme Jack Kerouac traversant l'Amérique, et seule, comme lorsqu'il déambulait dans les rues, un soir de Noël, apercevant entre les rideaux des familles réunies autour d'un téléviseur. Alors Jack, tu écrirais quoi à Raph si t'étais Anouk Baumstark ?

Notre améthyste pend au rétroviseur.
Merci pour les vivres, my marvel.
T'es dans mon cœur. xx

J'éteins le cellulaire avant qu'elle n'ait le temps de me répondre.

Je me déteste de penser aussitôt que j'aimerais pouvoir appeler Rio. Que j'aurais aimé trouver, parmi ses messages cryptiques, un numéro. Il pourrait se trouver autant à Cuba qu'à Stockholm, ou n'importe où au fond des bois. Mais il y a sa dernière carte postale…

Il est rentré au pays, j'en suis presque certaine.

*

À la radio : on annonce en boucle la menace de la tordeuse d'épinette, on somme les propriétaires de boisés de contacter leurs conseillers forestiers et de procéder à des coupes préventives. Les scieries régionales s'en réjouissent et se pètent les bretelles. C'est en mai que les jeunes chenilles éclosent sur les bourgeons, m'apprend-on. Puis le premier ministre de l'Alberta vante les bons emplois qui découleraient du projet Patriot-Pipeline, qui doit voir le jour, question de souveraineté énergétique pancanadienne de mes deux fesses. Enfin, le candidat conservateur au fédéral ose dire qu'il « interdira toute opposition aux oléoducs » s'il est élu.

Il nous faut un pays. Vous ne nous intuberez pas de force.

*

Je dépasse à toute vitesse Rimouski, Trois-Pistoles, Rivière-du-Loup, arrive enfin à Kamouraska, le soleil à son zénith. Je visualise sa lumière auréolant le sommet de nos Alpes avant de mourir. Et la terre meuble sur la tombe de ma grand-mère, qui s'est éteinte à cent un ans. Je stationne l'auto au quai, abandonne mes sandales dans le fond du char et pars pieds nus sur la batture à marée basse, comme si j'avais le temps de me rendre à l'île aux Corneilles, comme s'il fallait que j'aille vider les souvenirs de Marlene sur un paysage d'une beauté digne de larmes. J'épouse le sable en me pressant vers l'eau, m'ancrant dans le réel. Oma, je la croyais immortelle. Elle m'avait appris à aimer les oiseaux, à deviner les elfes dans la forêt, à compter les pommes les cerises les poires dans mon panier et à licher, assise sur le comptoir, la cuillère de bois qui façonnait la meilleure bavaroise aux framboises.

Souvenirs d'enfance, de ces étés dans les montagnes, tandis que je gagne mes Appalaches, monte vers le Haut-Pays, traverse le pont de la rivière aux Perles, longe la rivière Amouraska et fonce sur mon rang des Hirondelles. J'arrive chez moi – chez moi ! – les yeux pleins d'eau. Ça fait plus de six mois que je n'ai pas vu ma cabane.

En débarquant du char, enfin debout sur ma terre, un fou rire me prend à la gorge, me purge l'intérieur de rires en cascades. L'eau de la rivière est si belle, je me lave les mains la face le cou. Je hume le vent, me couche sur un tapis de mousse. Fais l'étoile.

Je suis chez moi.

Papa, je suis, c'est vrai, la moins nantie des Baumstark, mais j'ai des milliers d'épinettes. Il y a des terriers, des renardeaux. Il y a des libellules et des poissons aux écailles dorées. Grâce à Marlene, je pourrai m'y loger comme il se doit. Je reprendrai ma vigie. Et laisserai à ma mort un solide refuge dans une immense forêt debout. Un habitat en héritage.

TROISIÈME PARTIE

La cabane

Chapitre 14
Ravitaillement

Robin

Qui renonce à son identité tourne aussi le dos aux liens affectifs dans la durée. Et pourtant, depuis mon retour au Québec, je me cherche sans cesse des raisons d'aller flâner sur le rang des Hirondelles. Ce n'est certainement pas prudent, Marius ne me féliciterait pas, mais c'est plus fort que moi.

Ma première tentative de retrouver Anouk, c'était début avril. L'entrée enneigée était sans l'ombre d'une trace. Je me suis quand même enfoncé jusqu'à sa cabane, voir si mon amie avait survécu à la fin d'un hiver puis à un autre. Mais plus personne ne vivait ici. Je ne me suis pas éternisé à l'intérieur tant l'odeur de bois pourri était suffocante. Ravalant ma déception, j'avais passé la nuit au fond de la grange, son chat noir lové entre mes pieds. Ça m'étonnait qu'elle ait pu partir sans le gros matou, mais encore, ce n'était peut-être qu'un chat sauvage qu'elle et d'autres se relayaient à nourrir au gré de ses visites.

J'avais remis les raquettes d'Anouk à leur place et j'étais reparti sur ma faim. Fallait que je me concentre sur ma mission, et non sur des scénarios où je croiserais la femme-renard. Celle qui a habité mes rêves même quand je partageais mon lit avec des écoguerrières de passage, en stage à Allagash pour apprendre l'art de la résistance pacifique. On baisait, elles et moi, avec la fougue des nuits qu'on sait sans lendemain. Nous savions que dans le temps de le dire, l'opération Bivouac serait déployée, je retournerais au Canada et changerais encore de nom. Bref, si tout allait bien, nous ne nous reverrions jamais.

Avril a filé au coton.

Les fleurs de mai embaument l'air. Planté dans la bruyère, ému par le ioulement des tourterelles tristes, j'explore des yeux les alentours de la cabane, comme s'il y avait une chance de trouver un indice de sa présence, ou quelque chose qui expliquerait son absence. Je m'assois sur un cap de roche, reste immobile pendant des heures, émerveillé.

La tourbière est à la forêt ce que la frayère est à la rivière. Les bruits sont ceux de vies intriquées, bourdonnantes, frétillantes. Hiboux des marais, pics flamboyants et huards, aux cris qui font frissonner le silence. L'onde sur l'étendue vaseuse s'élargit jusqu'à houler sous les patineuses et les mouches à chevreuil, que les truites brunes happent en plein vol. Ici, au pied des épinettes noires toutes rabougries, un charnier d'os. Là, au bord de l'eau, une maman martre sacque un gros poisson hors de l'eau, le hisse jusqu'à un lieu secret où elle pourra le débiter en paix. Le ruisseau derrière la cabane mène à un muskeg d'une chaleur utérine, où toutes les vies cycliques s'entredigèrent pour renaître, sublimées. Au cœur des épaisseurs, repliée derrière les cornouillers et les cerisiers tardifs, une baie intérieure aux feuillages dorés qui ploient d'humidité.

Comme j'aimerais peindre tout ça ! Mes couleurs me manquent. Le studio. Mes pinceaux abandonnés dans l'eau y a mille ans. Tous ces pots de peinture, probablement séchés et irrécupérables maintenant. Je ne pouvais pas me douter, dans ma bulle en suspens avant la vie adulte, que le temps de peindre ne me reviendrait pas. Que les toiles que je laisserais là-haut finiraient en un amas de choses non réclamées par un ami perdu de vue, dont on finirait par disposer un jour de gros déchets.

*

Des sympathisants ont recueilli des fonds en notre absence, et c'est ferré d'un véhicule quatre pattes que j'arpente les routes forestières du Haut-Kamouraska. Le bon vieux Honda CRV vert pomme, que j'ai rebaptisé Grannie, est juste assez rouillé pour ne pas flasher. Avec de l'espace en masse, son pneu de secours fixé à l'extérieur, son coffre s'ouvrant latéralement comme une portière et ses vitres teintées, il s'agit du véhicule plus que parfait pour transporter des gens et du stock sans trop attirer l'attention. À m'écouter penser, c'est drôlement absurde, on dirait une parodie de pub de char, un autre colon qui vante son camion, ce même type de véhicule que certains de mes collègues américains plus radicaux incendient carrément, lorsque les nouvelles flottes de giga tout-terrains inondent les concessionnaires.

Les chemins du lac de l'Est sont encore trop enneigés pour que j'ose m'y aventurer, même en véhicule utilitaire sport armé de pneus à clous. Il faut patienter quelques jours encore avant d'aller explorer ce qui deviendra notre camp de base. D'ici là, le groupe s'est séparé, chacun ayant des missions à accomplir avant de s'installer pour une occupation de plusieurs mois dans le fin fond du bois.

Flash est en train de s'approvisionner en cannelles de fil électrique, batteries et éclairages munis de détecteurs de mouvement, de dénicher des caméras, des amplificateurs d'ondes cellulaires, des talkies-walkies, etc. Marius, quant à lui, se terre avec Eagle dans un appartement de sympathisants dans le bout de Québec, et demeure en étroite communication avec maître Victoria Shields, qui prépare une défense béton pour chaque infraction qu'on s'apprête à commettre. Ils travaillent aussi sur une lettre d'appui, le préambule d'une pétition et une expertise légale, documents qui renforceront notre demande de création d'une aire protégée dans le Haut-Kamouraska.

Déguisés en randonneurs friqués, Monk et Catwoman se font passer pour un petit couple en vacances. Ils ont loué un chalet à l'extrême sud de Bretagne, avec vue sur la 287 : la route qu'emprunteront les travailleurs forestiers pour venir bûcher si on ne parvient pas à protéger le parc à temps. C'est aussi par là que les véhicules de la police et de l'armée passeront, si les choses se corsent. Flash, Marius, Eagle, Victoria, Monk, Cat et moi, ça fait sept. Et Green Rev a promis de nous envoyer un botaniste et un expert des espèces fauniques menacées pour nous aider à passer la forêt au peigne fin.

La musique de Samian à fond la caisse, je roule dans les hautes terres en baragouinant en boucle le refrain de *Mino Picaok*, m'imaginant en même temps où ces peuples vivaient sur le territoire, quels phénomènes climatiques on y observe aujourd'hui et quels autres tourments leur a causés notre avarice à tout casser :

Anicinape, Atikamekw, Mi'kmaq
Mohawk, Innu, Cri, Huron-Wendat
Innuit, Abénakis, Malécite, Naskapi
Mino picaok ooma kopek aki !

Je n'ai pas la moindre idée de ce que signifie *Mino picaok ooma kopek aki*, mais je m'excuse au nom de tous les miens.

*

À Allagash, j'ai appris à me servir d'un téléphone intelligent. Il était temps. J'avais toujours résisté. C'est fort pratique lors de nuits blanches. J'en ai passé quelques-unes à créer et alimenter un groupe secret, en ligne, pour unir les passeurs à l'action. *Green Rev Kebek.* En description :

Ce groupe a pour but de mettre en lien les citoyen·ne·s autochtones et non autochtones du Québec afin de déployer des actions de sensibilisation et d'information contre le projet d'oléoduc Patriot-Pipeline. La pétrolière a prévu un tracé empiétant notamment sur le territoire de plusieurs communautés autochtones. Au nom des forêts et des rivières nourricières, au nom de la solidarité entre les peuples du Canada, il est temps de s'unir et d'éveiller les esprits. Il est temps de passer à l'action, mes ami·e·s.

Déjà 1 437 membres, moins les trolls. J'ai déjà parlé à des contacts de toutes descendances et même à un regroupement national de grands-mères-en-colère, qui veulent s'interposer. Beaucoup de gens de la région sans affiliation particulière, aussi. Avec des appuis dans la population, notre projet d'aire de conservation prend tout son sens. Je compte bien aller à la rencontre des Malécites, qui ont été délogés de ces terres par les gouvernements successifs… Une population entière qui a été dérobée à son territoire. J'aimerais savoir ce qu'ils pensent de l'idée que le parc qu'on va créer porte un nom issu de leur langue, en guise de réparation. Un nom phare qui évoquerait la féérie des feux follets, des lucioles et des aurores.

En attendant de m'installer pour de bon au Bivouac, je loue à la semaine une toute petite maison dans le rang du Vide et y entasse toutes sortes de provisions. Ma liste d'épicerie est interminable, mais j'aime ces journées en solitaire où je pars en mission commissions. Il me faut encore trouver des aliments non périssables, des toiles imperméables, de la corde d'escalade, des outils, tout le matériel nécessaire pour opérer une cuisine de brousse fonctionnelle, des lampions munis de cellules photovoltaïques pour baliser les sentiers, des dix-huit litres d'eau vides, des retailles de tôle… J'ai amplement de quoi m'occuper les mains et l'esprit.

Parfois, je me permets quand même un détour par le rang des Hirondelles et ralentis. Dans la boue du printemps, il n'y a toujours pas de traces de roues. Je me gare. Remonte le temps. Sens mes oreilles qui piquent, qui pèlent.

Les engelures que tu aurais mieux su panser que moi. Où es-tu, Anouk ?

Chaque fois que j'entends le train, le chauffeur de la locomotive est à mes côtés. J'imagine les ambulanciers, la civière, le drap dont on l'a recouvert. Je ne croupis pas en prison, mais je ne serai plus jamais le même. Ma conscience ne sera plus jamais tranquille.

Quand ça me pogne, j'attrape le téléphone. Marius au bout du fil m'oblige à relativiser. Il m'a fait part du nouveau dans ce dossier. Nos sympathisants ont retracé la famille de l'homme : ses parents, un couple assez âgé en perte d'autonomie. La pauvre femme s'est brisé la hanche peu de temps après l'accident de son fils. Le père se balance sur la galerie des heures durant, hagard. Un collègue écowarrior en complet s'est présenté chez eux, se faisant passer pour Steve, un vieil ami du chauffeur, avec vingt mille dollars dans une mallette. Il leur a déballé une histoire crédible de dette personnelle, qui remontait à loin. Ils ont accepté l'argent. Puis, via un courriel crypté envoyé tous azimuts, M. Steve, éclairé par sa conversation avec les parents du défunt, a amassé une somme considérable pour venir en aide à ces gens. Grâce aux dons, les écowarriors ont fait construire une passerelle pour fauteuil roulant, ont recouvert le stationnement de pavé uni en pente douce jusqu'à l'entrée, puis fait installer des rampes aux murs et élargir les cadres de porte. Une popote roulante viendra leur livrer des petits plats à la maison. Cette semaine, une étudiante en horticulture a entouré la maison de rosiers blancs, bordés de paillis de cèdre. Les dons ont aussi permis de défrayer le salaire d'une aide à domicile, qui vient chaque semaine. Bref, plusieurs anges au cœur sur la main œuvrent au bien-être des parents endeuillés. Ça ne leur rendra pas leur fils. La générosité n'efface pas l'horreur de perdre un enfant. Mais comme on ne peut pas revenir en arrière, ces efforts sont le moins qu'on puisse leur offrir.

Si tout ça est bel et bien vrai, et que ce n'est pas seulement Marius qui réussit fort bien à m'apaiser pour que je n'essaie pas de retracer ces victimes collatérales... Non, j'ai confiance en mon frère de lutte.

Un jour, j'irai demander pardon. Mais là, je ne peux pas courir le risque – ordre de Marius – de me dévoiler tant que l'opération Bivouac est en cours. On ne m'a pas révélé où ils vivent, par précaution. Je me promène quand même dans les rues des villages, comme si j'avais une chance de tomber sur la maison bordée de rosiers blancs.

Marcher m'aide à réfléchir. Je pique vers le cimetière de Saint-Pascal, cerclé d'une haie de lilas centenaires tout intriqués, y dérobe un bouquet immense. Comme mes frères et sœurs d'armes ont, également par précaution, refusé de me dire où repose mon mort, je couche mes fleurs de mai sur la voie ferrée.

Un bouquet plus modeste sur le tableau de bord, je remonte la grande côte vers Saint-Bruno, qui mène au rang d'Anouk. Je me sens plus pathétique que chevalier. Qu'est-ce que j'espère de cette femme, de cette amie, vraiment ?

Par endroits, à l'ombre, il y a encore de la neige sous les arbres. L'humidité flotte, brumeuse, nappant le sous-bois. J'arrive à la cabane de la femme-renard, le cœur battant. Mais déjà, à cent mètres, je sens son absence. Je débarque et étudie les cordes de bois bien trop hautes, les empreintes des bêtes. Aucune trace de bottes. Je décide de faire un feu dehors, au bord de l'eau, là où émergent de la neige des rondelles d'arbres qui devaient lui servir de bancs. Je me déshabille, accroche mes vêtements aux branches basses d'un arbre mort et me lance dans l'eau glacée.

J'émiette les heures en préparant mon souper sur la braise. Les étoiles se pointent une à une, des satellites scintillent, et je pige dans la pile de bois pour raviver le feu, savourant le calme de ce coin de paradis. Tranquillement, la chaleur a fait fondre la neige tout autour, révélant gravier, cendres, clous rouillés. Je me donne pour mission de ramasser toute la quincaillerie qui traîne, puis tombe sur une longue tige de métal, une sorte de pic en fer forgé maison qui devait servir à ouvrir les trappes d'une cuisinière ancienne.

Sans plan précis, je couche la tige de métal sur les braises ardentes. Des martins-pêcheurs rasent l'eau vive comme des avions de guerre. Le parfum des lilas flotte dans l'air.

Où es-tu, Anouk ?

Me lavant les mains dans la rivière, j'observe les étoiles, miroitées dans l'eau. C'est là, devant tant de beauté, que j'ai soudain la certitude que tu reviendras ici. C'est clair, tellement clair. C'est ton éden, ton pays.

Me vient alors une idée. Bientôt, dans la noirceur totale, on n'apercevra que la lueur orangée du fer chaud en mouvement. Lentement, je pyrograve une invitation sur une vieille planche. C'est long, je m'applique jusqu'au dernier caractère, puis je dors à la belle étoile, couché en chien de fusil au bord du feu. C'est frisquet. L'occasion parfaite pour enfin tester mon nouveau sac de couchage momie en duvet d'asclépiade.

Au petit matin, les cendres fument encore. Je décide d'y sacrifier mes fleurs fanées. Puis je dépose ma planche pyrogravée sur le dessus de la cordée de bois à l'entrée de la grange, derrière un bouquet de sapin, celui-là moins périssable que le premier.

Quand Anouk reviendra, elle fera nécessairement des feux de cuisson et de joie dehors. Elle trouvera mon message.

*

J'ai acheté toutes les couvertures de laine des friperies du coin. À la poste, j'ai enfin pu mettre la main sur le dernier article de ma liste, gracieuseté de mes contacts au surplus d'armée : des trousses de premier secours. Chargé à bloc, j'achève mon dernier transport d'équipement vers le Bivouac, et tout sera en place. En traversant les rails désaffectés du tronçon Monk, je m'adonne à mon rituel, visualise les trains de bitume qui fusent d'un océan à l'autre, les quarante-sept victimes de Mégantic, ces villes et villages qui n'ont pas de voies de contournement… Je frissonne en pensant à ces gens carbonisés, à ces ruisseaux contaminés, au pétrole des sables bitumineux, à son sous-produit dont l'odeur, même lorsque raffiné à la pompe, me donne la nausée. Fluide cadavérique, poison fossile, énergie maudite.

Puis je reporte mon regard vers cette immense forêt, là-haut, traversée de vents frais qui sentent la tourbe et les jeunes pousses de mélèze. Notre Bivouac prend forme, les écowarriors gagnent en nombre, les renforts débarquent chaque jour plus abondants, et notre sentier pédestre n'a plus besoin de balises tant il y a eu de voyages de ravitaillement.

Je me range dans l'accotement, distrait par mon cell qui vibre. Un message automatique me félicite : le groupe secret Green Rev Kebek vient de passer la barre des cinq mille membres.

Joie.

Puis ma balloune pète à la vue de gyrophares. Il y a une voiture banalisée juste derrière moi. Au mieux, les coches me soupçonnent d'avoir texté au volant. Au pire, y'ont fait circuler mon portrait-robot après l'avoir arraché à quelqu'un… *Garde ton calme, man.* Je repense aux consignes de Marius, à ce moment crucial auquel il nous a tous préparés. Mes fausses cartes sont sous le siège.

Je me réfugie dans un exercice de *pranayama*, ralentissant au maximum ma respiration, expirant comme par une paille, tandis que le policier avance prudemment vers Grannie et moi, la main sur son arme. Je baisse ma vitre, offre un sourire et mes papiers.

– Bonjour. J'peux vous demander où vous allez ?

Il jette un coup d'œil sur le matériel de camping entassé à l'arrière. Et moi je sue en me rappelant mes onces de pot enroulées dans le fond du sac de couchage.

– Au camping du lac de l'Est.

– Ah bon. Il fait un peu froid pour camper, non ?

– Pas quand on attend de la bonne compagnie…

Clin d'œil. L'agent sourit, marche jusqu'à son véhicule, tend les papiers à son collègue. Je ferme les yeux. Une, deux, trois… quinze secondes. J'entends des pas sur l'asphalte. Le policier me remet mes papiers.

– C'est beau. Vous ferez attention en montant, les chemins sont encore maganés par le dégel, aux abords du lac.

Chapitre 15
L'énigme

Anouk

Mon gros Shalom m'épie depuis la grange. Je m'empresse de fouiller le fond du char pour lui dénicher une canne de sardines dans l'eau.

– Voilà, minou-chat d'amour.

Je lui verse une tasse de lait d'amande, qu'il boit goutte à goutte en y trempant sa patte droite. Je suis heureuse d'avoir retrouvé un membre de ma famille. J'espère qu'il se laissera donner un bon coup de brosse après son festin : sa fourrure est truffée de toques de chardons.

Tantôt, grâce à mon nouveau *set-up* d'amplificateur d'ondes, j'ai pu reparler à papa au téléphone – coucou en direct de la cabane ! Une première.

Quand j'étais petite et que le téléphone sonnait, j'épiais toujours sa réaction. Courroucé, il traversait la maison en jurant. Il se plaignait toujours de l'heure de l'appel, que ce soit trop tôt ou trop tard, à l'heure des repas ou pas. Il n'y avait jamais de bon moment. Il envoyait promener la pauvre personne au bout du fil. Heinrich Baumstark déteste être dérangé le matin pendant sa lecture, ou tandis qu'il dépasse son record de sauts à la corde à sauter dans l'entrée du garage. Ensuite, on le trouve à la piscine du quartier : pas disponible. Et c'est un méthodique : les journaux, il les lit à l'heure des embouteillages, les exercices se font après son troisième café, et les longueurs, l'après-midi, sont suivies d'entraînements de karaté, en soirée.

Au bout du fil, il m'explique qu'il faudra plusieurs mois avant que la succession de Marlene ne soit débloquée par ces maudits bandits du fisc, qu'il reste en Allemagne d'ici là, mais qu'en attendant, il me transférera son coussin. J'ai les jambes sciées d'apprendre la somme qui me revient, les euros de Marlene convertis en dollars. Oma m'a légué l'équivalent de cent quarante-quatre mille huards. Papa, lui, a hérité de la moitié de la maison familiale en Bavière, et je me demande si ce n'est pas une stratégie de sa mère pour réunir la famille. Peut-être que c'est ce qu'il attendait pour quitter son bunker. Qu'est-ce qui le retient à Montréal ? Déjà dix ans se sont écoulés depuis le départ de sa Suzanne…

Je prends en photo ma cabane à moitié affaissée et l'envoie à mes parents via WaZup. Papa rétorque immédiatement :

– *What a dump.* Repars à neuf. *Liebe dich.*

Maman ne répond pas, comme à son habitude. Elle doit être en train de cogiter sur l'avenir d'un pauvre hippie qui s'est fait prendre à vendre son herbe à des potes. Su est juge à la Cour du Québec. Moi et ma petite délinquance, on a été un caillou dans son soulier tout au long de sa carrière. Me rappelle quand elle a payé ma caution de remise en liberté, en 2012… Tandis qu'on la pressentait pour remplacer le juge Untel, je distribuais des carrés rouges à la Fac de droit de l'Université de Montréal. *Tu ne penses qu'à toi !* avait-elle hurlé, sûrement angoissée par sa nomination. Ça m'avait fait mal de la décevoir autant. Elle ne comprenait pas la sincérité de ma démarche – je n'avais rien à gagner là-dedans, moi, déjà diplômée, je le faisais purement pour tous ceux dont les bourses seraient converties en prêts –, pas plus qu'elle ne comprenait que j'aime l'hiver, elle qui se réjouissait d'aller du condo au bureau en passant de couloirs chauffés en tapis roulants jusqu'au métro, sans devoir mettre un manteau ni même enlever ses talons hauts. Et moi, j'étais là, avec mon discours sur le bonheur de vivre sans chauffage électrique, à fendre du bois comme au temps de la colonie, confrontant son idéal de réussite.

N'empêche, il y a des limites à la rusticité. T'as raison, papa. Ma cabane est un dépotoir, impossible d'y survivre aux hivers de plus en plus déréglés.

Grâce à ta bénédiction, Heinrich, et à cet héritage tombé du ciel, je pourrai enfin me bâtir quelque chose de solide et fixer une ampoule brillante au-dessus de ma table d'étude. Peut-être que tu viendras un jour me rendre visite… *et à force d'avoir pris en haine toutes les servitudes nous serons devenus des bêtes féroces de l'espoir.*

L'espoir. C'est bien beau. C'est cette partie qui reste molle dans mon gâteau brûlé. Un petit creux au centre, près du cœur. Un lieu si fragile. Je le soigne en cherchant la beauté partout : cette touffe d'églantiers qui ne veut jamais mourir, qui retige chaque année.

Je suis privilégiée d'avoir la panse pleine et une forêt. Et j'ai maintenant les huards pour bâtir un îlot propre à mes valeurs. Enfin, le rêve de ma vie est à ma portée : me construire un abri qui affrontera les saisons. La tâche s'annonce énorme pour moi, femme de lettres. J'ai tout à décortiquer : charpente, matériaux, fournisseurs, ouvriers. Je suis pourrie en maths. Faut tout calculer et convertir en pouces et en pieds. Trancher seule quand j'ai pris l'habitude de consulter Raph sur toute chose.

Le cellulaire entre les mains, je pense à l'appeler. Pitonne un texto, puis l'efface. Je retourne l'appareil pour ne plus que son écran me nargue. Il se met à vibrer. C'est elle, et le hasard ne m'étonne même pas. Je réponds, soulagée, émue juste à entendre sa voix.

– Raph…

– Mon amour, ça va ?

– Pas trop, non.

– Raconte.

– Je sais pas par où commencer.

Et pourtant, je trouve. Je parle de ma cabane, du gâchis devant lequel je suis. Suivant les conseils de ma louve, je m'écris une note pour ne pas oublier d'appeler cette compagnie qu'elle me recommande, auprès de qui je pourrai louer un conteneur à matières non recyclables.

– Commence par trier, Anoushka, ça te fera du bien.

*

Un pas à la fois. Commencer par la base : le feu de joie.

Je trie les planches dans la grange, extrais les livres moisis de la cabane, amasse au râteau les branches jonchant le sol. Fais flamber tout ce qui ne pourra pas être réutilisé. Sentiment d'allègement, de libération. J'attise les flammes avec les brouillons de dessins et de poèmes qui dormaient dans des tiroirs désormais pourris. Brasier exutoire de mes frustrations fermières et amoureuses.

Dommage que je n'aie pas réussi, Raph, à jardiner-récolter-canner tout l'été nos vivres pour l'hiver, à déménager pour de bon à tes côtés en Gaspésie, à te dire les doutes qui m'habitaient et les manques, les manques.

Tandis que le feu devient tapis de braise, je pars chercher mes grilles de cuisson dans la grange. Shalom y a retrouvé son poste et ronronne comme un moteur, perché dans sa boîte de guenilles. Mais quelque chose cloche maintenant que je m'y attarde. J'ai le sentiment qu'on est entré ici en mon absence. Un bouquet de sapinage séché pend à un clou près du bois cordé. Je touche les branches, dont les épines se détachent au contact. Je ne l'avais pas remarqué, plus tôt. Je vais vers l'étagère du fond sans quitter des yeux l'offrande, j'agrippe l'étui de ma tente, me demandant où j'ai bien pu ranger mes grilles, et les aperçois là, juste derrière mes raquettes en babiche, revenues comme par magie. Riopelle.

Tu es passé ici, il y a un bon moment déjà. Où es-tu ?

Je monte ma tente sous les cèdres près de la rivière. De la fenêtre moustiquaire, j'ai vue sur le bassin où plongent les martins-pêcheurs, le matin. Je gonfle un matelas, étends deux couvertures de laine par-dessus, bats un oreiller et pars à la recherche de mon sac de couchage, au fond du char.

Ding. Trop bizarre d'entendre cette sonnerie en plein bois. Encore et encore. *Ding ding ding.* C'est étrange : j'arrive à placer des appels, mais les textos flottent dans la stratosphère avant de rentrer, tous en même temps. D'interminables notifications retentissent, quelle horreur ! Faire fonctionner le réseau ici a aussi des désavantages. Excédée par les bruits numériques, je marche jusqu'à mon antenne avec la résolution de garder le cell toujours éteint sauf en cas de besoin désormais – j'économiserai la batterie et je retrouverai mon silence si précieux.

Mais c'est Raphaëlle… et ses messages datent de tôt ce matin, avant notre appel.

Messages textes (11)

Bonne route, ma louve. 7 h 13

Je pense à toi, mes condoléances encore… 7 h 42

Tu me le dirais s'il s'était passé de quoi avec Valentin ? 8 h 24

C'est-tu à cause de lui que tu es partie ? 8 h 26

Nounoush, ton départ me fait capoter… 9 h 54

Désolée d'avoir boudé si longtemps. 10 h 02

J'aurais dû le savoir que tu ne pourrais pas être bien à la Ferme. 10 h 04

Pourquoi tu restes toujours dans le silence quand tu bous en dedans ? 10 h 10

Oublie mes derniers messages, Anouk… 10 h 11

Je regrette de t'avoir laissée partir, c'est tout. 10 h 12

Vas-tu rejoindre ton père en Allemagne ? 11 h 01

Ouf, j'étouffe. Une chance que je n'ai pas reçu ses messages en temps réel, je me serais sentie tellement talonnée que je n'aurais pas répondu quand elle m'a appelée. J'éteins le cellulaire, le suramplificateur, toute l'électricité. Revenons à l'essentiel. Dans l'instant présent, de quoi ai-je besoin ? De repos. J'irai acheter des croquettes à Shalom demain.

*

Émue, je me laisse réveiller par mon matou, qui, au courant de la nuit, a réquisitionné les trois quarts de mon oreiller. Il me lèche le pourtour du front en me plantant ses griffes en alternance dans le cuir chevelu. OK, j'ai compris le message. C'est l'heure. Mission croquettes ! Je me rhabille en vitesse, attrape ma gourde et chuchote à mon *lover* de ne pas me suivre, comme s'il pouvait me comprendre.

J'enfourche mon vélo et prends le chemin du village, file les kilomètres en pente douce jusqu'au dépanneur. Sur mon passage, j'observe les maisons, les entrées fraîchement asphaltées, les gens normaux qui vaquent au lavage de leurs autos. Je remarque une dame qui parle à son cellulaire, en sandales, arrosant d'herbicide, de sa main libre, les crevasses du pavé uni pour tuer les pissenlits, cette mauvaise herbe qui ose s'y infiltrer. Je pense au poison qui s'ébruine sur la chair nue de ses pieds, me disant qu'il y a justice après tout. On ne peut pas polluer ainsi le bord des rivières et les nappes phréatiques sans mauvais karma ni cancer de la peau. Chez son voisin, ça sent fort la peinture à l'huile, et le suivant vide sa piscine via deux boyaux déversant l'eau chlorée directement dans le fossé. Tout ça est légal. Vrombissement de tondeuses, chacun combat la repousse aussi ras que possible, faudrait pas que le foin fleurisse, car aux yeux de ces adeptes de l'aseptisation, l'herbe longue grouille de moustiques vecteurs du virus du Nil occidental, de tiques porteuses de la maladie de Lyme, de fourmis et de termites. Ça ne vole pas haut.

Je m'arrête pour reprendre mon souffle, en profite pour texter à Raph un émoticône de cœur. Qu'elle ne s'inquiète pas, ça va mieux maintenant que j'ai dormi.

En roulant, je décide de faire démolir la cabane, de déléguer tout ça à un entrepreneur du coin. C'est déjà une tâche immense, trier ce qui se sauve puis brûler tout le bois pourri, et puis remplir les demandes de permis, dessiner un plan, trouver des matériaux écologiques. Quand j'aurai atteint le plancher des vaches, je verrai plus clair. Parce que pour le moment, la seule lubie qui me vient est de faire construire une clôture de dix pieds de haut pour me replier sur moi-même dans mon boisé avec mon dégoût du monde tellement cave qu'il ne se rend même pas compte qu'il s'empoisonne lui-même. Et autrui.

Mission accomplie, je rentre, un sac de croquettes au saumon dans mon panier. J'accote le vélo contre la porte de la grange. Surprise – Shalom m'a offert un mulot sur le siège conducteur de l'auto, dont j'avais oublié la porte grande ouverte. Le pacha ronronne au soleil sur le tableau de bord, l'air satisfait. J'allume un restant de joint lové dans le creux du levier de vitesse et sors de mon sac mon carnet et un mini crayon de plomb. En tournant les pages, je retrouve les croquis que j'ai dessinés à la Ferme Orléane : la maison cerclée d'une galerie aux barreaux en éternelle reconstruction, Ida la petite vache, une plume de pintade... Il y a aussi une caricature de moi signée par Marine.

On s'est dit au revoir à moitié. Elle m'a fait un câlin éclair et est partie en courant, son chaton sur les talons. Puis, pendant que je paquetais mes choses, j'espérais la revoir, mais elle est restée planquée dans le costumier, à m'épier par la petite fenêtre, ne répondant pas à mes petits gestes niaiseux. Comme j'avais de la misère à lire ses expressions de si loin, je me suis rapprochée. Elle m'a tiré la langue, les sourcils très froncés. Un peu plus pis son chaton feulait, solidaire. Je regrette de m'être fermée à elle ces dernières semaines. Je regrette qu'on n'ait pas eu un dernier cornet ensemble, de la glace à la vanille nous pendant au bout du nez.

Sur une page vierge, je trace un carré. Quatre murs et un toit très pointu. J'aurai un espace restreint pour m'obliger à ne garder que le strict nécessaire. Ma maisonnette sera faite de matériaux locaux ultradurables. Modeste comme celle d'Henry David Thoreau ou de Ted Kaczynski, une tanière d'ermite où philosopher et dissiper mes idées explosives.

Puis je me rappelle que c'est lorsque l'eau est froide que les truites sont les meilleures.

Je lance quelques boîtes de carton humides et des branches de sapin sur le feu que j'ai relancé et qui gobe tout. Pars fouiller la grange à la recherche de mon kit de pêche. Je passerai l'après-midi les pieds dans l'eau à rêver des possibilités, maintenant que j'ai l'argent qui me permettra de vivre ici à l'année. Et d'inviter Raphaëlle à passer l'hiver ici avec moi, ou à partager notre temps entre la yourte et ma maisonnette, en prenant le temps de s'ennuyer l'une de l'autre, nos animaux en garde partagée. Nous pourrons cueillir des plantes médicinales de deux écosystèmes différents, fumer mes truites arc-en-ciel à l'ancienne, souper comme des reines sous les étoiles. Tiens, la voilà : ma canne à pêche. Papa me l'avait offerte en sixième année parce que j'avais eu un très bon bulletin. *Mom* m'avait commandé des hameçons et appâts de toutes sortes. Je n'y connais rien, mais j'accroche une trâlée de patentes et fixe un gros ver au bout. D'expérience, ça mordille à tous les coups.

Face à cette eau si belle, qui coule et qui chante, je laisse aller tout ce qui ne m'appartient pas. Je vais faire de mon mieux. Et c'est tout. J'ai des rivières à remonter. Des réponses à chercher. Mais avant toute chose : retrouver mon centre, reprendre le contrôle de ma vie.

C'est là, la canne à pêche entre les mains, que je comprends enfin.

Tu as rangé les raquettes à leur place, mais pourquoi avoir accroché ce bouquet de sapinage à l'autre bout de la grange, han, Riopelle ? Toi qui ne fais rien pour rien.

Ça mord.

Une belle truite, un gros ver, hop la ligne, puis une autre belle prise. J'ai mon repas. Je suis une chasseuse-cueilleuse moderne qui jubile, une féministe rurale aux yeux pleins d'eau. Je dépose mes beautés arc-en-ciel sur la souche où j'avais l'habitude de fendre mon bois, me taille quatre filets que je couche sans attendre sur la grille, ras les braises.

Gardant un œil sur mon souper et sur Shalom qui s'en approche, je pique une course vers la grange pour ranger mon kit de pêche, mais surtout, pour voir ce qui se cache derrière le bouquet de sapinage. Sur le dessus du bois cordé, on a effectivement laissé quelque chose à mon intention : une planche de la longueur d'une bûche. Mon attirail de pêche déposé, je fais tourner la planche entre mes mains, le sourire fendu jusqu'à mes oreilles.

Tu t'es donné.

Sur la pièce de bois, une énigmatique série de chiffres a été pyrogravée méticuleusement :

47.277836-69.413326

Chapitre 16

La fièvre du solstice

Raphaëlle

Les pots commencent à prendre de la place dans ma chambre. Je suis les proportions alchimiques d'un vieux livre de recettes emprunté dans la bibliothèque commune. Depuis le départ d'Anouk, je me suis jetée à corps perdu dans le cannage, les soirs, comme si, en arrivant à préserver assez pour deux, je me garantissais son retour.

Mais... je sais, au fond de moi. Je sais. Que depuis le début, cette femme est de passage dans ma vie comme un événement météorologique extrême, une explosion de couleurs dans mon ciel. Anouk est un oiseau rare, il faut la chérir entre ses migrations. Et ne pas lui en vouloir de toujours vouloir partir. Elle est comme ça.

La veille du solstice d'été, la Sainte Trinité a jugé que nous méritions tous quelques jours de congé. C'est vrai qu'on travaille en continu depuis des semaines, ça a été quelque chose, de préparer la vente du troupeau… Sans parler des jardins et des serres, qu'il faut arroser le matin à l'aube, et encore au coucher du soleil, tant les journées chaudes s'accumulent, caniculaires.

Une petite escapade loin de la Ferme Orléane ne me fera pas de tort, et je ne suis pas si indispensable que ça. Tous les semis qui urgeaient ont été plantés.

Je pars à pied, petit sac au dos, entre les millepertuis en fleurs et la poussière levée par les tracteurs. Adélaïde me fait signe. Je lui renvoie des baisers. Je sors mon vieil iPod, me sens comme une écolière de six ans qui commence ses vacances. L'horizon devant. Le soleil qui grille mon cou.

Je me suis acharnée à l'ouvrage, les mois d'avril, mai et juin y sont passés. À part quelques textos brefs et des émoticônes de cœur, quand on s'appelle, on parle surtout de son chantier. Et c'est bref. Je m'ennuie de ma blonde, c'est fou. Mais Anouk est comme ça. Il lui faut, comme une bête sauvage, une porte de sortie grande ouverte si la pièce grouille de gens, une brèche par où elle pourra faire la couleuvre, nous quittant sans avertissement. J'en ai glissé un mot à Marine, qui s'est contentée de répliquer – me clouant le bec :

– Comme maman.

– … Veux-tu en parler, choupette ?

– Nan.

– OK.

– Ben. T'as qu'à demander à tante Yvonne si tu veux savoir… Elle m'a expliqué c'est quoi le concept d'un billet *ouvert*.

– Tu veux dire pour ta mère ? Elle est en voyage ?

– Comme Anouk, tsé. Quand maman part, elle dit jamais quand elle va revenir. Et c'est jamais *bientôt*.

Pauvre cœur.

– Viens, j'te paye une molle.

Depuis, on ne manque pas à la tradition initiée par Anouk : Marine et moi allons régulièrement manger une crème glacée, toutes les deux juchées sur la table de pique-nique peinte en turquoise, parfois de longues minutes sans parler, et d'autres fois, elle me confie comme une adulte décomplexée ses *réalités*. Ces moments où elle regarde la vie en face, et qu'elle se rend compte que les fermières et fermiers avec qui elle vit, l'été, forment, au fond, la famille qu'elle s'est choisie. Et qu'elle n'aurait pas pu mieux tomber.

Cette petite sera une grande humanitaire.

Voilà les pensées qui occupent mon esprit tandis que je marche d'un bon pas vers la sortie. Longeant les pâturages, je dépasse la maison blanche où Anouk logeait, à six kilomètres des bâtiments de ferme. Dire qu'elle marchait ça matin et soir pour décanter…

L'asphalte vibre, je retire un écouteur et me retourne. Un VR familier se gare dans l'accotement. Clémence s'arrête net, faisant voler une nuée de sauterelles rayées. Leurs battements d'ailes claquent comme des pétards à mèche. J'éteins ma musique.

– Tu vas où comme ça, ma belle ?

– Rejoindre Anouk.

– La bonne idée, toi !

– Mais j'vais chercher ma Coyote avant.

La phrase est sortie d'une voix tremblant d'anticipation. J'espère qu'elle ne m'en veut pas de l'avoir laissée au chenil si longtemps.

– Veux-tu un *lift* ?

Je détaille un instant sa drôle de roulotte, dont le capot a été entièrement recouvert de bouchons de bière peints, formant le bouton et les pétales d'un immense tournesol.

– Reste pas plantée là, embarque. J'te dépose !

Clémence m'ouvre la portière, le visage éclairé par un sourire de maman.

*

Je détecte l'odeur des chiens bien avant de voir apparaître le chenil sur notre droite. Je souris à Clémence, la plus serviable de la bande, et gambade jusqu'aux chiens de Nathan. Les huskies nous accueillent en s'éraillant la gorge. J'aperçois mon ami, une laisse à la main. Ma Coyote, dans son enclos, est folle folle folle de joie. Ses chiots sont immenses ! Et magnifiques, les cœurs.

En la retrouvant, je réalise comme chaque fois le vide qu'emplit normalement sa présence.

– Bon matin, Raph, salut, Clémence ! Quel bon vent vous mène ?

– J'viens chercher Coyote pour une petite virée au Kamou.

– *Good*, ça lui fera du bien. Les chiots l'épuisent. Ils sont grands, là, c'est le bon moment de les séparer un peu.

En faisant une accolade à Nathan, qui sent le pitou, le foin, le labeur, j'entrevois par-dessus son épaule ma chienne qui profite du dos tourné du maître par intérim pour bondir sur le toit de sa niche, puis prendre son élan, sauter agilement par-dessus la clôture Frost, atterrir comme une pro sans bruit, clencher le champ fraîchement coupé et se planter drette devant nous, victorieuse, puis reprendre sa course, à vive allure, vite, toujours plus vite, la langue battante, les oreilles en ailerons, traçant d'immenses cercles de bonheur autour de moi.

Puis, enfin, elle s'immobilise et me défie des yeux.

Yip !

Ma beauté grise a la langue à terre, et moi, un motton dans la gorge. Une partie de moi devine que je ne pourrai plus la quitter. Ses petits sont grands, en sécurité ici. C'est le bon moment pour elle et moi de reprendre nos vieilles habitudes.

Le soleil est brûlant. Je le laisse me griller la peau, chauffer mes cheveux, traverser mes paupières closes de sa lueur rouge. C'est bon.

Clémence klaxonne. J'ai juste le temps de serrer Nathan une dernière fois dans mes bras.

– J'y pense, Kamou, c'est su'mon chemin ! J'monte à Québec chercher un couple de *wwoofers*, des Suédois. Si tu préfères poucer, j'comprends. J'ai eu ton âge, tu sais.

*

Passer des centaines de kilomètres à jaser avec Clé me plaît. J'aurais voulu que cette *ride* dure des heures, des jours de plus. Je l'aurais écoutée encore longtemps me raconter sa vie de bohème, son bateau à moitié ramanché dans une baie du Mexique, son autobus modifié, sa vie de nomade sur les routes des Amériques avant de se poser pour ses vieux jours à la ferme.

On a fumé un joint comme des vieilles chums, pouffant de confidence en confidence. On s'est arrêtées ramasser des coquillages, des bouquets de foin d'odeur et avaler une guedille aux crevettes avant de perdre le fleuve de vue. Coup d'œil vers l'arrière. Ma chienne gruge son bois de grève, contente.

Les kilomètres filent. L'angoisse monte en moi. Je raconte à Clémence ma peur d'arriver comme un cheveu sur la soupe chez Anouk. Et elle, son éternel célibat, ses amours impossibles et ses enfants maintenant mûrs, dispersés sur la mappemonde.

– Tu sais, ma grande – ça peut sembler quétaine –, mais toute ma vie, quand je me posais des questions d'amour, je pensais toujours au feu. Faut pas les étouffer, les feux. Faut pas les étouffer. Donnes-y du lousse, à la flamme. Ben du lousse. C'est ça le truc.

– J'peux-tu t'adopter, Clé ?

Pour toute réponse, ses pattes-d'oie s'ornent de toutes petites larmes. C'est la poussière, le vent, peut-être. En refermant la portière de la roulotte, Coyote et mon sac à mes pieds, je lève les yeux et souris à sainte Clémence, émue moi aussi.

– Embrasse-la pour moi.

– Promis, mère cosmique.

La roulotte reprend la route en pétaradant gaiement. De la fenêtre conducteur surgit un avant-bras chargé de bracelets. Clémence m'envoie un signe de paix.

*

Entre la cabane et moi, il ne reste plus que sept kilomètres à pied, du fleuve jusqu'à la voie ferrée, puis huit kilomètres de côtes si pentues qu'on n'en voit pas la fin. On y perd l'horizon de bosse en bosse, jusqu'à ce que les tympans bloquent. Bonjour, Appalaches. Me revoici. Du bout de sa laisse, Coyote tire de toutes ses forces. Elle n'a pas oublié.

Anouk est presque voisine de mon vieux loup de mer. Son chalet à lui est au bord de la rivière aux Perles, qui se jette dans l'Amouraska, qui borde le boisé d'Anouk. Je ferai d'une pierre deux coups. J'irai rendre visite à mon ami et récupérer mon bazou, mais seulement une fois que j'aurai vu ma douce.

Je le saurai au premier regard, si elle semble agacée ou heureuse de me revoir. Au pire, je rentrerai tôt chez Lionel et fêterai le solstice avec lui. Boire un coup. Parler d'orignaux et de peines d'amour. Et quand ça m'aura passé, je pourrai rentrer à la ferme avec Coyote comme copilote, comme au bon vieux temps.

Les rues, les rangs, les maisons familières. J'attache ma chienne à la rambarde et entre dans la boutique Le pourvoyeur comme si c'était banal. Arpente les allées pour acheter quelques trucs : la nouvelle carte topographique du Haut-Kamouraska, des piles, mon permis de pêche et un os sous vide.

– Si c'est pas notre garde-chasse qui nous snobait qui est revenue ! Ça fait un bail, madame Robichaud. Quel bon vent vous amène ? J'croyais que vous étiez partie en famille !

– Oh, vous savez, la vie s'accroche pas toujours...

– ...

Mensonge. Histoire de faire plus crédible, je place les mains sur mon ventre vide pour exacerber le malaise du bonhomme.

Tintement de monnaie sur le comptoir.

– Au revoir, monsieur.

J'ai la main sur la poignée de porte, la clochette sonne. Dans l'entrebâillement, Coyote aperçoit l'os. Elle salive déjà. Et comme j'allais sortir :

– Ça a dû faire votre affaire, hein ?

– De quoi, ça ?

À contrecœur, je reprends la conversation, pesant mes mots et mes silences.

– Ben, le ti-gars d'la ferme Grondin...

– Je sais pas de quoi vous parlez.

– Marco, lui qu'y'est passé de l'autre bord.

– Oh. Ça. Oui, je l'ai lu dans le *Journal.* Dévoré en forêt, quelle horreur ! Vous étiez proches ?

Mes mains tremblent.

– Un bon client, un gars du coin.

– Mes condoléances, monsieur Tardif. J'dois y aller. À la prochaine.

La porte me glisse des doigts tant mes paumes sont moites.

Vision de mes mains gantées saupoudrant le piège à ours de feuilles sèches, de légères cocottes de sapin et de brindilles fragiles pour en camoufler les dents béantes.

Bras forts de Lionel, s'acharnant sur sa pelle, à éventrer la terre d'un lieu mystère, où laisser croupir notre secret.

Doigts fins d'Anouk, une main sur le volant, l'autre migrant du bras de vitesse à ma cuisse, qui sursautait chaque fois. Sa présence rassurante. Mon amour de brousse, j'en reviens juste pas que tu sois restée tous ces mois, sereinement, ma coloc de yourte, mon amie le jour, mon amante de nuit. Et elles vécurent heureuses, et elles eurent une meute de six chiens-coyotes à la fourrure blanchissante l'hiver. Mon conte de fées tire à sa fin.

Peut-être.

Si j'arrive et qu'elle n'est pas seule. Si j'arrive et qu'elle me regarde avec distance. Et mille autres scénarios pas rapport que je m'invente, défaitiste, pour dégonfler ma balloune, au cas où, pour avoir moins mal.

Je coupe par une rue résidentielle qui débouche sur la Société des alcools du Québec, repère sur l'étalage ce que je cherche : une grosse bouteille de Coureuse des bois, en souvenir de celle qu'Anouk et moi avons sirotée à mon anniversaire de quarante ans, perchées dans ma plus haute cache. Le goût du whisky à l'érable brûlant nos langues. Les papillons de nos premiers aveux. Ta taille de guêpe.

Et c'est bouteille à la main, la laisse de Coyote nouée à ma ceinture, l'os gigantesque en équilibre dans sa gueule, que j'ai gravi la grand'côte à pied, celle qui mène au rang des Hirondelles, puis qui s'ouvre sur une forêt d'épinettes blanches cordées serré, jusqu'à où il n'y a plus de poteaux électriques. Plus qu'un petit croche, un sentier d'un kilomètre et enfin, la clairière qui s'ouvre sur ta cabane.

Je me suis laissé guider par mon envie irrésistible de fêter le solstice d'été avec toi, ma louve, danser avec toi à poil comme des sorcières avant la chasse, souffler sur des tisons, sur ta chair fauve. Voir si c'est encore possible de réveiller les braises de notre amour.

Chapitre 17
Les braises

Raphaëlle et Anouk

J'ai les jambes molles. Ma chienne prend les devants sur le long sentier traversant ta plantation d'épinettes. J'ai peur de lire dans tes yeux que je ne suis pas tant bienvenue. Je le saurai au premier regard.

Les trous de bouette au sol portent des marques de poids lourds et de pneus de vélos. Plus j'approche, plus se réveillent mes souvenirs de notre première rencontre ici. Il y avait un arbre couché sur ton toit. J'avais cru la cabane inhabitée tant elle était délabrée. Mais on apercevait une chandelle par la fenêtre. Et maintenant, je débouche sur l'acre déboisé autour de ton refuge, marche dans l'herbe montée en fleurs de prairie. Épervières, marguerites, trèfle rouge. Elles balancent sous le poids des faux bourdons. Ils poursuivent leur besogne, les pattes lourdes de pollen, malgré le bruit infernal de la machinerie. Une pelle mécanique s'attaque à ta cabane, qui cède en geignant. Des clous éclatent, des pans de murs tombent en miettes sous un nuage de suie et de bran de scie. Les anciens châssis sont appuyés le long de la grange. De la laine rose s'envole au vent. Si tu étais ici, tu serais en train de courir rattraper les brins, vite, avant qu'ils ne soient avalés par ta rivière.

Plus loin dans l'herbe longue, à l'abri des cèdres, j'aperçois ta petite tente orange et une mince colonne de fumée blanche. Mais je te connais assez pour savoir que tu ne supporterais pas d'être témoin de l'anéantissement violent de ton nid. D'ailleurs, ta voiture n'est nulle part en vue. C'est presque mieux comme ça : j'ai le temps de reprendre mes esprits d'ici ton retour.

Coyote court au ruisseau. Lape, lape. Je remarque une nouveauté : tu t'es aménagé des marches qui descendent jusqu'à l'eau. Curieuse, je me rapproche de ton campement provisoire. Aussitôt repérée par les ouvriers, je fais signe aux excavateurs. Ils travaillent bien, la pelle mécanique tourne sur un dix cennes. Mieux vaut ne pas les interrompre. J'attendrai qu'ils soient tous partis pour ramasser à la main les déchets qui leur ont échappé.

Qu'est-ce qui fume encore ? Sur une grille, les restes de deux truites. Au sol, dans un chaudron recouvert d'un linge en lin, je trouve une décoction de thé du Labrador tiède. Je saisis les peaux de poisson par ce qu'il leur reste de queue et les lance à Coyote. Feulement féroce. Qui va là ? Un gros chat noir avance vers nous en miaulant. Il a des couilles. N'a pas peur pantoute de mon husky. En fait, c'est ma chienne – comme c'est drôle – qui recule. Tiens, matou. Je lui tends sa part de chair de poisson. Ravies, les bêtes mangent tête basse sans se quitter des yeux. Je m'assois entre les deux. Faites donc la paix, il y a de la nourriture pour tous. Je bois une gorgée de thé à même le chaudron. Puis je remarque à mes pieds une pile de feuilles retenues sous une roche. Du papier d'allumage ? Non. La première page est vierge, et sur les suivantes, il y a un croquis de maison en forme de A et des flèches explicatives.

> *fenêtres recyclées*
> *revêtement en bardeaux de cèdre*
> *toit en tôle pincée avec gouttières et réservoir de 1 000 litres*
> *isolation en chanvre*
> *poêle à bois carboneutre*
> *six panneaux solaires 385 watts + quatre batteries branchées en 24 volts*
> *serre passive adjacente et bacs surélevés alimentés par l'eau de pluie*
> *système de chauffage d'eau serpentant la cheminée ?*
> *cabinet à terreau*
> *moustiquaires !*

La feuille suivante est une énumération de matériaux de quincaillerie, dont la moitié des produits a été raturée. Tu dois être en mission en ville. Je regarde l'axe du soleil. Environ dix-sept heures, car les derniers rayons flattent le haut des arbres et les gars de pelle plient bagage, rembarquent leur énorme engin sur une remorque tirée par un dix-roues. Ils enchaînent le tout, puis le camionneur se tourne vers moi.

– Vous direz à madame Baumstark que j'pars à'carrière charcher d'la pierre nette pour son puits. M'as revenir au p'tit matin ! Marci bonsoir !

Le poil de Coyote brille au soleil. Ses oreilles virent à intervalles réguliers pour se libérer des maringouins. Elle cache son museau dans la fourrure de sa queue, mais ça n'empêche pas les moustiques de se gorger de sang sur sa truffe. Je vais faire un peu de boucane pour les éloigner. Tandis que je brise des brindilles contre mon genou, j'entends un véhicule percuter les nids-de-poule sur le chemin. Puis arrive avec grand bruit un féroce camion qui porte sur son dos poutres, chevrons de toit et poutrelles de plancher. La petite voiture d'Anouk le suit. Elle se gare, sort en vitesse lui pointer l'emplacement de déchargement. Efficace, le livreur attrape la télécommande, puis le bras mécanique empoigne les pièces de bois et les dépose, parfaitement parallèles, le long de la grange.

La renarde rousse n'a pas remarqué ma présence, pas encore. Je reste plantée là, comme un piquet. Trop enjouée de revoir son amie câline, Coyote devance mes pensées, court vers Anouk et saute sur elle pour lui lécher le visage.

– Oh ma petite louve ! Quelle belle surprise.

Mon cœur fait boum. Anouk balaie des yeux le fond du terrain. Elle me fait signe, tout sourire. Je remarque tout de suite que son visage a changé. Sur son nez, une paire de lunettes rondes à motif léopard. Et elle a coupé les mèches qu'elle s'obstinait à renvoyer derrière ses oreilles en un toupet très court. Jolie.

Anouk et Coyote courent vers moi à présent. Je grave dans ma mémoire ce moment.

Elle est heureuse de me voir.

*

La chienne et le matou ont fait la paix une fois le ventre plein, partagent au bord du feu une couverture en polaire trouée de tisons. Confiantes de leur amitié, nous les laissons seuls, le temps d'une corvée de bois. Chemin faisant, je raconte à Anouk les dernières péripéties de la Ferme Orléane.

J'évite de mentionner Valentin et sa mauvaise humeur depuis qu'Anouk est partie. En fait, comme il n'a plus d'intrigue féminine en vue, il travaille, zélé, du lever au coucher du soleil. Il s'est même porté volontaire pour faire le marché fermier du samedi. C'est sûrement là qu'il espère repêcher sa prochaine idylle...

– Et les récoltes ?

– C'est l'abondance. Mon cannage prend toute ma chambre !

Je garde pour moi ma mission de canner pour deux. Si elle se bâtit de quoi, c'est qu'elle ne reviendra sûrement pas à la yourte cet hiver avec moi...

– Toi, beaucoup de pain sur la planche ?

Anouk survole son chantier du regard.

– Ce sera pas grand. Comme la cabane de Thoreau. Avec le toit plus pentu, pour que la neige glisse bien. Ça fait du bien de créer quelque chose de concret et de fonctionnel.

– Tu vas la placer où, ta table d'écriture ? Vue sur la rivière ou sur la forêt ?

– La forêt. La fenêtre qui donne sur la rivière, je la veux juste au-dessus de mon lit pour sentir la fraîche sur ma tête, la nuit.

– T'auras assez de place pour un lit double ?

Le feu nourri, j'étends sur l'herbe ma catalogne. La même que j'avais emportée à notre première rando ensemble. Anouk la reconnaît, visiblement. Elle sourit. J'adore ses canines qui ne dépassent que lorsqu'elle sourit pour de vrai.

Elle enlève ses sandales. À genoux sur la couverture, Anouk attend que je la rejoigne. Je délace mes bottes de marche en grimaçant. Décolle mes bas de laine des ampoules suintantes qui se sont formées à mes talons d'Achille.

– Viens ici. Je te soignerai ça, après.

Puis elle m'embrasse, me lisse les cheveux jusqu'au bas du dos. J'entends les truites sauter dans la rivière. Enfin, toutes mes idées sombres se taisent. Dans les bras d'Anouk, je suis comme un poisson dans l'eau.

*

Je souffle sur les braises, ravive les flammes, dépose sur le tipi de branches de nouvelles bûches bien sèches. Le feu est un ami exigeant. Shalom ronronne sur une souche, Coyote lèche nos assiettes. La Lune se présente à nous, jette un éclairage sublime sur les bouleaux au bord de l'eau. Clair-obscur. Jeux d'ombres entre fuseaux blancs. Anouk se tient debout, flambant nue, les orteils ras les tisons. Son regard me lance un défi.

Éprises par la fièvre du solstice, nous nous lançons dans l'eau glacée de la rivière baignée d'étoiles. Et bientôt nous courons nous réchauffer sur ma catalogne, roulant l'une sur l'autre comme des lionnes avant de nous blottir sous une petite montagne de couvertures.

Les mains derrière la tête, les yeux plongés dans la Voie lactée, j'écoute le souffle lent d'Anouk endormie à mes côtés et je n'ai plus peur de rien. Plus peur de lui déplaire, ni de la perdre. Elle m'a ouvert les bras comme si nous ne nous étions jamais séparées.

Juste avant de plonger dans le sommeil, je tourne la tête vers les iris incandescents de nos deux bêtes. Elles nous veillent, lovées.

*

C'est l'aube, et elle dort encore, le matou à ses pieds. Je reprends ma conversation silencieuse avec le feu. Petit bois sur braise, branches de cèdre très sèches, crépitements, théière contre la grille, aromates dans l'eau. Et tandis que le chaï infuse, je pars chercher du bois, pieds nus dans l'herbe mouillée de rosée.

Dans la grange, je trouve une drôle de planche parmi les bûches. Je reviens au feu, les bras chargés au max. Flanque mon bataclan par terre, en extirpe l'étrange bout de bois.

Plus loin, Anouk s'étire comme un chat, enchaînant les salutations au soleil.

– Tiens-tu à ça, ma belle, c'te planche-là ?

– Non... Tu peux la brûler, j'ai retranscrit l'énigme dans mon cahier.

– L'énigme ?

– Un autre message codé de Riopelle, je crois.

On entend les mouches voler.

– J'pense qu'il est passé ici pendant qu'on était en Gaspésie, dit-elle, chien tête en bas.

Riopelle. Ce nom qui, avant, éveillait en moi un pincement de jalousie me laisse, cette fois, presque indifférente. Je remercie Clémence en pensées, l'entends dire : *Donnes-y du lousse... ben du lousse.*

– Regarde, dit-elle en interrompant son yoga pour ouvrir son carnet sur une page où les points d'interrogation succèdent aux ratures, j'ai remplacé les chiffres par les lettres correspondantes. Mais je ne suis pas plus avancée. Je t'avoue que j'ai pas cherché loin, j'ai mis toute mon énergie sur le chantier.

Elle me tend le fruit de ses recherches.

– C'est pas une énigme, Nounoush, ce sont des coordonnées. Regarde : c'est dans le secteur de Brandy Brook, la Rivière-à-l'eau-de-vie. Près des lignes. Je connais bien. Les contrebandiers d'alcool passaient par là, autrefois. Il y a un sentier vieux comme le monde qui traverse le *no man's land.* Tout près de Gros Pin, Anouk.

– Le campement de colorés... Lionel en parlait dans sa lettre, celle que je t'ai fait lire.

– Ouais, ouais. Ça me dit de quoi...

– Il disait que des gens, *des colorés*, s'étaient installés dans la forêt des Hauts. D'ailleurs, parlant de courrier, j'ai reçu ça.

Anouk fouille dans la pile de feuilles coincées sous la roche près du rond de feu. J'éteins le GPS. Elle me tend une brochure.

– Ils ont le culot de m'inviter à une séance d'information !

– Qui ça ?

– Les nouveaux promoteurs du Patriot-Pipeline, bon sang. Ils convoquent les propriétaires du secteur.

– Ils doivent penser que les conservateurs vont rentrer en octobre. Ils préparent le terrain.

– C'est un peu tôt, non, pour peser su'l gaz ?

– Faut absolument que tu y ailles, Anouk. Joue à l'espionne. Apprends ce que tu peux.

– Oublie ça, c'est aujourd'hui que ça se passe. J'ai plus important à faire : le chantier à gérer, les ouvriers qui s'en viennent tantôt monter la charpente.

– J'oubliais : ton gars de pelle m'a dit hier qu'il passerait à la carrière avant de venir ici. Pis je pense à ça... je peux très bien superviser tes affaires, si tu m'expliques un peu.

– J'avoue... Tu ferais ça pour moi ?

– Pour toi, oui, mais aussi parce que je veux savoir ce qu'ils trament, les sales !

– Je serais surprise qu'ils nous communiquent leurs plans... Ils font juste des réunions pour comptabiliser le nombre de citoyens qui se déplacent et pouvoir dire plus tard au BAPE ou sur leur beau site Web qu'ils ont mené de *vastes consultations*, blablabla, qu'ils ont sondé la population dans chacun des villages du tracé, blablabla.

– Sont rats. Tu m'apprends rien. Mais vas-y quand même. Si t'es invitée, c'est peut-être parce que le tracé passe chez vous…

– *Over my dead body.*

– Je sais, pis sur le mien aussi.

– J'ai pas le choix d'y aller, han ?

– Laisse-moi ton plan de maison et je vais m'occuper de tout. Toi, va à la séance. Tu seras partie rien qu'une couple d'heures.

– Merci de me botter le cul. T'as raison. J'ai ben beau me faire une maison, s'il y a un pipeline dans la cour, je… tsé, on peut pas rester sains d'esprit et vivre tout bonnement à côté d'une bombe à retardement !

– Exactement ! Pis tu sais quoi ? Après, on se tape un *roadtrip* jusqu'à la Rivière-à-l'eau-de-vie, raconter ce que t'as appris au *campement de colorés*. Il serait temps que je le rencontre, le fameux Riopelle !

*

Ça part mal, au point où je regrette presque de m'être laissée convaincre par Raphaëlle de prendre part à ce cirque. Bannière grotesque drapant l'hôtel de ville, comme pour museler la démocratie. Si t'as l'air riche, tu épateras la galerie.

Face à la porte vitrée où se tiennent des gardes de sécurité, une file de Brulois et Bruloises se forme.

On nous sépare en petits groupes, ne nous laissant entrer qu'au compte-gouttes. Histoire que chaque citoyen soit entouré de plusieurs « experts », j'imagine. Que les uns n'entendent pas la révolte des autres. Que les premiers ressortent avant qu'une foule ne puisse réfléchir les non-sens à voix haute. Il y a du café délayé servi dans des gobelets en styromousse, des crudités précoupées de l'épicerie, des cubes de fromage d'un orange impossible et des jus chimiques dans des verres en plastique. Rien que du poison. La table est mise.

Je me dirige vers le kiosque d'accueil, mon invitation en main.

– Votre nom, madame ?

– Anouk Baumstark.

– Adresse ?

– 8, rang des Hirondelles.

On m'escorte jusqu'à une grande table où sont disposées d'immenses cartes. Le fameux tracé de l'oléoduc Patriot-Pipeline, de servitude en servitude. Pluie de billets verts pour qui signera sa terre.

Ce serait le plus important projet d'infrastructure intraprovincial de l'histoire du pays, vendu comme le deuxième plus long et « le plus sûr » de tous les oléoducs du monde ! Panamerican Patriot Pipeline Corporation acheminerait 1,1 million de barils par jour, sur 4 500 kilomètres de tuyaux neufs, au nom de « l'unité canadienne ». Corridor énergétique pancanadien de la mort ! Les documents d'information même pas traduits, sinon dans un français tellement robotique qu'on n'y comprend rien... C'est le but, j'imagine. Les yeux sur la carte, j'essaie de trouver ma terre sur ce vaste échiquier. J'interpelle un homme portant un badge l'identifiant comme « géologue expert en fuites d'hydrocarbures dans les cours d'eau » :

– Le fleuve est de quel côté, là-dessus, monsieur ?

Y'est pas sûr. Il part chercher quelqu'un. Tout ça n'est que de la poudre aux yeux.

On me presse de me diriger vers le kiosque suivant pour que d'autres propriétaires puissent entrer. Un très bel homme en complet-cravate me sourit de ses dents de requin. Je l'approche et dévisage l'affiche derrière lui. Incroyable mascarade. On y voit une jeune biche s'abreuvant à une rivière au cœur d'une prairie très verte, sous une bannière bleue où l'on peut lire : *Avantages environnementaux.* J'ai une soudaine envie de gerber sur la chemise du fossoyeur en face de moi.

Grand fracas près de l'entrée.

J'ai tout juste le temps d'apercevoir, en pleine course, les deux faux invités qui viennent de renverser une cafetière entière sur les cartes. Le liquide brun fumant se déverse sur toute la table. Sans tarder, ils grimpent les marches trois par trois et gagnent l'étage. On entend retentir leurs pas contre le métal de l'escalier de secours, dehors. Le sourire fendu jusqu'aux oreilles, je baisse la tête pour ne pas qu'on me croie complice. Je profite de la confusion pour m'évader. L'envie me prend de rattraper ces gens. J'ai vu ce que j'avais à voir...

En franchissant la porte, j'entends des concitoyens applaudir les vandales. Sur le stationnement, les deux personnes toutes de noir vêtues ne sont plus en vue. Mais, sur la bannière de la compagnie, elles ont eu le temps de peindre en noir un sablier, symbole évoquant pour moi la planète prise en otage. Notre avenir qui se dérobe sous nos pieds.

J'examine le parc de l'église, les haies balisant les cours, arpente le stationnement, m'attendant, à tout moment, à apercevoir, cachés entre deux chars ou des haies, les activistes planqués le temps d'une respiration. Et puis non.

Je regagne tranquillement mon char, tout au fond. À mi-chemin de la mer d'asphalte où tous respectent les lignes et les cônes, je comprends avec dégoût que les Bentley blanches aux vitres teintées, ces véhicules de luxe qu'on dirait blindés pour des caïds de la mafia, appartiennent aux représentants du promoteur. Je m'adosse à un arbre. Lâche un gros soupir, songeant à profiter de l'accalmie pour crever leurs pneus.

Soudain, j'entends un froissement de papier et me retourne, sur mes gardes.

– Veux-tu d'la vraie information ?

L'homme me tend une brochure.

– C'est une campagne de sensibilisation qui dément les allégations de la compagnie.

Il me prend par le bras et me guide jusqu'à son véhicule, dont le hayon arrière est grand ouvert. Sa paume est chaude. Il ne lâche pas ma main. On s'assoit parmi l'équipement, de part et d'autre d'une boîte en carton remplie de brochures aux vraies couleurs des projets pétroliers : noir, brun et rouge.

Ça me fait penser à cette phrase de *Taqawan*…

Ici, on a tous du sang indien
et quand ce n'est pas dans les veines,
c'est sur les mains.

Car oui, les minières et pétrolières et gazières et forestières qui éventrent les territoires sauvages ont du sang sur les mains. Nous avons oublié d'où nous venons, pour les laisser faire. Nous sommes les fils et les filles de colons accueillis chez les Premières Nations.

Je n'ai toujours rien dit quand il plie ses lunettes d'intello et les range minutieusement dans la pochette intérieure de son veston en tweed. Il a rasé ses longs cheveux noir corbeau. Il ne lui reste des cheveux que sur le haut de la tête, lustrés, peignés vers l'arrière. Ça fait propre, militaire.

Je pose ma main sur sa joue. C'est doux, lisse. Et range ma main aussitôt sous ma cuisse comme pour la punir. Je perds le nord une fraction de seconde, puis tends la main à nouveau pour le toucher. Je n'hallucine pas.

– On refait connaissance ?

Sa main serre la mienne. Je reste bouche bée.

– Robin, responsable du ravitaillement du Bivouac et recruteur de sang neuf pour la campagne « Je me souviens de nos forêts ».

J'ai la gueule à terre. Je capte les sons, mais à peine leur sens.

– Riopelle, c'est pu bon ?

Il baisse la tête et hoche non.

– Appelle-moi Robin, s'il te plaît. Ça fait tellement du bien de changer de peau, après tout ce qui s'est passé.

– Fait que… T'as réussi à passer les douanes à pied incognito ?

– Comme une lettre à la poste. On m'attendait de l'autre côté. J'pouvais pas tout te dire, dans mes cartes postales… Tu les as reçues ?

– Oui, oui. J'me suis quand même fait un sang d'encre pour toi, tsé.

– Comme une pieuvre dans un gros bac chinois ?

Bouillon d'émotions réprimées qui ressurgissent. Flash de nos corps soudés.

– Alors t'as passé tout ce temps-là aux États-Unis ?

– Pratiquement. J'ai été en camp d'entraînement pendant un an et demi…

– Alors Robin des bois repart en mission ? T'es revenu à cause d'eux autres, j'imagine.

– Tu passes pas par mille détours, Anouk. J'aime ça.

Faites que ma face de rousse ne rougisse pas, bon yâb.

– C'est quoi cette affaire de « Je me souviens de nos forêts » ?

Question-distraction pour me permettre de retrouver un peu de contenance.

– En gros, si on continue de bûcher de même, il ne restera plus d'espaces sauvages au Québec, pas un seul arbre plus vieux que nous. J'veux pas vivre dans ce monde-là. Il nous reste quelques îlots biodiversifiés. Faut les protéger. Pis ça tombe bien : on a le droit d'occuper sept mois par an les terres publiques. C'est ce qu'on compte faire, jusqu'à l'hiver, pour s'assurer qu'ils ne touchent à aucun arbre pendant que de l'autre côté, on fait pression sur les paliers de gouvernement.

– Ha ! Parlant de verdure, merci pour les tonnes de pot que tu m'as postées.

– J'ai pas fini de te remercier pour ton accueil. Je serais mort de froid si ta cabane n'avait pas été sur mon chemin.

– Tu savais qu'elle n'existe plus, la cabane ? Je viens de la faire *bulldozer*.

– Tu t'es sentie comment ?

– J'ai pas pu regarder.

– Hum.

– C'est quoi tout ce barda ?

Je repousse du dos le stock dans le coffre. Me recule un peu les fesses pour replier mes jambes et enlacer mes genoux.

– Des bricoles pour le Bivouac. Là, nous sommes à peu près trente à camper et à organiser la protection du site qu'on souhaite voir transformé en parc. Sentiers, abris, inventaire faunique et floristique... On s'est installés dans les Hauts, à distance de marche d'un ruisseau qui coule tout près d'un très très vieil arbre.

– C'est clair que le ruisseau Morrison, c'est la meilleure eau que j'ai bue de toute ma vie.

– Alors tu sais où on est !

– Ouais, j'ai déjà dormi dans Gros Pin.

– ... Donc t'as trouvé ma planche ! Ça te tentait pas de venir nous rejoindre ?

Le trémolo dans sa voix. Il m'attendait. Il espérait me voir débarquer. *Yes.*

– En fait, j'ai découvert seulement hier qu'il s'agissait de coordonnées. Venant de toi, je m'attendais à un code impossible à craquer. Tu devrais voir mon cahier.

– Alors tu voulais venir...

Robin, feu Riopelle, plonge son regard dans le mien. Bien sûr que je voulais venir, beau niaiseux ! Souvenir de mes crocs dans son cou, de mes ongles dans son dos, de ses yeux rieurs au dernier instant avant qu'il ne jouisse, ce même éclat dans le regard lorsqu'il m'a lancé une boule de neige, avant de disparaître dans la forêt épaisse, chaussé des babiches de mon grand-père. Et ces nuits caniculaires récentes dans le lit de Valentin où, me roulant la bille, je fouillais le passé pour me remémorer ses traits à lui, le maudit dérailleur de train.

– Ouais. En fait, c'est ma blonde qui m'a fait allumer que c'était des coordonnées.

J'évite ses yeux.

– Raph est une ancienne agente de protection de la faune, alors ça lui a sauté aux yeux que le code que j'essayais comme une conne de craquer, c'était tout simplement ça. Mais de toute façon, avec le chantier, j'ai été pas mal occupée. Et y a eu de la mortalité dans ma famille. Ma grand-maman en Allemagne, Marlene…

Seigneur, tais-toi Anouk, t'es en train de lui conter ta vie. Un vrai roman hyperboréen, plein de drames et de longueurs.

– Désolé, Anouk. Mes condoléances.

– Elle m'a légué une petite fortune, c'est spécial… Ça l'inquiétait de me savoir dans ma cabane, sans eau ni électricité, le toit défoncé, les souris pis toute. J'ai pas besoin de te faire un dessin.

– Je la comprends. C'était pas des plus grands conforts. J'ai très peu dormi.

Je laisse échapper un rire gêné. Il sourit longuement, puis il me fait un clin d'œil sans pudeur. La tension entre nous se relâche. Pour empêcher trop d'images de ressurgir, je lui flanque un coup de poing sur l'épaule. Il éclate de rire.

– Je vais être honnête. Ça fait des mois que je passe devant chez toi, mademoiselle l'ermite. Je m'y suis même aventuré plusieurs fois pour voir si t'étais là. En fait, le premier soir de mon retour au pays, la première chose que j'ai faite, c'est de récupérer un char – Grannie, ici présente – pour rouler jusqu'à chez toi.

– J'étais sur une ferme, en Gaspésie. Mais écoute, Rio…

– Robin.

– Robin, j'dois y aller. J'ai des hommes qui montent ma charpente au moment où on se parle.

– Moi aussi, je vais filer. Attends deux secondes, j'ai une idée.

Je mords à l'hameçon, me foutant de quoi il retourne, juste pour prolonger le moment.

– Après souper, au Bivouac, y a un entomologiste pas mal ferré qui vient animer un mini-atelier. Il vient nous parler de l'épidémie de tordeuse d'épinette. Ça pourrait être chouette d'avoir le point de vue d'une agente de protection de la faune, justement. Peut-être que l'introduction de prédateurs pourrait être une piste de solution ! Venez donc, toi pis ta blonde ?

– Peut-être bien, mais je ne peux pas trop m'éloigner de mon chantier.

– C'est sûr, je comprends ! Pensez-y, quand même.

Robin se lève et retire nonchalamment son veston. Faut qu'il arrête d'être beau de même.

– Ouf, j'étouffe là-dedans. Ça doit être de la laine. Je l'ai trouvé tantôt à la friperie. Pas mal, hein ?

De sa chemise pastel saillent ses épaules humides aux aisselles auréolées de rose foncé, comme tout le long de sa colonne vertébrale, d'ailleurs. Encore un flash de nos corps en sueur glissant l'un sur l'autre, des couvertures de laine rugueuse s'agglutinant à nos pieds.

– Bon. Je te laisse retourner à ton chantier, chère. J'te cacherai pas que ça me ferait bien plaisir que tu te pointes au Bivouac. Invite ta blonde, d'accord ?

Et pour taire le vice, les images de lui nu se promenant dans ma cabane, je la nomme, je l'impose entre nous, me sers d'elle comme d'un bouclier.

– Elle s'appelle Raphaëlle.

– J'ai déjà hâte de la rencontrer. Bisous, je me sauve.

Nous nous levons brusquement. Il ferme le coffre de son 4 × 4. Je plie en deux la brochure qu'il m'a donnée et l'insère dans ma poche de pantalon.

Robin s'approche pour me faire la bise. Je l'esquive totalement et saute plutôt dans ses bras, mes jambes outrageuses encerclent sa taille, ses bras forts me soulèvent, me gardent serrée contre lui. La gravité, c'est des foutaises. J'enfouis ma tête dans son cou. Respire le ciel dans son col de chemise. Puis il me dépose tout doucement. La planète continue de pivoter sur son axe. J'ai des millions de fleurs séchées qui reprennent vie, se tortillent en moi, s'épanouissent sous une nuée qui papillonne de joie.

– Ouf, Anouk. Tu me fais capoter. Va-t'en tout de suite si c'est vrai que t'as une blonde.

Je hoche la tête, saute dans mon char, tourne la clé… et rien ne se passe sauf une toux creuse venue de sous le capot. C'est vraiment gênant d'essayer de partir avec classe et que ton bolide coopère pas. Robin rigole, de l'autre côté de la vitre.

– Un pépin ?

– On dirait. Peux-tu m'aider à pousser mon char ? Ma batterie est peut-être à terre ? J'vais essayer de le démarrer à compression.

Lui au pare-chocs, et moi poussant contre ma portière ouverte, nous réussissons à faire rouler mon bazou jusqu'à une pente douce. Je saute à l'intérieur, enfonce la pédale le temps de le dire et rince le moteur qui ahane. Faut pas gaffer, maintenant. J'embraye et ne me retourne pas.

Je descends la route du village qui s'ouvre sur le rang des Falaises, les vitres baissées, les cheveux fous, le cœur immense. Un nuage bizarre filtre la lumière. On croirait une foison d'oiseaux, non, de la suie de feux de forêt, non. Soudain, le corps de milliers d'insectes percute mon pare-brise. Je flanque les essuie-glaces en mode rapide. Un fluide gris s'échappe des abdomens éclatés, nappe la vitre et brouille ma vue. J'envoie du lave-glace à fond la caisse, je retrouve la vue dans un triangle presque opaque de jus de bibittes écrasées. Et puis je comprends. Le ciel est noir de tordeuses d'épinette en plein vol. J'avais lu que ce phénomène ne se produisait qu'en juillet. Éclosion précoce. Sentiment de péché et de malédiction.

Et que penser de cette coïncidence : l'entomologiste invité justement ce soir au Bivouac pour parler de cette plaie ?

Je pique par le rang du Nord, qui serpente entre deux mondes. À gauche, la forêt debout, et à droite, la mort à perte de vue : une coupe à blanc encore vibrante de souffrance. Partout, les papillons rayés obscurcissent l'éclaircie. Ils se posent sur les pousses, grouillent le long des racines nues et des souches suintantes. Leurs battements d'ailes éveillent en moi une sensation de dégoût mêlée à de l'émerveillement. Comme les experts le prédisaient à la radio, l'épidémie a atteint le Kamouraska. Affamée, la tordeuse se vautre sur les cimes pour pondre et proliférer. Bientôt, la canopée sera toute orange, puis les épines tomberont. Et tout le bois sera tordu. Tant mieux, il aura perdu sa valeur commerciale et on le laissera sécher debout, tomber de sa belle mort, nourrir les sols, s'offrir comme combustible aux feux, devenir un chablis très prisé des sittelles, parulines et pics flamboyants.

Je n'en crois rien, moi, de l'affirmation que cette épidémie doit absolument être contenue. La Nature s'autorégule. Nous avons planté des monocultures d'épinettes à perte de vue. La Grande Dame nous envoie un insecte pour chier sur nos plans. C'est excellent.

Mais le gouvernement s'acharne. J'ai vu ses avions-citernes passer. D'été en été, ils ont pulvérisé des quantités astronomiques d'insecticides biologiques pour maintenir les arbres en vie. C'est rendu qu'on peut se cacher derrière le mot *biologique* pour faire croire au commun des mortels qu'un produit qui tue est sans danger. Faudrait au moins avoir l'honnêteté de dire que la tordeuse n'est pas le seul insecte qui mourra, à la suite des pulvérisations.

On devrait peut-être aller à la conférence de l'entomologiste au Bivouac, ce soir ?

Je pourrais lui demander pourquoi on s'entête à faire la guerre à la tordeuse des bourgeons de l'épinette pour sauver des arbres, pour mieux les récolter tantôt. Les dommages collatéraux ne sont-ils pas pires que le statu quo ? Nous n'en serions pas là si nous avions suivi une autre logique que celle de la productivité, il me semble. Des forêts sans chenilles ni papillons. L'absence d'espèces fragiles, c'est le début de la fin, non ?

Je vire sur mon chemin, dépenaillée par la vie. J'arrive à ma clairière, où bientôt je sèmerai des chênes rouges, des arbustes à fruits et des feuillus, une flore qui tire sa résilience de sa diversité.

Je me gare. Ma Raphaëlle d'amour est là, le plan entre les mains, et les quatre murs sont montés. Deux hommes empoignent le premier chevron, tandis que le troisième et le quatrième insèrent des madriers sur les échafauds. Ma maisonnette prend forme, c'est un sentiment grandiose.

QUATRIÈME PARTIE

Le Bivouac

Chapitre 18
Annedda

Anouk

– Alors, il passe où exactement le sale tuyau ? T'as pu avoir une copie du tracé officiel ?

Je raconte presque tout à Raph : la fausse représentation *ecofriendly* de la compagnie, l'irruption bienvenue des activistes, le sablier noir qu'ils ont peint dehors, l'emplacement projeté du Patriot-Pipeline, qui non, ne passe pas par ma terre et semble plutôt longer les terres de la Couronne, serpentant dangereusement proche de Gros Pin. En déblatérant tout ça, j'ai de la difficulté à la regarder dans les yeux, fixant plutôt la boue d'insectes écrasés qui enrobe mes pneus. Raph passe un doigt sur le fluide visqueux qui nappe les coins de mon pare-brise. Elle décolle un spécimen presque intact pour l'examiner de près.

– C'est un sacré bel insecte, quand même, que je l'entends murmurer, tandis que je m'éloigne pour piquer une jasette avec les ouvriers.

En marchant vers l'ossature nue de ma future maisonnette, je retombe en esprit dans les bras de l'autre. Je n'ai pas encore eu le courage de mettre des mots sur ce qui vient de se produire. Les jambes molles, je prends appui contre une poutre pour discuter des prochaines étapes avec mes vaillants monsieurs, qui se préparent à partir.

Près de l'auto, ma belle Raphaëlle est encore tout absorbée par son étude entomologique. Elle me rappelle le plaisir que j'avais à tenir entre mes doigts, enfant, les mues fragiles des couleuvres. Je ferme les yeux. La chose à faire serait de tout lui dire tout de suite. Mais alors, elle ne voudra peut-être pas m'accompagner à la conférence, ce soir, au Bivouac ? Ou elle repartira à la ferme en coup de vent. Je ne veux pas ça. En même temps, je ne supporterais pas de lui cacher la vérité, d'avoir des secrets pour elle...

– La Terre appelle Anouk.

Je sursaute, ouvre les yeux. Elle me fait face, tout sourire.

– Excuse-moi, Raph. J'étais ailleurs...

– T'étais loin, on dirait... J'pensais tout haut que c'est une bonne affaire que la tordeuse d'épinette se contente de bouffer les pousses d'épinettes et de sapins baumiers. Qu'elle ne s'attaque pas aux pins blancs... Au pire des pires, Gros Pin va survivre à l'épidémie.

Tout ça – la célérité de ses paroles, l'idée d'un autre fléau, la peur de la blesser si j'ose parler –, tout ça m'étourdit.

– T'es blanche comme un drap, ma lapine, ça va ?

– La séance d'information m'a scié les jambes.

Pour toute réponse, Raphaëlle m'ouvre ses bras. Je m'y blottis et me sens déjà mieux, puis je regarde, par-dessus son épaule, les ouvriers partir. En me caressant le dos, ma blonde m'offre d'étirer son séjour pour continuer de m'aider avec le chantier. Je m'écarte pour qu'elle voie mon sourire reconnaissant.

– Oui, je le veux ! Mais avant, je dois te confier quelque chose…

*

En route, je me demande ce qui la motive à vouloir monter au Bivouac sur-le-champ. Ne pas manquer la conférence de l'entomologiste, revoir au plus vite son vieil ami Gros Pin et ce territoire qu'elle a toujours voulu protéger, enfin mettre un visage sur le fameux fantôme de mon passé, ou me chaperonner ?

– Bon sang, arrête de te ronger les ongles, Nounoush !

J'ai beau essayer de réprimer mes émotions, de respirer dedans, je sens une fébrilité me monter à la tête à mesure que nous approchons des coordonnées du Bivouac. Le GPS nous indique qu'il ne reste plus que cinq cents mètres avant d'atteindre notre destination.

Déjà, on aperçoit une sorte de pancarte faite main. Logo de tente dans un cercle et flèche vers la gauche, en vert fluo sur fond noir. Nous y sommes.

Raph ralentit, puis éteint le moteur. Dire que si elle n'avait pas décodé « l'énigme », la planche serait peut-être restée encore longtemps dans la grange, et moi, en pleine autoconstruction, je n'aurais pas eu la clé pour retrouver monsieur R. De surcroît, si Raph n'était pas venue me voir pour le solstice, elle ne m'aurait pas convaincue d'aller à la séance d'information de la pétrolière. Trop occupée, je l'aurais boycottée. Comment interpréter le fait que Raphaëlle instigue deux fois plutôt qu'une mes retrouvailles avec une ancienne flamme ?

– Fais pas cette tête. J'te ferai pas honte...

– Toi, me faire honte ?!

– Pour vrai, depuis que tu m'as fait lire la lettre de Lionel, ça me titille de savoir c'est qui ce monde-là qui s'organise pour protéger notre forêt. Mais si tu veux aller rejoindre ton ami, je ne veux pas être dans vos pattes, je peux aller jaser à d'autre monde en attendant.

Je lui prends la main, nous entrecroisons nos doigts.

– Je veux que tu sois là, Raph. Pis *mon ami*, comme tu dis, c'est lui qui a insisté pour que je t'invite. Il était là, tantôt, à la réunion d'information... Je lui ai dit que j'avais une blonde, une ardente défenseure des animaux à la retraite, malgré son jeune âge...

Il n'y a personne pour nous diriger, que des lueurs de lampions solaires s'enfonçant dans le boisé, qu'un petit pont de rondins pour traverser le ruisseau, puis des lambeaux de tissus de toutes les couleurs, d'arbre en arbre, le long d'un sentier bordé de troncs truffés de visages. Aux branches pendent des oiseaux en bois flotté, leurs ailes mobiles en mouvance. C'est magique.

Coyote avance devant nous en bonne chienne de tête, la queue bien haute.

On croise une première âme en pleine création. Elle interrompt son travail de confection d'une guirlande lumineuse pour nous accueillir.

– Bienvenue au Bivouac, mesdemoiselles. Allez donner votre nom à Robin, il pourra vous proposer des chantiers auxquels vous joindre. Il est dans la tente prospecteur à deux kilomètres sur votre droite.

– Merci.

– Suivez les champignons.

La femme nous pointe le sentier et retourne à ses fleurs de papier. Je remarque le symbole de sablier sérigraphié au dos de son coton ouaté. C'est le même logo que celui que les vandales ont peint à la séance de désinformation au village. Elle s'accroupit pour connecter deux rallonges dissimulées sous le feuillage, et *wow*, tout un circuit s'illumine. Des abat-jour multicolores traversent la forêt, chapeautant des rondelles de bois, à l'image de champignons de contes de fées qui brillent dans le noir.

– Que c'est beau… murmure Raphaëlle.

Elle s'arrête net, sa chienne l'imite. Mon rythme cardiaque manque un temps. Le voilà qui avance vers nous.

– Raph, mon amour, je te présente…

– Rio, oui, je sais.

Impassible, elle lui tend ses joues. Mon visage doit être écarlate. J'ai un nid de guêpes dans la tête. Je ne trouve pas les mots.

– Je suis content que vous soyez là, les filles. Merci d'être venues. Riopelle, c'était mon nom dans une autre vie. Maintenant, c'est Robin.

Puis, s'adressant à ma blonde :

– Anouk m'a dit que t'as étudié en protection de la faune ?

– Ouais.

J'en peux plus.

– S'il vous plaît, attendez, là. Vous allez peut-être vous haïr dans deux secondes. Raph, à la séance d'information au village, quand on s'est croisés…

– Regarde, c'est pas grave, t'as pas à me raconter vos retrouvailles.

Je suis bouche bée. Qu'elle me laisse tout avouer, au moins. Raconter qu'on s'est presque embrassés. La chienne se frotte contre les jambes de Robin.

– C'est moi qui dois m'excuser, mesdames. Raphaëlle, on se connaît pas, mais j'te promets qu'Anouk m'a dit que vous étiez en couple…

– Y a pas de mal, Robin. À ce que je sache, Anouk et moi, on n'est pas mariées, ni des fondamentalistes chrétiennes. On s'est rien juré, et moi, tout ce que je veux, c'est son bonheur. Alors si vous voulez vous voir, pas besoin de le faire en cachette.

Je me réfugie dans le silence. Raph fouille dans les poches de son sac à dos et en retire son petit boîtier bleu à motifs de fleurs de lys. Elle l'ouvre en silence et se plante un joint déjà roulé au coin de la bouche. Gentleman, Robin lui tend un briquet. Le joint circule, et nous fumons ensemble pour briser le malaise.

C'est moi la pire, moi la pire.

– Venez, je vais vous montrer le spot à feu et vous présenter au monde.

J'attrape la main de Raphaëlle, qui ne présente aucune résistance. Elle la serre dans la sienne, me lance même un sourire plein de compréhension. *My God.* Cette femme m'impressionne. Je m'attendais à une tempête, un regard souffrant ou, à la limite, piteux.

– Tu me pardonnes de t'avoir rien dit ?

– Si t'es pas avare…

– Qu'est-ce que tu veux dire par là, Raph ?

Pour seule réponse, elle nous fait accélérer le pas juste assez pour qu'on arrive aux côtés de Robin. Éberluée, je me retrouve entre mes deux flammes. Il me tend sa main, Raph dit oui des yeux. Nous gambadons tous les trois vers le feu, Coyote devant nous.

Ça chauffe entre mes deux oreilles. Si je ne suis pas *avare* ? Voyons… Mon amoureuse coupe court à mon bourdonnement d'idées :

– Nounoush, j'veux dire que je suis prête à partager. Pas toi ?

Raphaëlle lâche ma main pour s'emparer à deux bras du cou de Robin. Elle l'embrasse sur la bouche. Étonné, il se laisse faire. Je suis trop surprise pour intervenir. Puis elle recule, victorieuse. Piégé, il nous adresse, à toutes les deux, une moue gênée.

– Vous jouez à quoi, là ?

Raph rétorque :

– Simple vérification mécanique.

– De que c'est ?

– J'voulais voir si un homme pouvait m'allumer.

– ...

– J'ai dit à Anouk qu'elle n'avait pas à choisir entre nous, que j'étais prête à partager si elle l'était, aussi.

On dirait que mon cerveau refuse de croire ce que j'entends. *No compute.* Elle vient-tu juste de voler un bec à Robin ? Pis ils en jasent tout bonnement comme si je n'étais pas là ! Pire, ils me sourient tour à tour en marchant.

Coyote explore les abords sans trop s'éloigner. C'est jojo de la voir retrouver plus de liberté, pister en paix, après ces mois passés en enclos. Je sursaute chaque fois qu'elle fait décamper un tétra, une quelconque poule des bois. Au fil des sentiers, la conversation s'anime, Raphaëlle rit aux éclats. Elle partage joyeusement ses connaissances avec Robin, tout ouïe. Je l'entends admettre qu'elle serait un grand atout pour l'équipe, qu'il a hâte de la présenter aux experts de Green Rev et à l'entomologiste, qui a recueilli plus tôt dans la journée des spécimens de l'éclosion spectaculaire de tordeuses dans le secteur. Communion d'esprits.

Nous nous arrêtons dans une petite éclaircie. Des bénévoles cordent du bois en retrait. Un grand trou a été creusé dans la terre, puis tapissé de pierres, de sorte que les grilles de cuisson prennent directement appui au sol. Des chaudrons et des casseroles sèchent sur une grande serviette de plage étendue sur une table de pique-nique encore humide de sève. J'étudie le mobilier de la cuisine commune. On dirait celui de la chaumière des sept nains, équarri à la hache, méthode tenon mortaise. Ces gens ont du talent.

Moi, je travaille sur le dérougissement de ma face. Mon esprit reste figé sur la vision de Raph et Robin, bouche contre bouche. Dans mon téléroman mental, ils se seraient évités comme la peste, m'auraient rejetée pour cause d'indécision ou de trahison. Leur baiser n'avait pourtant rien de choquant, même s'il était, à mes yeux, inattendu. Je suis juste sidérée parce que ce n'est pas possible comme c'est beau. Que ma Raphaëlle propose un marché qui pourrait tout ébranler entre elle et moi. Son ouverture d'esprit semble dénuée de toute jalousie. Peut-être par la force des choses. Force majeure. Peut-être parce que, quoi qu'on fasse, nous vivons une extinction de masse, et que plus aucun code n'est pertinent aujourd'hui. Il faut agir d'urgence et vivre. Vivre !

Sur le sentier de l'Arbre Ancien, l'enthousiasme de Robin est contagieux.

– Le Bivouac, c'est une zone libre : un campement autonome. Comme j'expliquais à Anouk tantôt, le gouvernement ne peut pas nous chasser des terres publiques tant que nos installations sont temporaires et qu'on les bouge après sept mois. Bref, nous allons occuper pacifiquement la forêt en attendant que la machinerie débarque. D'ici là, nous formerons un laboratoire vivant de tactiques, d'entraide et d'innovation hors réseau. C'est un aspect essentiel de notre mission : que de nouveaux activistes soient touchés par ce qu'on fait, soient attirés ici. Il faut que tous les groupes citoyens se tendent la main. Et enfin, pour réussir, il faut tisser ensemble une grande chaîne humaine. On ne les laissera pas passer.

– Vous avez tout mon respect pour ce que vous avez déjà mis en place ici, avance Raphaëlle, mais j'ai remarqué quelque chose d'important qui cloche. Comment ça se fait qu'y a personne qui garde l'entrée ?

– Vous ne savez pas tout, madame l'agente. Et je ne peux pas tout révéler.

– D'accord. Tant mieux. Mais il vous faudra quand même un kiosque d'accueil si vous prétendez créer un parc, si ce n'est que pour assurer la sécurité du stationnement. La 287, je la connais bien, et c'est une route passante et très dangereuse. Vous voulez pas qu'une belle petite famille en route pour vous rejoindre se fasse faucher par un pick-up qui roule à cent cinquante, aveuglé par un nuage de terre jaune. Sans parler des vans de bois qui roulent carrément en plein milieu du chemin, chargés à bloc, incapables de freiner à temps.

– Bien vu. Justement, on est à la recherche d'une petite structure qu'on pourrait installer là. Un genre de remise dans laquelle on pourrait percer une fenêtre...

– J'ai une idée, les amis.

Raphaëlle et Robin se tournent vers moi. Bon. J'ai enfin retrouvé un semblant d'intelligence.

– On t'écoute.

J'avale ma salive, soupesant mon idée avant de la partager.

– Ton ancienne roulotte est pas si loin d'ici, elle doit bien avoir passé l'hiver…

Ma blonde sourit, puis, s'adressant à Robin :

– Quand j'étais agente de protection de la faune, j'habitais dans un Winnebago que j'avais planqué sur les terres publiques, à une trentaine de kilomètres d'ici à vol d'oiseau, aux abords de la pourvoirie des Trois Lacs. On pourrait sûrement le sortir de là. Reste à voir l'état des pneus…

– Faudrait emprunter le pick-up de Lionel.

– Tu m'enlèves les mots de la bouche.

– Je suis certaine qu'il se ferait une joie de nous aider.

– Moi aussi.

– Super, les filles !

Le visage de Raphaëlle s'éclaire. Elle siffle pour rappeler Coyote, qui fait demi-tour.

– C'est vrai que je suis due pour une visite. Robin, j'peux te la laisser pour la fin de semaine ? Vous avez sûrement prévu quelque chose de chouette pour la fête nationale…

J'ai – encore – la gueule à terre. Elle ne parle pas de sa chienne, là, elle parle de moi ! Mon amoureuse qui organise mon gardiennage, et moi qui n'ai pas mon stock de camping ! On dirait qu'elle le fait exprès, de me pousser dans ses bras. Maudine.

– Ben là ! J'ai rien d'autre que mon linge sur le dos…

– C'est pas une vraie raison, Nounoush. Demande à Robin de te prêter un t-shirt. *Checke*, p'tit cœur, j'veux me rendre utile. As-tu envie de rester ici pour la fin de semaine ? C'est ça, la vraie question. Tes ouvriers reviendront pas avant lundi. Moi, j'irai veiller chez Lionel, passer un peu de temps avec lui, et dimanche matin, avec son pick-up, on ira *pinner* ma roulotte pour la déménager ici. Tant qu'à la laisser pourrir là-bas dans le bois, j'aime autant qu'elle serve à une bonne cause.

– Content que tu sois parmi nous, garde-chasse. T'es déjà une alliée de taille.

– C'est moi qui suis contente de revenir me battre pour cette forêt.

*

Raph est repartie sur le pouce avec Coyote. J'essaie de comprendre ce qui nous arrive. Nous nous sommes à peine retrouvées qu'elle repart.

Robin me fait visiter les lieux. À la tour de contrôle, j'étudie le mirador en bois rond sur lequel sont juchés des panneaux solaires et de drôles d'antennes. Je reconnais les trois quarts des appareils. Un système d'alimentation électrique semblable au mien, mais plus performant.

– Y a du réseau ici ?

– Grâce à tous ces bidules, maintenant oui.

Je sors mon cellulaire, agréablement surprise de pouvoir téléphoner en plein bois, et m'empresse de composer le numéro de Lionel, qui répond dès la deuxième sonnerie.

– Lionel ! C'est Anouk. Écoute, c'est pour te dire que Raph est en chemin vers chez vous. Sur le pouce, oui, avec Coyote. La 287 Sud… Moi aussi… Bisous.

Soulagée à l'idée que Raph et Coyote n'attendront pas un *lift* pendant des heures en marge de la route, je laisse Robin me mener jusqu'à sa tente prospecteur. Une vingtaine de jeunes troncs ébranchés retiennent la toile cirée, formant une tente pentue. La plateforme a été recouverte de feuilles de contreplaqué sur lesquelles un grand tapis au poil ras a été déroulé. On entre sous un pan de tissu, puis on traverse le rideau moustiquaire aimanté. À l'intérieur : un balai, une chaise face à une table, puis au centre, une truie en fonte. Tout le long du mur nord, du bois cordé et une armoire. Robin me montre où il range ses maigres effets, au cas où il pleuvrait ou que j'aurais froid, tout est là. Il semble avoir la même propension au dépouillement que moi. Ses vêtements sont roulés, de façon à prendre le moins de place possible dans les bacs de plastique avec couvercle qui lui servent de tables de chevet. Son lit rappelle celui des soldats. Il est fait d'une toile tendue par une armature de ressorts, recouverte de branches de sapin et de couvertures de laine. Chaque chose a sa place, son utilité. Au mur, des ficelles passées dans les œillets de métal retiennent une immense carte topographique du Haut-Kamouraska, traversée de bord en bord par un large trait au feutre noir, au bout duquel figure une date. Le tracé. Haut-le-cœur qui me ramène dans la salle municipale où le promoteur nous avait conviés. Cette même carte était alors couchée sur trois tables raboutées… ils ont dû trouver à la photographier, avant le déversement de café des vandales. À gauche du poêle, il y a des bûches fendues toutes petites. Et là, une belle planche surplombe la cordée de bois. Je souris. Des livres y sont rangés, bien droits, retenus aux extrémités par deux grosses roches encore moussues. Je parcours les reliures du doigt, m'aventure à lire les titres des ouvrages et souris lorsqu'il m'apparaît que, toutes langues confondues, ils sont classés par ordre alphabétique.

– Moi aussi, j'ai ce TOC-là. Mais moi, je les classe par ordre alphabétique d'auteur.

– Moi, je retiens plus les titres que les noms.

– Tu lis quoi, en ce moment ?

– J'y arrive pas.

– Pas le temps ?

– Pas tellement…

Il saisit, au bout de la rangée, un tout petit livre. Un Moleskine noir, format compact, qu'il me tend, suivi d'un stylo tout droit sorti de sa poche de chemise.

– Cadeau pour toi.

Je suis touchée par son attention. Un peu gênée aussi.

– Droit dans le mille. Merci.

– Tu pourras t'encabaner ici pour la fin de semaine, si tu te sens farouche.

– T'as du flair. Mais c'est fini, là, les cadeaux… Tu m'as amplement remerciée pour tout.

– C'est pas une question d'être quittes. Simplement pour te faire plaisir. Écoute, si tu veux rester ici, je veux dire, dans la tente, ce soir, tu n'es pas obligée de rencontrer la bande tout de suite.

– T'es fin.

– Prends tout le temps qu'il faut. Je t'amènerai une assiette. Écoute, pour tantôt… avec Raphaëlle…

– Laisse… Raph connaît notre histoire, je ne lui ai jamais caché que j'avais très envie de te revoir.

– T'as une perle entre les mains. Qui est prête à bien des compromis pour ne pas te perdre, à ce que je vois.

– Oui. Elle m'aime telle que je suis.

– Je ne voudrais surtout pas causer une tempête entre vous.

Je me plante face à la carte bariolée. Caresse des yeux toutes les étendues vertes, encore boisées, les Basses-Appalaches, leurs affleurements rocheux. Qui va là ? Peut-être le dernier cougar de l'est de l'Amérique. Et ses petits, se pourléchant les babines, rouges de sang. Dans les forêts intactes, il existe des micro-organismes, des végétaux, et même des maîtres du déguisement dont on ne soupçonne pas l'existence. Des remèdes puissants, comme l'aspirine, que nous a offerts le saule blanc. Des réponses à nos déséquilibres.

Robin m'approche, se colle contre mon dos pour regarder la carte par-dessus mon épaule. Puis il m'enlace. Je comprends soudain tout le deuxième niveau du mot *refuge*.

– À quoi penses-tu, Anouk Baumstark ?

– Hum. Au fait qu'au point où on en est rendus je suis prête à m'enchaîner aux arbres et à faire de la prison pour que le monde se réveille. Tu sais, Raphaëlle aussi est une activiste. C'est la femme la plus courageuse que je connais. Elle aime la Nature au sacrifice de tout le reste. Et Gros Pin, c'est un de ses grands amis. La forêt du Haut-Kamou, elle la connaît comme le fond de sa poche. On l'a quittée, l'automne passé, seulement parce qu'on n'avait pas le choix.

– La poussière est retombée, maintenant ?

– T'en parleras avec elle, si tu veux. Vous avez beaucoup en commun. J'en dirai pas plus, ça lui appartient.

– C'est bon de savoir qu'avec toi, nos secrets sont bien gardés.

Il me dépose un baiser dans le cou et se dégage. Je reste là, les yeux soudés au tracé de l'oléoduc, qui frôle, je m'en rends compte maintenant, les limites de ma terre.

– À plus tard, femme-renard.

*

J'ai dormi comme une bûche sur son lit de sapinage pendant une grosse partie de la soirée et un bout de la nuit. Robin se laisse désirer. Il semble comprendre mon besoin d'air et de temps pour me brancher. J'allume sa lanterne solaire. Assise en tailleur, je mâchouille mon stylo et m'approprie le Moleskine.

Le samedi 23 juin

En cette veille de la Saint-Jean-Baptiste, je me demande comment les Premiers Peuples fêtaient, eux, le solstice d'été. De quels rites, chants, costumes et pas de danse coloraient-ils le jour le plus long de l'année, avant que l'on débarque et décide que les cycles solaires et lunaires ne sont pas dignes de diriger nos vies ?

J'accueille à ma manière le retour de la lumière, cherchant à en savoir toujours plus sur ceux qui nous précèdent, car je sais que dans leur intendance millénaire se trouvent des éléments clés pour affronter les maux de notre temps.

Je ne veux pas me mêler aux beuveries de la fête nationale. Débauche canalisant on ne sait plus quoi. Je me suis assez saoulée par le passé, sur les plaines d'Abraham, pour n'en garder qu'une amertume. Je ne fêterai plus nos échecs sur les champs de bataille, ni tous les coups bas du Canada. Je ne boirai plus jusqu'à l'aube en maudissant tous ceux qui nous ont mis des bâtons dans les roues.

Il me semble que naître au Québec, c'est une chance grandiose que l'on doit honorer. Il y a des rivières, des forêts, de l'eau et du bois, à protéger. Un pays à faire pour sacrer dehors les pétrolières. Un territoire dont nous devrions partager les clés avec ceux qui ont sauvé les hommes de Jacques Cartier. Il se nomme Annedda, cet arbre sacré au remède mirifique. Quelque part parmi les cèdres blancs, pins, pruches, sapins baumiers et rampances d'ifs du Canada se cache celui qui produit la sève blanche qui sauva l'équipage de la maladie et du froid. Je me souviens de Domagaya, fils de Donnacona.

C'est encore et toujours la Forêt qui nous sauvera.

À un océan d'ici, papa Heinrich dans son grenier alpin doit éplucher un essai politique en dévisageant amèrement, de temps à autre, les rectangles clairs aux murs, là où étaient accrochés autrefois tant de clichés de nous trois. Peut-être qu'il a replacé les cadres après avoir découpé ma mère. J'espère qu'il prendra le temps de marcher vers les sommets, et qu'il croisera, au détour d'un sentier, d'autres solitaires à qui parler. Mais j'en doute.

Du haut de sa tour, Suzanne doit fomenter un plaidoyer en regardant distraitement le spectacle des Plaines en sourdine, ses chansonniers populaires, surplombés de drapeaux battant au vent, tandis que la répression policière contient les ivrognes qui hurlent « Vive le Québec libre ! » en brisant leurs bouteilles de verre par terre. C'est ce bout-là le plus triste – quand les fantômes patriotiques ne ressurgissent plus qu'une fois l'an, soir d'ivresse, pour redisparaître le lendemain dans le flou du mal de bloc.

J'entends des voix joyeuses dehors, des classiques de feux de la Saint-Jean grattés à la guitare, du monde réchauffé qui chante avec cœur. Je pense à mes parents si loin, à ma Raphaëlle qui s'est éclipsée, mon indulgente amoureuse, qui me laisse toute déboussolée. Et je pense au mâle alpha du Bivouac, qui, un soir de fête nationale, doit taper du pied, parler à tout un chacun et flanquer des bûches dans le feu de joie.

Je pourrais être auprès des troupes, une bière à la main, comme une personne normale, suffirait juste de me lever et de suivre les voix. Mais j'aime mieux ma solitude, cette soirée juste à moi.

Chapitre 19
Winnebago

Anouk

La symphonie qui me gazouille un doux matin est un baume sur mes angoisses. Les arbres ont près d'un siècle, autour de la tente. Certains volatiles friands de grains optent pour des perchoirs à distance planée du sol. Les oiseaux de proie logent plus haut, sur les cimes. J'entends des brindilles qui craquent sous le poids de sabots, des feuilles qui tressaillent, des bêtes qui bondissent, s'approchent. Sans me lever du lit, je retrousse le pan de toile qui recouvre la fenêtre plastique et aperçois, à quelques pas devant, une mère et ses faons, qui mordillent des branches de cèdre. Je me redresse sans bruit. Derrière la tente coule un ruisselet, un affluent du ruisseau Morrison. Les cervidés tendent l'oreille. Moi aussi, j'entends une bête qui approche, celle-là au pas lourd, maladroit. La biche et ses petits décampent en vitesse. Je perçois soudain un raclement de gorge digne de quelqu'un qui a passé la nuit sur la corde à linge, puis un jet d'urine puissant, suivi d'un *ziiip* de fermeture à glissière. Du coin de l'œil, j'aperçois Robin titubant jusqu'au ruisseau. Je ne le quitte plus des yeux. Arc-bouté, il plonge ses mains dans l'eau, s'asperge le visage. Au bouleau le plus près, il accroche sa veste kaki, puis son chandail de laine rayé. Passe par-dessus sa tête sa chemise, qu'il immerge sous l'eau, rince et tord à plusieurs reprises avant de la suspendre, le col bien défroissé, contre un moignon de branche à sa portée. Torse nu, il s'attelle à la tâche de délacer ses bottes. Je le regarde laver ses bas, en retirer les grenailles, les épines, les tordre à leur tour, puis les étendre sur une roche plate qui semble avoir été créée pour ça. Le pantalon tombe. Voilà qu'il s'avance en costume d'Adam, chairs frissonnantes, mains sous les aisselles, jusqu'à un petit bassin dans le cours d'eau. L'onde atteint ses cuisses. Sans plus tarder, il se couche dans l'eau claire, qui doit être glacée, car il en rebondit aussitôt. Robin attrape la serviette qui pendait là, effleurée par les premiers rayons du matin. Il se frictionne vigoureusement la peau. Quelle est cette minuscule fiole bleue qu'il égoutte dans la paume de sa main gauche ? Sûrement des huiles essentielles. Il s'en enduit aux endroits stratégiques. Puis, d'une corde pendant à un arbre, il détache un cruchon, qu'il remplit d'eau fraîche. Pieds nus, une serviette autour de la taille, il avance vers la tente. J'abaisse le pan de toile par-dessus la fenêtre plastique et fais semblant de dormir encore.

Il entre, dépose le cruchon sur la table. J'ouvre discrètement l'œil. Sa serviette tombe à ses pieds. Il la piétine pour essuyer ses plantes de pied couvertes de brindilles, puis avance vers le lit, soucieux des craquements produits par ses pas. Délicatement, il se glisse sous les draps. Je savoure le contact de son corps mouillé et la brise qui s'infiltre sous la doudoune.

Un cocon à partager.

J'aime sentir sur lui l'odeur du ruisseau et l'huile de conifère, tandis que sa barbe de quelques jours et ses cheveux en bataille trahissent sa cuite d'hier, fortement imprégnés de haschisch et de boucane. Ses pieds sont glacés, mais ses lèvres, brûlantes. Peau à peau, je l'enveloppe de ma chaleur, laisse mes mains se balader sans gêne, réactiver la circulation vers tous ses membres. Comme lors de notre première fois.

– Tu dors toujours nue ou tu m'attendais ?

Pour seule réponse, je lui tourne le dos et remonte l'édredon jusqu'à nos oreilles.

– J'ai mauvaise haleine ?

– Tu sens la Saint-Jean, le fond de tonne.

– Hum. On fait-tu l'amour comme si on venait de gagner le référendum ?

Rire avec lui. Sentir les branches de sapin piquer ma peau, malgré toutes les couvertures sous nos corps. Penser au mot *javelot*. Détendre mon ventre estuaire. Il prend son temps, m'embrasse le cou, les épaules. Je me tortille, frissonne de plaisir. L'odeur suave du ruisseau sur sa peau. Le chant des oiseaux dehors. La lumière du matin qui inonde la tente, chaque pan de toile bordé de fissures dorées, éblouissantes. Et cet homme si doux qui respire fort dans mes cheveux. Ciel oui, je le veux.

*

Ils ont réussi à sortir la roulotte du bois, ma Raphaëlle et son vieux loup de mer. Dimanche au soir, elle était de niveau, bien ancrée à l'entrée du site sur des blocs de béton offerts par un entrepreneur du coin, qui récupère tout ce qu'il peut des chantiers.

Lionel profite des dernières heures de clarté pour réparer la porte, un tournevis entre les dents, tandis que Raphaëlle brosse Coyote, dehors, son poil s'envolant sur la 287. Tisane à la main, je pose mes fesses sur la souche coupée net d'un arbre centenaire en bord de route. Lionel claque la porte de la roulotte, la rouvre, la claque encore.

– Bon ben, ma chouette, essaie donc de la barrer par en dedans, astheure.

Raphaëlle, accroupie à l'intérieur, brandit son tournevis et s'exécute.

– Ça marche, patron.

– Super. M'as pouvoir dormir sur mes deux oreilles, sachant que vous êtes derrière c'te porte-là, mes belles filles, avec Coyote au guet.

– Inquiète-toi pas, papa Loup.

– Anouk, tu vas veiller sur ma Raphaëlle, han ?

– Comme toujours.

– J'm'en vas reposer mes os, d'abord.

– On a veillé pas mal tard, rigole Raphaëlle.

– J'veux être en forme pour venir te donner un coup de main sur ton chantier lundi, ma belle Anouk ! Raph m'a conté ça, ça va t'être beau !

– Merci, là, bon retour !

Nous ne sommes plus que toutes les trois : Raph, Coyote et moi, bientôt réfugiées dans la roulotte qui nous offre une protection contre les mouches. Et ma peau qui sent encore Robin… Je me demande si elles vont le flairer. De part et d'autre de la toute petite table, sous la fenêtre coulissante, nous nous regardons sans avoir besoin de parler. Cette quiétude, chez elle, est un sanctuaire de paix. Je sors de ma sacoche le petit boîtier de tôle qui contenait mon compas, au secondaire. Ma première cachette de poteuse.

Raphaëlle pivote pour allumer la lampe à l'huile sur le comptoir de la cuisinette. Tout est rangé comme dans le temps : son lit de camp au fond et, par-dessus, sa couverture de laine rayée aux couleurs de la Baie d'Hudson, le petit bois rangé dans une caisse, une poêle en fonte, sa paire de pantoufles, quelques livres. Le strict minimum.

Le soleil se couche sur la 287. Boule de feu qui descend vers le fleuve, là où la civilisation regarde la télévision et manque les spectacles du quotidien pour zapper des rediffusions.

Aveuglée, Raphaëlle enfile sa calotte d'agente de protection de la faune et me fait un clin d'œil complice. J'aime cette femme plus que moi-même. Et je sais qu'elle m'aime autant.

– Si j'avais su que je me retrouverais, un jour, encore ici, j'aurais gardé le reste de mon uniforme pour me costumer.

Mes yeux voguent à la suite des siens vers le sac à dos posé près de la porte d'entrée. Affolée par la présence de la laisse du chien sur le dessus, j'arrête d'égrainer mon cannabis pour la confronter.

– C'est quoi l'affaire ? T'installes ta roulotte, pis tu pars ? T'avais dit que tu resterais un peu, pour m'aider au chantier !

– Te conte pas de peurs, mon amour... J'fais juste un aller-retour à la Ferme Orléane chercher mon cannage, que j'vais donner à la cuisine commune du Bivouac. J'ai appelé Clémence, tantôt, avec ton cell, et elle m'a dit que la gang veut me refiler des tas de légumes pour soutenir nos efforts ici. Pis qu'avec les bénévoles suédois qui sont débarqués, les jardins s'en tirent bien. Autrement dit, on peut se passer de moi. C'est juste un aller-retour de ravitaillement, OK ?

– Ouf, tu m'as fait peur.

– Ça fait du bien de voir que tu tiens à moi, Nounoush.

– Plus qu'à la Lune, beauté du ciel. Voyons !

Nous nous embrassons gentiment, la table entre nous. Puis, de nouveau assises de part et d'autre de l'éléphant dans la pièce, nous nous racontons nos festivités respectives. Sa veillée arrosée avec Lionel, leur longue discussion au bord du feu. Je l'écoute distraitement, mortifiée par la balloune que je risque de péter quand ce sera mon tour de parler. Je me demande, en même temps, où j'ai bien pu ranger ma fiole de teinture de carotte sauvage.

Le premier été sur ma terre, j'ai semé cette alliée autour du pommier. Pousse désormais une lisière de fleurs en ombelles au bord de la rivière, de superbes herbes qui ont colonisé la berge et dont je récolte les graines pour en faire une macération dans l'alcool neutre. Le liquide se colore au fil des mois. Le résultat : une contraception naturelle qui ne m'a jamais failli. Et qui presse, aujourd'hui. J'ai fait l'amour ce matin à l'aube, les quinze premières gouttes doivent être prises dans les douze heures, puis les deuxième et troisième doses, au même intervalle. Justement, la dernière fois que j'ai la mémoire d'avoir pris la fiole et goûté son âcre mixture brune, c'était il y a dix-huit mois, à la cabane. Où ai-je bien pu la mettre ? Dans ma boîte de semences, peut-être ?

– T'es rêveuse…

– En fait, j'me demandais où j'avais rangé mes fioles, mes compte-gouttes, ma carotte sauvage.

– Oh.

Et juste comme ça, je réalise que tout est dit. Ciao, l'éléphant !

– Je vois. C'était bon ?

Je n'arrive pas à la regarder dans les yeux.

– Ouf, j'en reviens pas qu'on soit en train d'avoir cette conversation…

– Est-ce qu'il a un beau pénis ?

Raphaëlle éclate de rire. Ma face vire écarlate.

– Raphiki ?

– Oui ?

– T'es ma meilleure amie, ma *partner* de vie…

Mon visage est contorsionné par l'émotion.

– Pourquoi t'es triste, Nounoush ?

– Parce que j'ai peur de te faire du mal…

– Mais mon trésor, c'est tout le contraire. T'aurais pu, mille fois, essayer de le rejoindre quand il était aux États-Unis et tu l'as jamais fait. T'as préféré rester à ta cabane, pis venir en Gaspésie avec moi. J'ai passé un hiver fabuleux avec toi et les chiens. Mais c'printemps, à la ferme, je... est-ce que...

– C'est l'heure des confessions ? Alors oui, je t'avoue que je le trouvais sexy, Valentin. Mais il ne s'est rien passé, je te jure ! Je me suis retenue, parce que ç'aurait été juste du cul.

– Alors avec Robin, c'est pas juste du cul.

Qu'est-ce que je peux répondre à ses yeux inquiets, à ses doigts entortillés ? Les bons mots ne me viennent pas. Je trouve même cruelle ma façon de vouloir formuler mes aveux et ainsi contrôler leur effet sur elle. Non, ce n'était pas *que* du cul, mais oui, en partie...

– On s'entend que je n'ai pas été très affectueuse avec toi dans les derniers mois.

– C'est zéro ta faute.

– Je dis juste que j'ai ma part de responsabilité. On n'a pas le même appétit, toi et moi. Pis tu sais quoi ? Ça m'a ouvert les yeux, ton départ. Je ne t'en ai pas beaucoup parlé, mais j'ai grandi dans une famille ultra-catholique où toutes les affaires du cœur étaient à l'Index. On n'a jamais parlé de sexualité. Alors je ne suis jamais vraiment sortie du placard... En fait, je ne veux pas de leur approbation ! Je ne veux pas non plus reproduire leur modèle familial dépassé ! Ces apparences de *pureté*. Paradoxalement, j'te mentirais en disant que je n'étais pas verte de jalousie, cet été à la ferme. J'ai boudé, j'ai réfléchi.

Et tu sais quoi ? Le plus important pour moi *in the end*, c'est qu'on se dise tout, qu'on reste liées, toi et moi. Fait que, si l'idée d'ouvrir notre couple à Robin te parle, je suis prête à essayer.

*

Cette nuit, je dors en chaste cuillère avec ma blonde, le cœur un peu triste. Si je n'étais attirée que par les femmes, ce serait tellement plus simple. Je me console en me disant que je ne serais pas la femme que je suis aujourd'hui, si je ne les avais pas rencontrés, elle et lui. Je me demande comment il se sent, Robin. S'il envisagerait la possibilité d'un triangle amoureux, respectueux, avec la Forêt dans le milieu. Si le baiser volé par Raphaëlle lui a plu. Et si on a le droit de le déconcentrer à ce point de sa mission. Parlant du loup, je ne sais toujours pas où se trouve ma fiole bleue. Tant pis, je ne suis pas dans ma phase la plus fertile.

Raphaëlle m'offre la plus belle vue du monde sur sa nuque décorée de tatouages d'une autre vie. Ma déesse se retourne, ses cheveux, plus noirs que la suie, sillonnent sa poitrine aux mamelons si jolis, couleur de baies gelées de la toundra. C'est là que je dépose ma tête tourbillonnante.

Les premières lumières du matin fusent à travers les rideaux du Winnebago. Sur la toile moustiquaire se meurent les phalènes. Je fixe mon attention sur leur agonie.

Mon amoureuse se réveille, flatte mes cheveux, démêlant une mèche par-ci par-là, tandis que je reste l'oreille plaquée contre son sternum. J'écoute son cœur, y arrime le mien. Que c'est bon de se réveiller dans ses bras. Même si j'ai l'impression d'avoir fait le ménage de mon grenier toute la nuit.

– Nounoush ?

– Hum.

– On est lundi, vas-tu passer la semaine au chantier ?

Elle se glisse hors du lit et nous verse deux verres d'eau, les dépose au bord de la fenêtre et vide le reste de la cruche dans l'écuelle de Coyote, qui s'y attaque aussitôt.

– Merci.

Ciel qu'elle est bonne, cette eau.

– Oui, Lionel vient m'aider aujourd'hui. Pis demain, c'est déjà la toiture. Après, la coquille sera étanche. Me restera à attendre la livraison de mon isolation en chanvre. Je pensais peut-être revenir ici plus tard, disons jeudi.

– *Good.*

– Si t'es pas revenue, j'peux habiter dans la roulotte en t'attendant ?

– Absolument. Et pas juste en m'attendant… *Mi casa, su casa.*

Elle me fait un clin d'œil, enfile des sous-vêtements pigés au hasard, son inséparable jean usé à la corde, puis un t-shirt rouge. Je la regarde tresser ses longs cheveux en une natte qui lui arrive presque aux fesses. Elle saute dans ses bottes, puis hisse son *pack-sack* sur ses épaules.

Debout dans la rosée, Raphaëlle m'embrasse sur la bouche comme si c'était la dernière fois de nos vies. Mon cœur s'affole. Elle me laisse en plan pour ouvrir la portière arrière. Coyote bondit sur sa couverture. Ils ont bien fait de monter à deux véhicules hier. Lionel, en pick-up, tirait la roulotte. Raph l'escortait, faisant un peu de millage pour tester et désencrasser sa fourgonnette, remisée aux bons soins de son ami depuis l'automne dernier.

Elle me fait un signe de la main par la fenêtre. Je regarde Raph s'éloigner dans un nuage de poussière. La tête de Coyote dépasse de la fenêtre. Elle éternue et disparaît. Puis il ne reste d'elles que l'écho de la gravelle qui revole sur le chemin de terre.

Je lui emprunte quelques vêtements et pars comme une couleuvre vers ma cabane, sans dire au revoir à personne, résolue à arriver à temps au chantier pour préparer un bon café à Lionel.

En embarquant dans mon auto, je trouve, sur le tableau de bord, un bouquet d'asters mauves sous une feuille lignée pliée en trois.

Je retiens ma respiration.

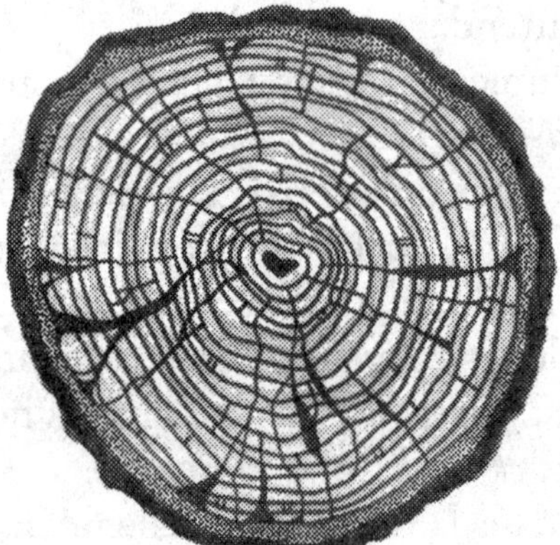

Anouk, mon amour feu-de-forêt,

Je ne sais pas combien de temps je serai partie… En fait, je me cherchais une bonne raison de vous laisser du temps et de l'espace, Robin et toi. Pour que vous puissiez vivre ce que vous avez à vivre sans avoir peur de me faire du mal.

En montant au Kamou avec Clé, on a eu le temps de se conter nos amours, nos bibittes. Elle m'a conseillé de te donner du lousse, beaucoup de lousse. Pardonne-moi de te comparer à ma chienne, mais c'est pareil, lorsqu'on aime un être inconditionnellement : on le préfère libre. Coyote court dans le bois et revient à son heure, je préfère les risques de la laisser libre à la savoir au bout d'une chaîne, au chenil. Je ne veux pas que tu te sentes prisonnière de notre relation. Au contraire, je veux que mon amour te donne des ailes. Notre histoire a commencé par notre passion commune pour la Nature, et je crois qu'ici, au Bivouac, c'est la place pour la poursuivre.

T'as vu comment ça virait, à la ferme… Faut pas laisser nos peurs briser l'harmonie, au campement. Peut-être que si on prend soin de communiquer de façon authentique, comme tu m'as prouvé que tu peux le faire, malgré la gêne et les froids que ça peut occasionner – peut-être qu'on réussira…

Libre à toi d'osciller entre ma roulotte, sa tente et ta maisonnette. Je t'accueillerai du mieux que je peux, à bras ouverts, avec tout mon amour. La jalousie, c'est toxique. Je ne veux pas que ce soit cette émotion-là qui dirige nos vies.

Je t'aime Anouk, assez pour courir le risque que tu ne nous choisisses pas, au final. Sache que je serai là, quoi qu'il arrive, et que je serai toujours ta best. Tout ce que je veux, c'est ton bien, ton bonheur.

À bientôt ma fleur.

Raphaëlle

Chapitre 20

L'eau de vie

Robin et Anouk

La ruche butine plein régime. Nos ouvrières sont toutes au front. Porte-à-porte, signatures, réunions de cuisine, collectes de fonds en ligne.

Samedi soir, Catwoman et Monkey ont même réussi à s'infiltrer dans une réunion organisationnelle de la chambre de commerce du Haut-Kamouraska, se faisant passer pour un mixologue et une investisseuse riche à craquer. Faisant tinter sa coupe, de toast en toast, elle leur sert sa salade : son projet d'offrir des randonnées équestres aux touristes, de bâtir un ranch, un manège où des cours seront offerts dans un deuxième temps, ainsi que de luxueuses écuries pour prendre en pension les chevaux des familles friquées de la région. Lui manque que le terrain… mais paraît que ça va se défricher bientôt, du côté des Hauts !

Tchinnn !

Tournée de petits-fours. Monk faufile ses plateaux de champagne avec brio, pas une éclaboussure, sens de la répartie, cravate en soie au cou. Cat se fond dans la foule comme un charme, les lèvres pulpeuses toutes de rouge enduites. Déguisement réussi. Grâce à sa robe légère, les hommes en veston lui tournent autour comme des papillons de nuit prêts à tout pour se rapprocher de la lumière. Ils la félicitent pour son concept de pôle d'attraction, lequel retiendra les touristes quelques jours de plus dans la région, faisant ruisseler du cash sur tous les promoteurs ici présents.

Catwoman ne plisse pas le front de surprise lorsqu'elle capte qu'au varia sera abordé le *problème en haut*. Fallait s'y attendre, mais elle croyait que l'information serait plus difficile à déterrer. Les convictions échauffées par l'alcool, les convives s'entendent sans équivoque pour dénoncer en bloc l'occupation du secteur de la Rivière-à-l'eau-de-vie par *ces toryeux d'écologistes*. La grogne des représentants de la compagnie forestière est assumée. Ils demandent aux maires de trouver une solution rapide pour *déloger ces indésirables, ces enfants gâtés, ces artistes du dimanche*.

C'est décidé. Dans un premier temps, la tactique suivante sera déployée : une autopatrouille de la Sûreté du Québec distribuera des contraventions aux automobilistes stationnés illégalement en bordure de la 287, quitte à beurrer épais, quitte à contestation. *Ils n'auront qu'à se présenter en cour, ça les fera sortir du bois*, entend Cat. Incohérence remarquée par une jeune conseillère municipale qui rappelle que les véhicules des chasseurs et des bûcherons ont toujours été tolérés sur cette route, pourvu qu'ils soient parqués en retrait et qu'ils aient payé leurs droits d'accès, en ce qui concerne la zec Chapais. *Vous prêchez pour la mauvaise paroisse, mademoiselle Chose*, l'invective le maître de la soirée. Et elle de se taire. Une alliée, pense Catwoman, qui lui offre un verre.

La veillée tirant à sa fin, elle rassure Monk d'un subtil clin d'œil au passage, tout en se frayant un chemin jusqu'au député sortant, en pleine conversation avec le président de Foraska inc. Cat tend l'oreille, puis enfouit la main dans sa sacoche pour activer l'application d'enregistrement vocal de son cellulaire, juste à temps pour capter un échange juteux dont se régaleront Marius et Robin :

– *Vous savez comme moi que l'hiver arrive vite dans le Haut-Pays, monsieur le député. La saison est courte, la récolte du bois doit se faire au plus tôt. Nous avons des volumes de livraison à honorer. Les abatteurs, les transporteurs et les hommes des scieries veulent travailler. À moins que vous préfériez que les moulins ralentissent en cette période préélectorale ?*

– *Vous avez vos éclaircies à réaliser, j'ai ma campagne à préparer. Je sais bien que tout ce beau monde ne veut que mettre le pain s'a table. Mais ces jeunes gens sont dans leurs droits. On ne peut pas chasser des campeurs des terres publiques sans motif valable…*

– Ils pourraient déclencher un feu de forêt par mégarde, ça forcerait une évacuation.

– Et si on perdait le contrôle de l'incendie ?

– On appellera les avions-citernes du Maine en renfort.

– Faites ce que vous voulez, mais que je n'en entende plus parler d'ici le 21 octobre.

*

Une bénévole monte sur le vélo-pompe sous une pluie d'applaudissements. Elle se met à pédaler, pédaler, pédaler. Rien. Optimiste, elle garde la cadence. Bravo ! Ça se met à crachoter au bout du tuyau. Cette femme – un véritable petit *tank* – pédale de plus belle, et le crachin devient filet d'eau, puis flux continu. Bruits de bulles, pédalage déterminé, l'air sort, poussé par l'eau qui monte et qui monte. La cycliste s'essuie le front. On l'acclame soudain parce que le tuyau d'arrosage coule à flots. Cris de réjouissance ! Les bénévoles s'activent, forment sans tarder une chaîne humaine. Tous remplissent des bidons de dix-huit litres et se les passent de bras en bras jusqu'au sentier des tentes. Tranquillement pas vite, environ cinquante bidons sont livrés aux quatre coins du Bivouac.

Jour de fête. Grâce aux savants fous que sont les gars de Green Rev, nous avons maintenant l'eau courante dans la cuisine commune du Bivouac. Finies les corvées de charriage d'eau d'un bout à l'autre du campement. Nous sentirons enfin la rose, ce soir, au bord du feu.

Je fais une prière silencieuse, remercie la Rivière-à-l'eau-de-vie, Brandy Brook et le ruisseau Morrison d'assouvir notre soif, de nous laver les mains, de nous garder hydratés de sorte que nous puissions mieux supporter les inconforts inhérents à la vie forestière et continuer la lutte.

Alors que je marche avec un bidon plein dans les bras, clopinant vers la roulotte, m'arrive une autre merveille. Au bout du chemin apparaissent soudain une fillette et son chaton tigré en laisse, suivis de deux femmes. Je n'en crois pas mes yeux. Marine, Clémence et Yvonne ! C'est cette dernière qui me serre le plus fort dans ses bras, à ma surprise. Sensation d'unité. Enlacée, je pense aux poupées russes, à nos vies imbriquées pleines d'occasions de croissance et de sororité. Réunies en un petit cercle, nous partageons un plateau de boules d'énergie et du chocolat chaud, buvant à même la petite tasse du Thermos grand format de Clémence, qui commence la narration des dernières péripéties à la ferme. Les champs des vaches devenus plaine mellifère pour un virage apicole qui enchante la commune. L'anniversaire d'Yvonne, où tous les fermiers ont enfin pris le temps de festoyer autour d'une table champêtre. Valentin, qu'elle a laissé pour de bon, après l'avoir surpris au lit avec une des stagiaires agricoles. Et l'idée saugrenue de partir en *roadtrip* entre filles, de venir voir le Bivouac de leurs propres yeux.

– *Girl power !* résume la petite.

– Un grand besoin d'évasion, bref ! lance Clémence.

Yvonne rayonne. Je ne l'avais jamais vue les cheveux détachés. Comme si à la ferme, comme bien d'autres, elle ne prenait pas de temps pour elle, ni pour aucune coquetterie.

Je pense à la boîte à chaussures pleine de photos trouvée dans la chambre de Valentin. Et au fait que je suis fière de ne pas faire partie de sa collection de rousses, au final, fière aussi qu'Yvonne ait mis de côté notre rivalité, nous donnant la chance de vivre ce moment. Ce cercle de femmes. Elles m'apprennent que Raph leur a déjà conté pour Robin, elle et moi. Cette mission commune qui nous unit tous les trois. Marine pose plein de questions sur le polyamour. Yvonne rigole. Clémence bat des paupières, émue. Avant de rompre la discussion pour qu'elles aient le temps de s'installer d'ici à ce que la nuit ne tombe, j'apprends avec admiration qu'Yvonne a décidé de retourner aux études. Certes, elle devra s'absenter quelques années de la ferme, mais elle reviendra avec son diplôme de vétérinaire en main. Parlant de grands départs, je m'excuse auprès de la petite d'être partie si vite, mais l'assure que bientôt, j'aurai une maisonnette pour l'inviter. Marine applaudit, puis me chuchote que Raphaëlle ne devrait pas tarder à rentrer au Bivouac, qu'elle s'ennuie. *Moi aussi.* On se prend par les mains, les genoux soudés, resserrant le cercle.

– Fermez les yeux, souffle Clémence. Je propose qu'on unisse nos énergies et qu'on pense très fort à Adélaïde. Elle est partie en retraite de silence – je sais, elle vit déjà dans le silence –, mais mettez-vous à sa place… À l'ashram, on ne peut communiquer qu'en langage non verbal, par le regard et les gestes. C'est un lieu où elle aime aller, pour se reposer l'esprit. Elle n'a pas à être à l'affût de tous les mouvements d'autrui, essayant de nous décrypter. Alors envoyons des ondes positives à notre Adéla…

Nous restons là un temps, paupières fermées, à respirer profondément ensemble, nos pensées à l'unisson. Bon vent, Adélaïde.

Les lueurs des lampes solaires guident nos pas. Les dames et la petite au chaton reprennent le bois, vers la roulotte de Clémence. Je les regarde être avalées par la Forêt, et de nouveau – sous l'effet du cacao ou de la réconciliation avec Vonny –, je sens une gratitude immense me réchauffer le cœur.

Je m'installe sur le lit de sapinage qui est toujours vide, ouvre les livres de Robin aux pages écornées et reprends le boulot, accoudée sur une belle planche. J'arrive aux dernières pages du carnet, déjà. J'ai ma propre mission, à présent. Un matin, je dessinais mes habituelles vignes croisées de spirales, de lotus et de motifs dans les marges de la plus récente entrée de mon journal. Les biologistes de Green Rev sapaient leur café tout près. Curieux, ils m'ont demandé de leur montrer le fruit de mon crayonnage.

– Tu serais capable de dessiner des planches botaniques comme dans les guides d'identification ?

– Hum. Peut-être. Je n'ai pas l'habitude du dessin d'observation…

Mais ils ont quand même insisté, alors j'ai lacé mes bottes de marche et les ai suivis en forêt pour la journée. Et bien des journées par la suite. J'ai aimé ça au point de mettre mon chantier sur pause.

Les trouvailles qu'ils avaient faites, il fallait les immortaliser sur papier. Mes illustrations pourraient servir à étoffer les fiches techniques des rapports, mais surtout au volet « sentier d'interprétation ». Puis ils m'ont demandé si je pourrais rédiger de courts paragraphes de vulgarisation sur chacune des plantes et chacun des animaux menacés que j'aurais dessinés : des informations instructives quant à leur habitat et aux gestes à poser pour leur protection. J'étais franchement ravie de ressortir mes crayons.

Le mercredi 12 juillet

Depuis que mon art sert la Cause, ma vie prend du sens. C'est comme si j'avais enfin trouvé comment faire œuvre utile.

Pendant mes promenades en Forêt avec les biologistes, je m'attelle à la tâche avec assiduité et passion, collectionne du matin au soir les croquis botaniques d'espèces vulnérables, rares, exceptionnelles. Bientôt, mes planches seront engravées dans des panneaux d'interprétation le long du sentier vers Gros Pin ! Pensée pour Raph, qui faisait le pèlerinage jusqu'à lui, une fois par an, souvent à son anniversaire. Je me demande ce qu'elle fait en ce moment, et comment elle réagira en voyant la métamorphose du sentier, à son retour. Depuis

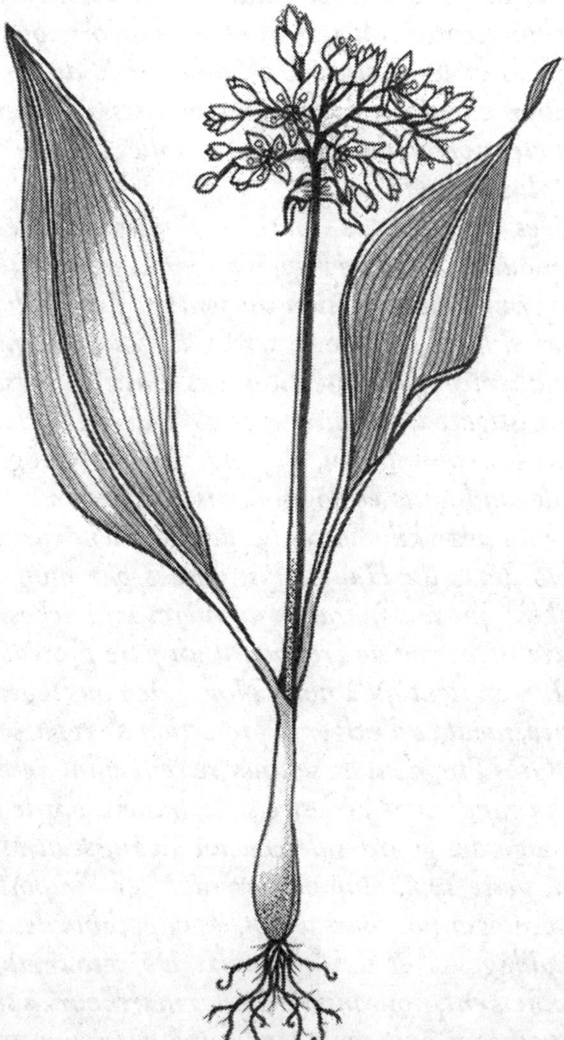

deux jours, une équipe s'affaire à construire des bancs de parc pour les marcheurs, des structures de bois écorcé qui serviront de supports pour les affiches et les balises. Une randonnée de sensibilisation citoyenne se prépare. Les passages boueux ont été nivelés, des cordages, installés là où le relief est plus abrupt.

Des citoyens de toutes les municipalités du Kamouraska ont été invités à marcher jusqu'à Gros Pin pour l'inauguration du sentier. Les médias, le journal local Le Jaseur, *seront là, tout comme des organismes de protection des bassins versants, des instigateurs d'initiatives de collecte de déchets dans les cours d'eau, des maraîchers biologiques et des militants écologistes. Ils parcourront côte à côte les seize kilomètres bordés de splendeurs et de panoramas du Haut-Pays, guidés par mon beau Robin, qui racontera les dernières embûches avec notre demande de création d'un parc protégé.*

Il n'en tient qu'à nous. Nous. De nous lever collectivement et d'exiger la protection de ces arbres et de Gros Pin, haut de ses quatre cent cinquante ans.

La randonnée pédestre se terminera par le remplissage des gourdes de chacun au ruisseau Morrison, geste symbolique pour rappeler l'importance de protéger nos cours d'eau, l'eau potable des villes et villages… et des animaux. De retour au stationnement, nous inviterons les marcheurs à signer la pétition, puis nous leur remettrons une pousse d'arbre à transplanter chez eux. Il y aura, j'en suis certaine, beaucoup d'accolades et d'encouragements.

Mine de rien, cet enjeu a su mobiliser le milieu citoyen et municipal, les étudiants, les retraités, les touristes du plein air, les agents de développement et même quelques vedettes, qui ont fait don, entre autres, d'un gazebo alimenté en énergie solaire. C'est là que nous avons installé notre équipe de communication, désormais bien à l'abri des intempéries.

Ce soir, c'est une spécialiste du droit d'auteur qu'on a invitée pour nous éclairer, à l'heure du souper, sur la stratégie inusitée d'un artiste albertain : Peter von Tiesenhausen, qui, aux prises avec une compagnie pétrolière voulant lui imposer son oléoduc, quitte à l'exproprier, a fait de sa terre une œuvre d'art grandeur nature. Incroyable, mais vrai, il a réussi à la protéger.

Car en fait, les copropriétaires des terres publiques, dites de la Couronne, de même que les propriétaires fonciers de terres privées (même libres d'hypothèques), n'ont aucun droit sur notre sous-sol concédé. Et donc, l'accès ne peut jamais être refusé à une minière, ni à une pétrolière, ou à toute compagnie qui a un claim en main. Nous ne pouvons que négocier les servitudes. Refusez l'accès, et le gouvernement canadien vous expropriera, c'est certain. Voilà pourquoi l'artiste Tiesenhausen a fait valoir que les œuvres disposées sur sa terre de huit cents acres étaient indissociables de leur contexte d'exposition, et ce, sur une profondeur de six pouces. Car il leur faut bien un socle ! Et comme son land art *est maintenant protégé par le droit d'auteur, Tiesenhausen a eu le front, mais surtout l'intelligence, d'exiger des frais de consultation de cinq cents dollars l'heure chaque fois que la pétrolière souhaite communiquer avec lui, ce qui a permis de ralentir les ardeurs. Car il parle leur langage. Tout ça n'est qu'une question d'argent.*

Robin, qui a déjà assisté à une des conférences de cette érudite et bouge des montagnes pour la faire venir, m'a raconté les grandes lignes, mais j'ai hâte de pouvoir lui poser des questions moi-même… Presque un soir sur deux, mon militant fait déplacer des gens de tous horizons pour nous entretenir de sujets pertinents à notre lutte : des conteurs, des slameurs, des scientifiques qui nous projettent leurs diaporamas sur un drap blanc suspendu entre deux troncs d'épinettes. Ce sont des soirées inspirantes, éducatives, divertissantes, qui se terminent presque toujours au bord du feu à débattre de tous les possibles.

Même si mon chantier prend un peu de retard, le plus gros est fait, et j'aime vraiment passer tout mon temps ici. J'ai l'impression d'être appréciée pour ce que je suis, d'être un maillon essentiel de quelque chose d'important. Une artiste engagée qui a trouvé sa veine, qui ne boude plus.

Le groupe est tissé serré. Trente ou quarante âmes. Ça dépend des jours. C'est moins évident quand il pleut. Le matin, nous réfugions nos faces dans la fumée du gruau, pour nous sauver des mouches. La nuit, les troupes baisent fort. Le moral est bon.

Un jour sur deux, je redescends la 287 jusqu'à ma terre, coordonner les travaux. Le toit en tôle est posé, les fascias et les gouttières aussi. Lionel fait son tour une fois de temps en temps et monte ensuite au Bivouac me donner des nouvelles et des provisions pour le campement. Les jours passent, et mes racines poussent.

L'après-midi, je dessine dans le Winnebago, installée à la table de la cuisinette sous la lueur de la lampe à l'huile.

J'ai passé des jours à t'attendre ici, jusqu'à ce que tu retontisses, hier, en pleine nuit, tout illuminée, frontale au front. Angélique.

Je tasse le rideau et aperçois ma Raphaëlle drapée de sa couverte de laine, revenant de sa longue marche vers l'aube avec sa chienne. Elles remontent la 287 Sud, le soleil levant dans le dos. Haletantes. Heureuses. Trop belles.

*

Même si elle est consensuelle de toutes parts, notre entente pourrait s'avérer malheureuse et nous diviser. Je paranoïe peut-être, mais je veux prendre le pouls de Robin, voir s'il est OK aujourd'hui. C'est étrange, je ne le trouve nulle part au Bivouac, j'erre de la cuisine commune au spot à feu. Puis longe en vain le ruisseau Morrison jusqu'au ravage d'orignaux. Je croise enfin mes amis de Green Rev et leur montre mon dernier croquis. Ils me tapent dans le dos.

– Ça y est, tu peux nous laisser ton carnet ? On irait numériser tes dessins en ville tantôt et les retoucher à l'écran.

– Oui, oui, j'ai fini ! Bien sûr, partez avec. Au fait, vous avez vu Robin ?

– Oui, il est au téléphone.

Le téléphone, c'est là où l'amplificateur d'ondes capte le plus de signal, à deux cents mètres à droite. Je suis la rallonge électrique orange au sol qui mène au gazebo. Entre les arbres, j'entends Robin qui parle. À son insu, j'analyse sa posture. Une retenue qui me semble pleine de colère. Mon amant raccroche, dépose le cellulaire dans le boîtier hermétique et se retourne vers moi, lentement, la tête encore basse.

– Mauvaises nouvelles ?

– Les conservateurs sont en avance dans les sondages, entre autres.

– C'est rien que des sondages, Robin.

– T'as raison. Pis toi, raconte-moi donc quelque chose pour me changer les idées.

– J'ai terminé mes croquis des planches d'interprétation pour tout le sentier. Les gars de Green Rev s'en vont passer la commande. Les supports, les bancs et les flèches de signalisation sont prêts aussi. Ça va être une sacrée belle activité, la randonnée ! On est presque prêts.

– J'ai hâte de marcher avec le monde, ça va nous donner un regain d'énergie et attirer du sang neuf. On en a tous besoin.

– Surtout toi.

Je m'assois sur un arbre renversé, lui fais signe de m'y rejoindre en tapotant la place à côté de moi.

– On dirait que tu m'évites.

Ce trouble dans ses yeux. Prière tacite.

– Non, je ne t'évite pas, Anouk, je t'attends.

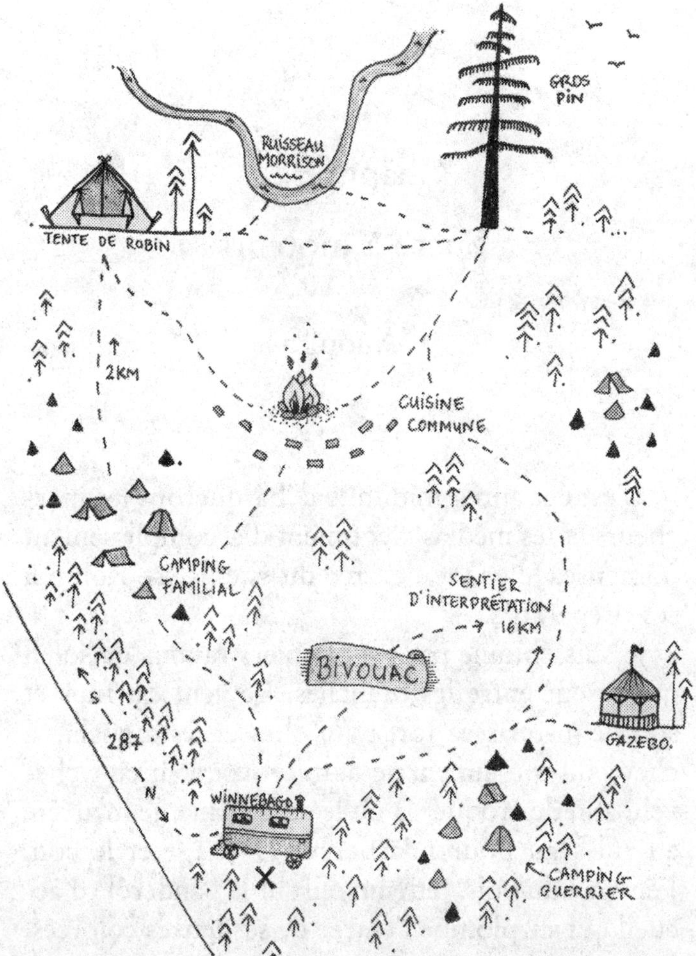
GROS PIN
RUISSEAU MORRISON
TENTE DE ROBIN
2KM
CUISINE COMMUNE
CAMPING FAMILIAL
SENTIER D'INTERPRÉTATION
16KM
BIVOUAC
S
287
N
GAZEBO.
WINNEBAGO
CAMPING GUERRIER

Chapitre 21

Sucre à moteurs

Anouk

C'est cet après-midi que débarqueront les marcheurs et les médias. Sentiment d'accomplissement immense. Je gagne l'entrée du site, laisse Robin à ses préparatifs.

Je suis éblouie par les premiers rayons de soleil qui fusent entre les branches. Le vent est frais et souffle juste assez fort pour chasser les mouches à chevreuil qui aiment se faufiler jusqu'au cuir chevelu afin de croquer là où le sang afflue. Je m'arrête au ruisseau pour m'asperger le visage et le cou. J'émerge du bois. Jette un œil sur la banderole d'accueil qui surplombe l'entrée de ses lettres colorées.

Forêt protégée
Bienvenue

D'ailleurs, nous ne savons toujours pas comment nous allons appeler la bête. Trancher entre tous les noms griffonnés du chapeau s'avère plus compliqué que prévu, selon ce que le parc devrait représenter, la première image que le nom devrait évoquer, etc.

Tout le long des sentiers, nous avons perché de toutes petites cabanes d'oiseaux. Et près des bancs de parc ont été installées des structures en bois aux portes vitrées. Mme Foisy, bibliothécaire à la retraite, les a garnies de livres usagés qu'elle a rapaillés. Chaque bibli de survie contient son lot de poètes, de guides de randonnée, d'histoires du terroir et d'albums jeunesse. Ainsi, nos marcheurs pourront savourer la langue de chez nous, bien assis sur nos bancs en bois rond. La municipalité a aussi fait don de plusieurs chaises Adirondack, un peu défraîchies, mais que nous avons rafistolées et renforcées. Tout prend forme. Les flèches qui indiquent la voie à suivre sont posées. Les panneaux d'interprétation sont magnifiques. Je suis fière, constatant l'ampleur des travaux que nous avons abattus, et ce, toujours avec le souci de mettre en valeur les beautés à l'état naturel et d'avoir la plus petite empreinte écologique possible. On peut maintenant dire qu'il s'agit bel et bien d'une œuvre d'art grandeur nature, à échelle humaine, créée autant dans un esprit de conservation que d'éducation.

Raphaëlle m'a aidée à composer tous les textes figurant sur les tableaux d'interprétation. Je songe un instant que c'est notre première œuvre commune, mais c'est faux. Pensée pour nos peaux de lièvres et cette couverture d'amour à moitié cousue, à la yourte. Les portraits d'elle dans mon cahier aussi, c'est nous deux. Et toutes nos recettes sur le poêle à bois, bonnes à s'en lécher les doigts. Sans parler de ma maisonnette en A, qu'elle et Lionel ont fini d'isoler, pour me faire la surprise, quand je la croyais encore à la ferme.

Automatiquement, en arrivant près du panneau du petit polatouche, mes yeux balaient le ciel, les cimes, et puis encore, d'arbre en arbre, à la recherche de notre planeur fétiche.

*Le petit polatouche (*Glaucomys volans*) est un écureuil volant qui vit dans les forêts mixtes et les forêts de conifères. Il se nourrit de cônes de pin, de noix d'arbres matures et d'insectes. La membrane qui lui permet de planer se nomme patagium (comme celle de la chauve-souris) et s'étend des poignets aux chevilles. Nocturne, le petit polatouche a de grands yeux noirs et une excellente vision de nuit. Les familles de petits polatouches se rassemblent en*

un même nid pour se tenir au chaud, l'hiver. On les retrouvera d'ailleurs souvent logés dans un trou de pic abandonné par l'oiseau, au cœur de hauts chicots.

*« La perte et la modification de son habitat, notamment par l'abattage des arbres creux et des éclaircies, la prédation, la compétition avec l'écureuil gris (*Sciurus carolinensis*) pour les abris dans les arbres et l'action directe des humains sont tous des facteurs limitatifs pour l'espèce. De plus, l'utilisation de pesticides pourrait lui être nuisible, car son régime alimentaire estival peut être fort abondant en insectes. »*

– Ministère des Forêts, de la Faune et des Parcs du Québec

J'arrive à l'entrée du site. Un silence total y règne encore. Une poussière d'or illumine le haut de la montée de la 287.

La lampe à l'huile luit dans la roulotte. J'entre dans le Winnebago sur la pointe des pieds, mais mon amoureuse est déjà réveillée, elle lit le *Mouton Noir*, café entre les mains. Coyote dort, le museau à un pouce de son bol d'eau. Je souris. Il plane dans la pièce son rituel du matin. Je me rappelle me réveiller cent fois avec elle, dans notre yourte en Gaspésie, et commencer la journée par une petite attisée. Parfois, elle allumait un brin de sauge blanche ou faisait griller sur le poêle des branches de cèdre pour embaumer la pièce. Puis elle moulait le café, posait l'italienne sur la plaque de fonte et passait un coup de balai pour chasser les mottes de poil de chien et la poussière de bois. Sitôt la porte ouverte, la meute se sauvait dehors, parcourant le boisé à en perdre haleine. J'aimais les regarder jouer dans la neige, insouciants comme des enfants de toutes les menaces de notre temps. Enroulée dans une couverture, je mangeais du gruau à toutes les sauces, le bol fumant entre les mains.

– À quoi tu penses, Nounoush ? Ça a l'air beau…

– À notre premier hiver ensemble.

Raphaëlle m'aime des yeux. J'admire ses prunelles, ses grands yeux mouillés.

– As-tu déjeuné ?

– Non.

Elle étire le bras et me remplit un bol en bois d'une louche généreuse.

– Gruau aux pommes vertes, canneberges et cannelle.

– T'es merveilleuse, Raph.

– Attends, t'as pas vu ce que j'ai ramené de la ferme !

J'avale une trop grosse bouchée et me brûle le palais.

– Tu sais, la méchante tempête de vent de la semaine passée ?

– Ouais, y avait des tentes qui roulaient sur la 287 comme des *tumbleweeds !*

– À la ferme aussi, ça a frappé fort. Je te jure, on aurait dit que toute la forêt allait se coucher. Les toits voulaient arracher. On a perdu le courant. Heureusement, Bruce avait de l'essence en réserve. Avec les deux génératrices, on a pu faire fonctionner les pompes à eau des abreuvoirs. Les volailles ont été dans le noir un petit bout, mais au moins elles n'ont manqué de rien.

Raphaëlle se lève, soulève le coin du matelas et tire sa glacière bleue vers nous.

– Le plus gros problème qu'on a eu, c'est que les congélateurs – en fait, trois des huit congélos – ne sont pas repartis tout de suite. On s'en est pas rendu compte dans les premières heures. Alors la viande a eu le temps de dégeler.

– Mais tout était sous vide, non ? C'était récupérable ?

– Oui, mais quand Bruce a eu l'illumination d'aller vérifier si tout fonctionnait à la cave, la viande dégelée baignait déjà dans l'eau… Elle est encore bonne, mais ils ne pouvaient plus la vendre. Et comme ils sont tous végétariens ou presque, ils m'ont tout donné. J'ai ramené deux glacières à ras bord de viande de sanglier pour le Bivouac. J'ai celle-là qui est pleine de *ice packs*, l'autre est dans le petit tombeau sur la galerie, au *shack* à Lionel.

Elle ouvre au couteau l'emballage d'un des gigots sous vide, lance celui-ci à l'extérieur. La chienne bondit à sa suite, sous le regard tendre de Raph.

– Vite, les maringouins !

Elle claque la porte. On entend la mâchoire de Coyote qui racle l'os, dehors.

– Je suis aussi allée porter des côtelettes à Nathan pour les bébés. Sont rendus tellement gros ! On dirait des malamutes.

Je gratte le fond de mon bol et me verse une tasse de café.

– T'en veux encore ?

– Non merci, Nounoush. Viens donc t'asseoir à côté de moi.

Notre couverture préférée sur les épaules, sirotant une même tasse de café qui m'embue les lunettes à chaque gorgée, nous regardons le soleil se lever, les volées de geais bleus. Je savoure nos retrouvailles, parcours l'intérieur de ses bras, si doux. Le creux de son épaule, la chaleur de son cou, petit refuge pour ma tête tourbillonnante. Je m'amuse à tresser ensemble de petites mèches de nos cheveux. Roux contre noir, comme la fourrure des renards croisés, mes préférés.

Il y a du mouvement sur la route, de la garnotte qui lève au loin. Raphaëlle saisit son talkie-walkie, et nous sortons dehors en pieds de bas. Qui va là ?

Coyote jappe.

– Accueil au gazebo.

– À l'écoute, *sister*.

– On a de la visite !

Le convoi approche, enterrant tous les sons. Émergent du nuage de terre jaune trois *pick-ups* suivis d'un camion-remorque, qui tire de la machinerie forestière.

– Ils débarquent le jour de notre rando, les sales !

Raphaëlle est furieuse. J'attrape le talkie-walkie, tends la laisse de Coyote à Raph. Nous gagnons vite le talus pour leur barrer le chemin, les obligeant à descendre de leurs grands chevaux. Tout pour gagner du temps.

– Anouk, ça pue. Rameute les autres.

– Poste d'accueil à la forêt, vous me recevez ?

– Robin à l'écoute.

– La forestière est là. Grouillez-vous !

– Vigies du gazebo en route.

Je passe ma langue sur mon palais brûlé, ne perds pas des yeux les mouvements des travailleurs forestiers. Leurs bras pendus aux fenêtres, leurs bouches qui marmonnent. Manifestement, les hommes en ont marre de poireauter. Ils ont des ordres, des heures à cumuler, des arbres à coucher. J'essaie d'activer mon cerveau et de mémoriser le plus d'informations possible, et pis merde, je cours à la roulotte chercher de quoi écrire, puis je me faufile entre les camions.

– Qu'est-ce qu'a fait là, elle ?

Je me dépêche de noter les plaques d'immatriculation des véhicules. Le stylo entre les dents, je rejoins Raphaëlle, qui retient Coyote que j'entends grogner pour la toute première fois. Sous les aboiements de sa chienne, elle lance :

– Nous vous demandons poliment, messieurs, de faire demi-tour. Il n'y aura pas de coupes aujourd'hui, ni demain. Le secteur est visé par une demande de protection. Vous pouvez appeler le ministère pour vérifier.

– *Bullshit !* On a des droits de coupes en règle. Vous êtes qui, vous, au fait ? demande le contremaître, excédé.

Y'était temps que Robin sorte du bois avec des renforts. Rapidement, une trentaine d'âmes se positionnent en travers de la 287, les bras soudés, le sourire défiant. Je suis fière de faire partie de cette bande de braves qui entravent la route.

Le contremaître s'allume une cigarette à l'aide de son mégot encore fumant, qu'il jette par terre. Je regarde le filtre toxique rouler sur la terre sèche, là où des broussailles cassantes pourraient s'embraser à la moindre étincelle.

Robin exige de voir le permis de travaux de la compagnie. Le boss crache en direction de notre chaîne humaine pour seule réponse. Il m'écœure, avec ses gros sabots à caps d'acier, sa bouche édentée qui invective tout un chacun. Puis le contremaître ordonne à ses subordonnés de rembarquer dans leurs camions et nous jure en postillonnant de plus belle qu'il reviendra, escorté par la police, s'il le faut, et qu'une bande de *pouilleux-patchoulis* ne l'empêchera certainement pas de faire son travail. Qu'il en a vu d'autres et qu'on n'est pas de taille. Enfin, il lance à la foule de se *checker* en cette saison de feux de forêt. Que nos feux à ciel ouvert risquent de nous coûter cher. Insultée, je saute dans le fossé, ramasse le botche du contremaître et marche à sa rencontre pour le lui remettre. Bras passif-agressif, tendu vers l'ennemi. Il ne sait pas quoi faire avec. Il ne bouge pas. J'ai envie de glisser son mégot dans sa poche de chemise, sur sa poitrine, mais je crains la rapidité de son coup de poing. Il saisit le mégot. Je profite du malaise.

– *Checkez*-vous vous-même, m'sieur. Vous devez savoir qu'il est interdit de fumer sur les terres publiques. Vous ne voudriez pas que l'inspecteur provincial soit avisé, les amendes sont salées.

Pluie de blasphèmes. Les moteurs des pick-ups vrombissent, tandis que l'homme éteint sa cigarette contre sa semelle, s'apprête par réflexe à jeter de nouveau son mégot dans le fossé, puis se ravise.

– J'ai pas dit mon dernier mot ! Mé qu'on r'vienne, vous êtes mieux d'vous tasser d'mon chemin, d'un coup qu'mes freins lâcheraient.

*

L'important, c'est qu'ils soient partis. L'incident du matin n'a pas gâché l'humeur des campeurs, ragaillardis par la foule au rendez-vous – deux cent trente-six marcheurs en tout. Notre pétition est maintenant riche de leurs signatures. Il y avait des caméras, des familles, des irréductibles. Robin avait raison : la forêt est chère aux citoyens de tous les horizons. Le sourire lumineux, il a donné deux entrevues qui nous feront une belle tribune.

Ce soir, nous festoyons comme des Gaulois, dorant sur braises la viande de sanglier. Raph et moi mangeons aux côtés de nos amies de la ferme, qui s'offrent une autre nuitée en forêt avant de regagner leurs obligations agricoles. Le chaton gobe sa portion dans la main de Marine. Quelqu'un débarque avec une caisse de vin local. On trinque à la Forêt. L'heure est aux réjouissances, mais Robin est distant, distrait. Flash s'approche pour nous présenter les images qu'il a captées aujourd'hui. Je croyais qu'il nous montrerait le défilé des marcheurs, notre arrivée à Gros Pin ponctuée d'onomatopées, de *oh wow* et la fameuse danse de joie de Marine, autour de l'arbre, qui s'est terminée sur d'émouvants applaudissements. Mais non. Il nous montre la confrontation de ce matin. Je tends l'oreille, juste assez pour entendre *vous êtes mieux d'vous tasser d'mon chemin, d'un coup qu'mes freins me lâcheraient.*

– *Good job*, mon ami. On envoie ça tout de suite à Victoria. Faut répliquer sans plus tarder. On va porter plainte pour menaces de mort. Ça va nous prendre des témoins sans casier judiciaire pour corroborer, comme la vidéo a été tournée sans son consentement, au bouledogue.

– J'te trouve ça sans problème, tout le monde a entendu.

– Merci, *man*. La partie d'échecs vient de commencer.

– Ils vont revenir, hein ?

– Ouais, et plus tôt que tard.

*

On s'est couchées toutes habillées, au cas où. On a bien fait. Robin avait raison.

Réveillées par l'écho de moteurs progressant dans la montée, nous nous tirons du lit dans la fraîche. À ma montre, quatre heures tapantes. Ça cogne à la porte de la roulotte. Des gyrophares rouges et bleus tournoient dans la brume. Ils nous ont envoyé la Gendarmerie royale du Canada, rien de moins. Les terres de la Couronne sont de juridiction fédérale, après tout.

Baumstark et Robichaud contre la Reine.

On nous remet en mains propres un ordre de la cour. L'injonction nous demande de libérer immédiatement l'accès au chemin carrossable, de déplacer l'habitation illégale qui s'y trouve – en l'occurrence, notre Winnebago – pour que la compagnie puisse commencer ses travaux drette là.

Tandis que Raphaëlle gagne du temps avec les policiers, leur expliquant gentiment notre vision du monde en battant ses cils de pharaonne, je profite du regard hypnotisé des deux hommes en uniforme pour marcher, l'air de rien, jusqu'à ma voiture à moitié planquée dans les buissons, plus haut. J'ouvre la portière, fais semblant de chercher quelque chose parmi le bordel à l'intérieur et appuie ma hanche contre le klaxon, sonnant l'alerte.

La conversation s'arrête net. Les policiers me regardent, méfiants, la main déjà sur leur arme. J'enfile tout bonnement un coton ouaté, puis ma tuque, et reviens vers eux.

– Désolée, je me changeais dans mon auto et j'ai accroché le klaxon. Fait pas chaud à matin, han ? Voulez-vous un bon p'tit café ?

Ils n'ont pas le temps de répondre qu'une cohorte de campeurs – alertés par mon signal – sortent du bois et reforment la chaîne humaine d'hier matin, bras dessus, bras dessous, entravant à nouveau la 287.

– Saviez-vous, monsieur l'agent, que nous avons reçu des menaces de mort, hier ?

Le policier fait signe à Raphaëlle de se taire. Il enfonce du doigt son oreillette gauche et chuchote dans le micro fixé à son col. L'autre agent hoche la tête, puis croise les bras. Son collègue bout.

Raphaëlle ne se gêne pas :

– Le contremaître de la forestière nous a menacés de nous écraser avec son véhicule. Voulez-vous écouter l'enregistrement, messieurs ?

Les agents font la sourde oreille. Changement de stratégie.

– Faut pas leur en vouloir, à nos amis, continue-t-elle. Ce sont des campeurs, des amants de la Nature. Ils ne feraient pas de mal à une mouche. Vous devez savoir qu'on occupe les terres publiques *pacifiquement* depuis des mois. Vous laisseriez, vous, un pin blanc de presque cinq cents ans se faire abattre pour qu'une compagnie le transforme en papier toilette ?

Ils n'ont pas l'air de l'écouter. Ils me font penser à ces gardes royaux à la toque de fourrure enfoncée jusqu'aux sourcils, que l'on admire pour leur diligente immobilité. Des soldats comme les autres, qui exécutent des ordres.

Un char blindé approche, suivi d'une camionnette banalisée. Ça pue les arrestations. Les policiers font signe aux véhicules d'avancer. Robin, au milieu de la chaîne humaine, me fait un clin d'œil. Son calme me parle. Il ne faut pas s'inquiéter, ni montrer nos cartes, rester plutôt impassibles comme face à des ours, les déjouer en leur donnant l'impression qu'ils gagnent.

Derrière le cortège de mauvais augure, une voiture rouge se gare. En sort le duo classique de couverture régionale : une journaliste à lunettes d'intello portant un imperméable beige à la Columbo, et son acolyte, un barbu de six pieds, la caméra déjà balancée sur l'épaule. Elle avance vers nous, accompagnée de son armoire à glace.

– Tourne, champion.

– C'est beau. OK, on tourne.

– Je me trouve présentement sur la 287, au sud de la municipalité de Mont-Carmel, où campent depuis le mois de mai des activistes qui barrent l'accès à la compagnie forestière Foraska inc., laquelle a décroché l'appel d'offres pour procéder à des coupes dans le secteur. La Gendarmerie royale du Canada a été appelée pour remédier à la situation. En fait, c'est un ordre de la cour – une injonction – que les agents sont venus remettre aux activistes, exigeant qu'ils libèrent la voie carrossable et laissent les travailleurs commencer l'abattage dès aujourd'hui. Selon nos sources, plus de deux cents citoyens auraient participé, hier, à une marche de sensibilisation sur les sentiers menant à Gros Pin, notre plus vieil arbre au Kamouraska, qui risque d'être abattu si l'on s'en tient au plan de coupe de la compagnie. Une demande de création d'une aire protégée a d'ailleurs été déposée au ministère, qui n'a pas voulu commenter. Le député n'a pas retourné nos appels.

– Coupé. Génial.

– Et si on allait recueillir quelques témoignages, maintenant ?

Les policiers se raclent la gorge. Tout leur non-verbal indique qu'ils sont prêts à mordre. Mais Robin a le sens du spectacle, et il a vu la voiture rouge, la journaliste et la caméra. Il se met à taper du pied, ses voisins se mettent à claquer des doigts, un rythme contagieux prend vie, puis sa voix s'élève.

– Tourne, tourne ! Ils vont chanter !

Certains fustigent les policiers du regard, d'autres ont les larmes aux yeux. Ensemble, les voix brisées par l'émotion, nous chantons à l'unisson les paroles de la chanson *Nous aurons*, de Richard Desjardins. Mon cœur se serre au moment où nous entonnons ces mots…

Nous aurons des corbeilles pleines
de roses noires pour tuer la haine
des territoires coulés dans nos veines
et des amours qui valent la peine

Ça y est, Richie, je tremble du menton tant c'est beau. C'est vrai que la musique redonne du courage aux opprimés. Et visiblement, les policiers n'aiment pas la tournure des événements. La presse qui surveille leur moindre réaction, tourne ces images qui inspireront la sympathie du public.

Du véhicule blindé sautent soudain une bande de fantassins, matraque à la main. On croirait l'escouade antiémeute. Mais nous ne sommes qu'une trentaine, tout frais réveillés, la plupart en pyjama et les plis de l'oreiller encore sur les joues. Les deux premiers agents dépêchés sur place pointent Robin et s'en approchent. La journaliste et son caméraman filment la scène. Le policier remet une feuille pliée à Robin, qui la lit pour nous résumer la fameuse injonction de la cour.

– On nous demande de libérer l'accès carrossable. La forestière entend commencer ses travaux aujourd'hui.

Bouuuuuuuuh ! s'époumone le groupe derrière lui.

Robin obtient d'un geste le silence et réitère aux policiers, nous prenant à témoin, que la forestière est passée hier, qu'elle nous a fait des menaces de mort, que tout a été filmé.

Les agents s'en moquent comme de l'an quarante.

– Advenant la moindre agressivité policière envers nous, l'enregistrement sera coulé dans les médias.

Les campeurs refusent de bouger. Le policier fait signe à ses collègues de nous encercler. Tout se passe très vite. Les échanges dérapent, des agents maîtrisent nos amis face contre terre, les menottent et les font monter dans le convoi. Il y en a qui se lamentent, d'autres qui grognent. J'ai tout juste le temps d'apercevoir notre gardien du feu se faire arrêter. On l'entend crier :

– Les injonctions des cours de justice ne sont que de la poudre aux yeux ! Nous occupons légalement des terres *publiques* ! Nous y sommes *chez nous* !

Quelqu'un, au-delà de la mêlée, s'exclame :

– La Forêt au peuple !

Certains activistes ont le temps de sauter dans les broussailles et de regagner la Forêt, mais je reste figée là. Raphaëlle tente de maîtriser Coyote, qui jappe sans relâche, presque de l'écume à la gueule. Elle me prend par le bras, et nous regagnons en douce l'intérieur du Winnebago.

En tout, une quinzaine d'amis se font diriger vers le blindé et la camionnette. Bientôt, il ne reste plus que Robin en queue de peloton, qui montre l'intérieur de ses poignets au policier qui vient de menotter les autres à l'aide de *tie wraps* très serrés.

– Vous, c'est quoi votre nom ?

– Robin Chénier.

– Vous avez l'air d'avoir de l'influence sur vos gens. Peut-être que vous aurez l'intelligence de les convaincre de se conformer à l'injonction d'ici demain. Sinon, nous devrons revenir et procéder à l'arrestation de tous ceux qui entravent la 287. Nous escorterons les travailleurs tous les jours, s'il le faut, jusqu'à ce que Foraska ait la voie libre.

– Vous voulez dire jusqu'à ce qu'il ne reste plus aucun arbre dans cette forêt ?

– N'empirez pas votre cas, monsieur Chénier. Je peux encore très bien vous embarquer.

– Tous les Canadiens ont le droit d'habiter sept mois par an sur les terres publiques.

– Ne soyez pas impertinent, monsieur Chénier. Vous pouvez bien camper où vous voudrez, tant que vous n'empêchez pas les compagnies munies de permis de faire leur travail. Est-ce clair ? Allez propager la bonne nouvelle à tous ceux qui sont restés cachés dans la forêt. Assurez-vous d'avoir déplacé les bâtiments qui barrent le chemin.

*

Je pense à ma mère, qui est si bonne en argumentation, une maître des cartes et du bluff. En composant son numéro au bureau, je me dis qu'il est l'heure de sortir mon as. Suzanne répond dès la première sonnerie. Oui, elle a vu le reportage sur la marche à la télévision et reconnu sa fille dans la mêlée. Cette fois, Su ne semble pas excédée par mes choix radicaux, elle s'enquiert plutôt de ma santé mentale et du nom de notre avocat de service.

– Maître Victoria Shields.

– Pas d'farces ! Je la croise depuis des années au palais de justice. J'ai beaucoup de respect pour son travail.

– C'est elle, entre autres, qui épaule notre gang à travers tout ça.

– Anoushka, laisse-moi faire quelques recherches. Il y a une cause similaire qui vient d'être gagnée dans les pays scandinaves...

– Contacte Victoria directement, ce serait mieux, m'man. Ici, ça commence à barder. T'entends ?

Ar-bres-de-bout ! crie-t-on au porte-voix.

Coule-pas-chez-nous ! répond l'écho.

– Sois prudente, ma grande. J'vais voir ce que je peux faire pour vous aider. Embrasse Raphaëlle pour moi. Tu vas monter me la présenter, un moment donné ?

*

– Écoutez-moi bien tout le monde. On va devoir changer de stratégie. Nous avons les menaces de mort de la forestière sur vidéo. La presse semble être de notre côté. Et nous avons la confirmation que la GRC n'hésitera pas à recommencer. J'ai pris une photo de l'injonction et l'ai transmise à notre comité juridique, qui travaille fort pour faire libérer les quinze personnes arrêtées. En attendant qu'ils décortiquent nos options, il va falloir répliquer pour montrer qu'on est forts, qu'on est prêts, qu'on est déterminés. Cat, des idées ?

– C't'un *dead end*, Rob.

– Explique-toi, s'il te plaît, au bénéfice du groupe.

– Bien, on a perdu quinze de nos amis, *and I just know* qu'ils ne les laisseront pas sortir tout'suite. C'est sûr, ils reviendraient ici. *So*, fini la force du nombre.

– Notre avocate et le comité juridique vont mettre les bouchées doubles pour faire relâcher tout ce beau monde, et interjeter appel de la décision de cour.

– Et c'est pertinemment comme ça qu'on perd un conflit du genre, commente un des gars de Green Rev. L'État nous envoie des chiens de garde, nous perdons un précieux temps, les démarches tardent et tardent, puis la compagnie escortée par la police aura eu le temps de bûcher tous les arbres de leur foutu plan d'aménagement forestier avant même que le ministre n'ait examiné notre demande.

– *Aménagement*, en voilà un mot vide, s'indigne l'un.

– *Exactly*. Ça rime avec coupe à blanc, répond Cat. Comme Marius m'a déjà dit, faut fesser là où ça fait mal.

– Le portefeuille…

– Exact, Anouk. Savez-vous combien ça vaut, *these yellow beasts* ?

Cat sort un plan d'abatteuse mécanique. Raph sourit en coin. La stratégie est déjà élaborée, donc. Robin et sa bande se sont préparés pendant des mois à ce type d'escalade. Ils ont étudié et revu tous les conflits opposant des citoyens aux forestières de la dernière décennie. Si on en est là, c'est qu'il n'y a pas d'autres issues.

– Ouep, j'ai eu le même *briefing* que toi. Ça vaut des centaines de milliers de dollars. Et nous, pauvres que nous sommes, avons tout ce qu'il faut pour mettre des bâtons dans les roues de la forestière…

– On va pas voler ça ! s'exclame une activiste de la région qui déchante à vue d'œil.

– Mais non ! la rassure-t-on presque à l'unisson.

Robin, à mi-voix :

– Chers amis, l'heure est grave… Nous allons devoir sucrer les moteurs.

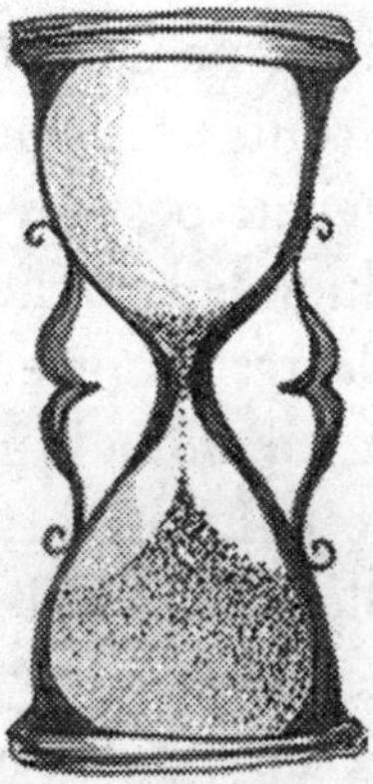

Chapitre 22
In extremis

Raphaëlle

Je tends l'oreille au tintement du collier de ma chienne. Son sommeil perturbé comme le mien. C'est vrai qu'il a plu pas mal, hier après-midi. Entre-temps, une armée de maringouins a dû naître des trilliards de mares stagnantes autour du campement. Ils assaillent Coyote, pénètrent dans le Winnebago par toutes ses microfentes. Sanguinaires, les toryennes de bestioles se lèvent dès les premiers rayons du soleil, zignent à nous rendre folles. Celles que j'écrase contre ma peau sont déjà gorgées de mon sang. J'entends ma chienne remuer sur sa couverte de laine, se gratter, soupirer, se gratter de plus belle. Bon, c'est l'heure que je me tire du lit, de toute façon.

La chair exposée de mon cou, cette nuit, a été vampirisée. J'attrape la poignée de l'armoire où

Anouk range ses remèdes d'herboristerie. M'enduis les piqûres qui démangent de son onguent de plantain majeur et lavande.

J'emplis la gamelle de Coyote. En lui flattant le ventre, mon cœur saigne. Elle a des centaines et des centaines de piqûres rien que sur sa bedaine. Le pire, c'est autour de ses mamelles, plus proéminentes depuis qu'elle a eu sa portée. Ma pauvre chienne lèche ses plaies, tandis que je cherche parmi les fioles quelque chose qui la soulagerait, mais je ne m'y connais pas assez bien. J'attendrai Anouk.

Rituel du matin. Pipi dehors, les yeux sur la route. Cruche d'eau versée sur la tête et les mains. Gouttes de sapin baumier frottées sur mon cuir chevelu et au creux des aisselles. Maudites bibittes. Je chasse le nuage qui virevolte, assoiffé, et regagne l'intérieur de la roulotte. C'est l'heure du gruau et du café.

Nos premières nuits ici, je gardais ma chienne à l'intérieur, de peur qu'elle ne décampe tellement le petit gibier abonde autour. Au fil du temps, j'ai desserré ma vigilance. Mais là où il y a des hommes, il y a de l'hommerie, des pièges, du braconnage et des tireurs qui se meurent d'ennui. À voir un coyote qui suit une piste, ils jouquent leur arme, cherchent à l'abattre, rien que pour pratiquer leur tir. Et ils le laisseront mourir là.

Où ai-je bien pu mettre son dossard orange ? Dans la boîte à gants de la fourgonnette, il me semble. Je ne supporterais pas de la perdre. Je la regarde gagner mon lit et, de son poste de commandement, épier par la fenêtre ce qui se trame dehors. Ses oreilles pointues qui dépassent du lit, ses soupirs qui embuent la vitre, sa queue qui remue quand nos regards se croisent.

Le ciel est rose, puis magenta. Aurores tranquilles avant que la chasse ne recommence.

J'allume mon *CB*, qui recharge dans la prise douze volts. Change de chaîne. Ça grésille. Puis, sur la station 2, j'entends des bribes de conversation coupées. J'ajuste la fréquence et monte le son. Capte des demi-mots, des fleurons de sacres québécois, et par la virulence des propos, je comprends que les interlocuteurs sont à vif, ce matin.

Je ne suis pas surprise d'entendre déjà la gravelle rebondir. Un dix-roues doit être en train de monter la côte vers le lac de l'Est. J'allume mon rond au propane en écoutant les échanges des camionneurs à la radio. Que font-ils sur la route si tôt, un dimanche matin ? Je change de chaîne. À l'approche du véhicule, la réception est soudainement beaucoup plus claire.

– Tabarnaque, boss, le Cat boucane.

– Répète-moé ça, Picard ?

– Y sent le Prestone surchauffé, pis l'moteur est jammé solide.

Ooooh ! J'attrape le talkie-walkie.

– Accueil au gazebo. On a de l'activité sur la route. Tout le monde debout !

Sur le *CB*, j'entends la suite de leurs lamentations.

– Ah les esties, y'ont pincé un câble hydraulique.

Ça veut dire que cette nuit, Catwoman et Robin ont réussi leur pari : percer à la mèche un trou dans le bouchon du réservoir à gaz et y verser le sucre blanc. Le pétrole est confit. L'abatteuse-groupeuse est hors circuit.

– Picard ! *Call* le tech au plus sacrant !

– Poste 5 au boss.

– Norbert à l'écoute.

– Boss, on a un méchant problème.

Y'a pas juste le Cat qui est *fucké.*

– Quoi ?

– La débardeuse à grappin pis l'ébrancheuse sont inop...

Grésillements radio.

– Norbert au poste 5. Répétez. J'vous ai perdus. Que c'est qui se passe avec la débardeuse pis l'ébrancheuse... ?

– La débardeuse pis l'ébrancheuse font pareil.

– Quoi, pareil ?

– Comme le Cat tantôt. Y boucanent en sale, pis y s'étouffent drette après.

– Le tech est avec vous autres ?

– Oui, boss. J'vous le passe dans pas long. Y s'en vient. Y'est en train de *checker* ça.

Nouveau grésillement sur les ondes.

– Monsieur Norbert, c'est le tech.

– J'vous écoute...

– C'est clairement du vandalisme. Les trois réservoirs, celui du Caterpillar et des deux autres machineries, ont été percés avec une mèche d'un demi-pouce. Je mettrais ma main au feu que y'ont versé de quoi dans l'essence à l'entonnoir. Ça pue l'eau de Javel à plein nez dès qu'on s'approche. Ça regarde pas bien, surtout que vos hommes ont laissé les moteurs roter longtemps.

– Faque nos sales hippies savent faire sauter des moteurs. Ah ben câlisse... Monsieur le technicien, qu'est-ce qu'on fait dans un moyen temps ?

– Va falloir faire descendre les machines en ville, au garage, vidanger complètement les réservoirs, nettoyer les lignes à gaz, changer peut-être les injecteurs. Ceci dit, j'vous garantis rien. On sait pas c'est quoi qu'ils ont mis là-dedans. Y'ont peut-être bousillé le circuit hydraulique, faut tout vérifier. Si vous voulez mon avis, c'étaient pas des amateurs. Les trois machines sont K-O.

– Les hosties d'enfants de chienne de mangeurs de tofu du câlisse... M'as les gargariser à l'eau de Javel pis les faire regarder pendant que je rase toute le bois deboutte.

*

De l'autre côté de la 287, les travailleurs triturent leurs ongles, pensent aux heures payées, aux heures comptabilisées pour le chômage, au trou noir qui avale leur hiver, petit à petit. Dans leurs têtes, ça ne se fait pas, couper l'herbe sous le pied d'hommes travaillants, pourvoyeurs de famille, qui n'arrivent à joindre les deux bouts que par la peau des dents. En plus, la moitié de ces jeunes-là ne sont même pas d'ici. Ils ne comprennent pas la réalité du Haut-Pays. Ici, faut travailler du lever au coucher du soleil, des jours et des jours en ligne, couper-corder le bois de chauffage le samedi, retaper la maison le dimanche, préparer les lunchs, payer les comptes. On ne s'arrête qu'à sa mort, fier du labeur achevé. Il n'y a qu'un symbole de réussite, le dollar. C'est lui qui nourrit les enfants, met du gaz dans le char, achète une bouteille de rouge à la petite mère, le vendredi soir.

Ceux qui regardent la télévision, lisent les journaux, errent sur les réseaux sociaux, fouillent l'actualité, se font leur propre idée. Les faits saillants : quinze militants pacifiques en pyjama ont été arrêtés, déclenchant une onde de sympathie internationale. On fait le parallèle avec les arrestations des membres de la nation Wet'suwet'en, qui bloquent l'accès aux pétrolières-gazières en Colombie-Britannique, depuis dix ans. Périodiquement, la GRC et l'artillerie escortent les compagnies pour amorcer les travaux, font des arrestations musclées, bafouant les droits des Premières Nations. L'opinion publique, en cette ère marquée de migrations humaines et de cataclysmes naturels, est de plus en plus favorable aux indignés. La répression choque la population plutôt que de la rassurer.

Il y en a qui dénoncent les actes de vandalisme. D'autres qui plaident la connivence louche entre Foraska inc. et la police. Les fadaises balancées par le ministre de la Sécurité publique, frappé d'une incohérente ambivalence. L'hypothèse d'un favoritisme entre petits amis. Le silence du ministre responsable des Parcs. Les corps policiers exerçant une répression démesurée, considérant que l'enjeu n'est, après tout, qu'un boisé de quelques hectares.

Mais c'est bien plus que ça, aux dires de Green Rev et des observateurs internationaux – car si le gouvernement du Québec plie, ce parc protégé représentera un important précédent en matière de protection du territoire d'initiative citoyenne.

Bien sûr que ça fait mal. Une abatteuse-groupeuse Caterpillar 541 vaut 550 000 huards, une débardeuse à grappin John Deere 848H, 400 000 piastres et une ébrancheuse avec tête, 395 000 beaux dollars, a noté Cat, qui croyait ressentir une certaine euphorie après son plus gros coup à vie. Après tout, ne fallait-il pas se réjouir que les arbres soient encore debout, et que trois monstres soient – quoique temporairement – hors d'état de nuire ? Promis les arbres, on tient en respect les lames. Encore sur l'adrénaline, elle ne se permet pas de penser à la façon dont elle s'enlèvera la vie si on l'extradie pour la condamner à perpétuité aux États-Unis.

Eagle avait trouvé les images satellites trahissant l'emplacement des gréements de Foraska, et le micro-cravate de Monk avait capté les échanges des élus au dernier lac-à-l'épaule : raser toute, empocher, organiser un méchoui. À minuit moins le quart, Robin avait coupé le cadenas, laissant Cat se faufiler parmi la machinerie endormie. Les fournisseurs mettraient un certain temps à remplacer ces engins. La livraison transatlantique garantissait aux écowarriors au moins trois semaines de jeu. L'idée mère étant encore et toujours de gagner du temps. Cette décision avait fait consensus, au péril d'une très longue peine à purger pour les plus mouillés.

*

Un nuage de terre s'élève à l'horizon. Un dix-roues, tirant une remorque sur laquelle est juchée une immense pelle mécanique jaune, apparaît. Je monte le son de la radio, station 2.

Étrange, le véhicule se gare dans la montée, reste immobile de longues secondes sur l'accotement. Je me gratte le cou au sang. J'ai un mauvais pressentiment. J'allume mon talkie-walkie pour joindre Monk et Catwoman, postés au motel avec vue sur la 287. Ils confirment qu'ils ont vu passer un camion à toute allure qui transportait une pelle mécanique.

– Il monte probablement à la carrière ?

– Oui, c'est ce que je croyais moi aussi, mais là, il s'est arrêté en bord de route, dans mon champ de vision.

– Qu'est-ce qu'il fait ?

Je sors mes jumelles et guette à la fenêtre. Ajuste la roulette. Voilà. Un homme descend du camion et commence à défaire les entraves de sa pelle. Mon gruau bloubloute, je baisse le feu.

– On dirait qu'il va descendre sa pelle mécanique.

– On va appeler la municipalité, peut-être que c'est leur gars de voirie qui s'en vient égaliser le chemin. Reste sur la ligne, Raph.

– Ça peut pas être ça, je le connais, le gars de voirie, et d'habitude, il prend un tracteur avec une niveleuse.

– *Fuck.* OK. Appelle Robin.

– 10-4. Accueil au gazebo.

– J'tais s'a ligne, Raph. C'est louche. Tiens-moi au courant.

La pelle démarre. L'homme fume une cigarette dans la cabine. C'est trop loin pour que je puisse lire les traits de son visage, mais je vois bien la boucane blanche emplir l'habitacle.

La pelle mécanique amorce sa montée de la côte. Je fixe le pare-brise de mes jumelles, mais la brume du matin et la poussière de route m'empêchent de voir qui est à bord. Un homme corpulent, des vêtements noirs, c'est tout ce que j'arrive à distinguer pour le moment. Je brasse mon gruau, qui colle au chaudron. Le sol vibre. La pelle n'est plus qu'à cent mètres.

– Accueil à qui m'entend.

– Robin à l'écoute.

– La pelle se dirige vers l'entrée du site. J'pense qu'ils s'en viennent droit sur nous !

Des roches revolent tout près, le moteur qui gronde m'empêche d'entendre la réponse de Robin. Et bam ! Mon chaudron tombe par terre, du gruau colle au mur. Mon monde bascule. Je me jette sur la porte, les yeux sur Coyote. Les vitres éclatent, le métal geint, je ne peux plus sortir, la porte est contre terre. Le rond au propane allumé enflamme ma couverte. Deuxième impact. Par la fenêtre, je vois le *bucket* redescendre et nous foudroyer d'un coup qui me flanque contre le mur. *Pow.* La roulotte su'l camp verse encore. Ma tempe heurte le coin de la table. Tout devient noir de boucane, du sang coule de ma mâchoire. J'entends Coyote qui jappe et jappe encore. Me lèche les joues le nez le front comme pour me réveiller. Je me laisse engloutir par la douceur chaude, m'envole loin de ma cage en tôle qui brasse et bardasse et succombe comme si la terre tremblait, s'émiettait sous moi. Je tombe. Et m'enfonce dans la souche du lapin blanc, les meubles se foutent de la gravité. J'étouffe et l'air sent la fourrure de ma chienne cramée. Elle hurle. J'ouvre les yeux, tête en bas, je ne sens plus mes jambes, j'ai mal aux joues, de la vitre dans ma bouche, mon menton croche au plancher, tout mon corps contorsionné, je suis incapable incapable incapable de bouger. On brûle.

Chapitre 23
Les flammes

Anouk

Nous courons vers la commotion à en perdre haleine. Je n'ai même pas mis mes bottes. Robin est plus rapide, c'est lui qui croise Coyote à mi-chemin du sentier du Winnebago. Elle est couverte de sang, sa fourrure est traversée d'éclats de verre et brûlée par endroits. Elle hurle de douleur en rebroussant chemin, nous fermons la course. J'aperçois soudain, entre les troncs d'arbres, la pelle mécanique qui recule, la roulotte qui flambe, le contremaître qui fume en retrait, satisfait du spectacle.

– Raphaëlle !

Coyote bondit sur la carcasse de tôle et disparaît à l'intérieur de la roulotte. La chaleur est immonde, c'est impossible d'approcher.

Des campeurs s'attroupent, horrifiés. Ils lancent des couvertures sur les flammes, vident des gourdes, un, puis deux extincteurs en direction du brasier. D'autres tentent d'acheminer des seaux d'eau pleins venant de la cuisine commune, mais la chaîne humaine n'y parvient que trop lentement. Le métal est rouge, proteste à chaque jet d'eau. Robin saute à la gorge du contremaître.

– Faites de quoi ! Faites de quoi ! Y a une femme dans' roulotte ! Faites de quoi, faut sortir Raph de là !

Je saisis une chaudière pleine, la vide sur moi, et avant que quiconque ne me retienne, je rabats mon capuchon trempé sur ma tête avec l'idée ferme de me frayer une voie au travers des flammes. Les yeux me piquent, tout se passe très vite. J'entre dans la roulotte par une brèche dans la tôle. Il faut savoir taire les sensations du corps. Au-delà de la fumée suffocante, j'aperçois Coyote qui mord l'épaule de Raphaëlle – elle gît, inconsciente, jambes par-dessus tête, le cou dans un angle qui m'arrache mon premier cri de douleur. *Je suis là, mon amour.* Ma manche est en feu. Je bats de l'aile, des tisons tombent du ciel. La fourrure de notre chienne fume, tes cheveux aussi. L'air est aspiré par le dehors, avalé par les flammes. Les vitres éclatent. Tout devient noir. Je tousse, inspire de la boucane, me jette à ras le sol pour aspirer un peu d'oxygène. Ma vue revient. Coyote traîne Raphaëlle, lui déchirant les vêtements en lambeaux, les dents plantées dans sa peau. Je tousse sans lendemain. Rampe vers elles. Il y a de la vitre partout. Le rond au propane brille encore de sa lueur bleue. J'attrape mon amour aux aisselles, la hisse sur mon dos, enroule mes bras sous ses cuisses. J'étouffe. J'ai peur, je pense à la bonbonne de propane qui risque d'exploser à tout moment, aux éclats de verre qui me blessent les paumes, les genoux. Coyote saute par la fenêtre brisée. Je vois des silhouettes dehors qui se ruent pour aider la chienne, d'autres qui vident seaux sur seaux. L'eau s'évapore avant même de nous atteindre. La ferraille chuinte à chaque jet. Je ne vois plus ma brèche. Qu'une issue possible – la minuscule fenêtre. Robin couvre d'un tissu les indentations de verre, me tend les mains. Le poil de ses bras disparaît. Il nous hisse. En franchissant la fenêtre, Raphaëlle sur mon dos, je m'ouvre les genoux. Je suis une plaie mouvante.

On nous couche mortes vivantes sur des couvertures mouillées. On nous traîne loin du brasier. Des roches des racines me râpant le dos, les cuisses. Mon crâne rebondit sur des roches, je m'en fous. Je n'ai d'yeux que pour mon amour brûlée vive.

La bonbonne explose.

Je tremble de douleur tandis que Robin tente de réanimer mon amour. Cat mouille mes cheveux, tapote mes vêtements, me débarrasse des braises. Coyote gît aux pieds de Raphaëlle, râlant sa souffrance à chaque expiration.

Les pompiers attaquent les flammes, puis l'ambulance arrive, nous embarque toutes les deux. La portière se referme, et tout ce que je vois, c'est la fumée partout. Le regard horrifié des campeurs.

Robin avec Coyote, molle dans ses bras. Faut qu'il la sauve, faut qu'il la sauve. Je tourne la tête, Raphaëlle est livide, le cou dans un carcan, des sangles et des tubes partout. *Tiens bon, Raph, tiens bon.* On me pique le bras. Avant de sombrer, avant qu'ils ne claquent la seconde portière de l'ambulance, j'aperçois le contremaître dans la cabine de sa pelle mécanique. Nos amis qui lui crient des injures, lui lancent des roches. Je sens des mains qui doucement m'enlèvent mes lunettes.

Ballottée sur la 287 Nord, je n'ai qu'une envie : prendre le bras de mon amour, toucher ses doigts, sentir leur chaleur ou le froid. Je combats une somnolence qui s'empare de moi comme une marée montante qui m'avale entière. Ce doit être le médicament. Ou la mort.

Sirènes, nids-de-poule, virages. Tout m'est violence. Je soulève les paupières.

Raphaëlle est immobile sur la civière d'à côté. Deux anges gardiens s'affairent au-dessus de nous.

Je m'abandonne.

Au-dessus de mon front, apparaît, rond comme la Lune, le visage de mamie Marlene. Elle ouvre la bouche et chuchote mon nom. *Anoushka, geh nicht zu weit.* Ne va pas trop loin, Anoushka. Comme si j'avais six ans, comme s'il venait de neiger sur nos Alpes. Mais mamie, je veux juste courir jusqu'aux sommets, voir si les edelweiss existent pour vrai.

Chapitre 24

Écotone

Robin

– Nathan ?

– Lui-même.

– C'est Robin, un ami de Raph pis d'Anouk. Écoute, il nous est arrivé de quoi d'horrible. Les filles sont parties en ambulance.

– Quel hôpital ?

– Rimouski.

– Je décolle tout de suite.

– Attends, y'a autre chose. J'ai Coyote ici, avec de graves brûlures. Qu'est-ce qu'on peut faire pour la soulager ?

*

Les heures passent comme des secondes dans le gazebo. À tort ou à raison, j'ai écouté un démon plus que l'autre. Cowboy sur mon épaule gauche qui me dit : *Décâlisse ! Tes femmes ont besoin de toi. GO !* Pis l'autre petit maudit, qui joue sur ma corde la plus sensible, ma fibre écolo : *Voyons, t'as-tu oublié tous tes commandements ? T'avais pas fait vœu de non-identité ? Regarde où c'est que tes transgressions te mènent ! À quitter le Bivouac, ce pour quoi on s'est tous entraînés pendant des mois, précisément à ce moment charnière de la lutte antipétrole ? Reste avec tes troupes. Elles aussi sont ébranlées. Fais confiance, bon sang, au système de santé. Tes amours sont entre de bonnes mains. Rimouski a quand même un gros hôpital, pis au pire, il y a Québec. Reste concentré sur ta mission, les deux pieds sur Terre.*

Alors, j'ai réprimé l'envie de bondir dans n'importe quel char et de talonner l'ambulance, mes amours. J'avais aussi votre chienne en sang dans les bras, pleine de vitre, les coussins de pattes calcinés, et toutes les âmes du Bivouac *fucking* secouées, derrière.

Une chance qu'Yvonne sait soigner les animaux et que Nathan a répondu au téléphone. Elle verse de la tisane de thym tiède sur les plaies, comme il nous l'a suggéré, puis, assistée par Marine, elle retire délicatement les corps étrangers. Les écoguerriers qui ne courent pas aux quatre coins du Bivouac à la recherche de trousses de premier secours sont assis en cercle. Silence absolu autour de Coyote aux paupières tombantes, trop épuisée pour sursauter, même lorsqu'on lui retire un éclat de verre. Qu'une lamentation foudroyante.

J'ai réussi à joindre Lionel, mais pas Victoria. Faudrait contacter les proches des filles. J'connais la famille ni de l'une ni de l'autre. J'fais quoi, là, mes petits démons ? J'vois pus clair.

*

Le cellulaire d'urgence vibre. Déesse soit louée, c'est lui.

– J'ai jamais été aussi content d'entendre ta voix, Marius.

– Raconte.

– J'ai sous-estimé l'imbécillité du contremaître.

– On est tous sous le choc, *man*. Comment vont-elles ?

– Mal. Sont aux urgences… 150, avenue Rouleau, Rimouski.

– On va envoyer du monde express. T'as déjà des yeux là-bas ?

– Lionel est en route.

– Bien. J'vous envoie un doc en civil pour garder un œil sur les filles intra-muros.

– Y'ont embarqué Fizet. Il devait sûrement pas savoir qu'y avait quelqu'un dans' roulotte, je peux pas croire ?!

– Attends, là, il vous avait fait des menaces de mort au moment des arrestations, pis on l'a entendu sur le *CB*, juste avant la collision, quand y'a su pour la machinerie…

– Qu'est-ce qu'il a dit exactement ?

– *M'as les tuer, les enfants de chienne.*

*

Toute la nuit, mon esprit vagabonde entre haïr Norbert Fizet, maudire Foraska inc., et tant qu'à y'être le ministre, les lobbyistes et tout le cabinet, qui laissent leurs petits amis profiter des « dernières bonnes années » de la Forêt, et me détester moi-même. J'aurais dû voir ça venir. J'avais pourtant un informateur, un des ex-employés du *big boss*, qui m'avait bien décrit le tempérament fiévreux de Norbert. Bien des bûcherons de la région ne veulent plus travailler pour lui. On m'avait prévenu. J'aurais dû prendre le poids de ses menaces.

À mon poignet, l'élastique à cheveux d'Anouk tout entourloupé de rousseurs. J'espère que tu ne m'en veux pas, femme-renard. Le petit matin illumine la tente. Je fixe la punaise blanche sur la carte topographique, qui ballotte avec la toile. T'avais placé ce repère pour marquer ta terre, à quelques millimètres du tracé de l'oléoduc. Ça te donnait le vertige. Moi aussi. Je ferme les yeux, les rouvre aussitôt.

Chère Raphaëlle, on m'a dit que t'étais entre la vie et la mort. Mais t'es une guerrière de la Terre. Tu ne peux pas nous lâcher si tôt. On s'était promis qu'on créerait un refuge faunique en plein bois, qu'on resterait potes pour toujours, que cet hiver, on irait, Anouk, toi et moi, faire du chien de traîneau avec Nathan et les chiots sur les sentiers vers Gros Pin.

Chienne de vie !

C'est un choc, un traumatisme collectif. Des familles ont décidé de partir, craignant l'escalade.

D'autres, au contraire, débarquent avec leur marmaille, comme si l'accident était la preuve que tout le mouvement risquait de basculer si on ne fait pas front commun. Nous devons nous en relever.

En alternance, Nathan, les amis de la Ferme Orléane, Lionel et des sympathisants rimouskois surveillent nos deux guerrières, et même les allées et venues des visiteurs sur tout l'étage. Ils nous tiennent au courant d'heure en heure.

Il aurait fallu que je suive l'ambulance, laisse tout en plan pour les veiller le temps qu'il faut. Qu'il faudra. Mais les gens au Bivouac aussi ont besoin de moi, plus que jamais. Et les ordres de Marius sont sans équivoque. Les écoguerriers doivent continuer d'occuper le site et de se serrer les coudes.

J'ouvre le carnet d'Anouk, laissé sur ma table de nuit. Mes mains tremblent. Je suis tellement inquiet, je suis à bout de ruses, je n'ai plus d'ongles. Je parcours les pages de confidences et de dessins.

Ton jardin intérieur en est un de forêts vives, de fugues et de poésie. Tu collectionnes les mots, fais sécher des feuilles entre des pages gondolées, gardes le fil de tes lunes et des animaux croisés. Je range ton carnet dans ma poche intérieure pour le protéger des intempéries. Peut-être pour me protéger, moi, aussi.

La tente est grande ouverte, je me fous des maringouins qui entrent. Je pense à la fourrure calcinée de la chienne. À l'horreur de toute la scène, au paysage dantesque de l'entrée.

Je me retiens pour ne pas que la brunette qui m'approche me voie brailler. Yvonne me rassure.

Coyote dort. On a mis de l'huile de cannabis dans son bouillon, qu'elle est parvenue à avaler. Elle se remettra, quoiqu'il y ait toujours un risque d'infection.

Je cours au gazebo appeler la chambre d'Anouk. C'est l'infirmière de garde qui décroche. Je la prie de lui faire passer le message. *Coyote va vivre !* Elle me répond que Mme Baumstark, sous forte sédation, semble avoir entendu la bonne nouvelle, car elle sourit, *plus que ça même, son menton tremble. Elle pleure de joie, monsieur Chénier*. Je remercie chaleureusement l'infirmière, raccroche juste à temps.

Sangloter autant, ça ne m'était jamais arrivé. Je garde une main sur ma poitrine, juste pour sentir le carnet d'Anouk sous ma veste. Me traîne les pattes jusqu'à la tente pour m'avachir dans le lit. Mordez, piquez-moi, bestioles. Éclusez-moi, toutes. Si ça peut attirer mon attention sur les douleurs du corps, la détourner du trou noir que j'ai à la place du cœur. J'ai mal. Mal. Comme si on m'avait tiré une douille à gros gibier, un coup de douze en plein *chest*. Ô Déesse, opère ta magie, pour l'amour.

Aimer Anouk. Aimer Raphaëlle. Aimer toutes ces militantes et tous ces militants, devenus femmes et hommes des bois débrouillards, aidants, si enracinés dans cette lutte. Je me doute que cette énergie positive qui nous lie tous émane du réseau racinaire du centenaire chez qui nous vivons. Gros Pin. Aimer l'Arbre. Vivre, pour la première fois, un amour non compliqué. Apprendre à connaître deux femmes qui s'aiment sans mesquineries, qui arrivent à créer une forme nouvelle d'intimité, revoyant les limites, les frontières, à la lumière des émotions, des besoins qui ressurgissent. Aimer Coyote. Me promener avec elles, femmes et femelles de tête. Parler de l'Arbre de la connaissance du Bien et du Mal. Parler de mon plus grand péché. Tout confesser. Dire à voix haute son nom, que j'ai enfin fini par trouver. Albert Bouthiller, papa de Jasper, mari d'Hortense. Tous deux décédés dans un accident de voiture, il y a dix ans. Tu étais veuf, tu avais enterré un fils, âgé de seulement quatre ans. J'ai lu tous les articles. Il ne reste que tes parents. Le soir de la Saint-Jean, Cat, Monk, Flash et Eagle m'ont tout déballé – ce que nos pairs avaient œuvré à faire, chez les Bouthiller, en guise de réparation. Donc, Marius disait vrai. Mais ça n'apaise pas ma peine. J'ai leur fils sur la conscience. Je ne pourrai jamais vivre là où on entend les cris de locomotive et de freinage d'un train. J'ai pris une vie.

Même si je m'en sens indigne, je te supplie, Déesse, d'épargner les filles de la Forêt.

*

– Elles sont les visages de la cause.

– *Aho !*

Des militants agrafent à des retailles de palettes le portrait d'Anouk Baumstark et de Raphaëlle Robichaud. Eagle a déniché une photo datant des premières arrestations. On y voit les deux femmes, au sommet de la montée, debout en plein centre de la 287, les bras fermement croisés, le regard défiant. L'une à la crinière rousse emmêlée au vent, et l'autre, avec sa casquette d'agente de protection de la faune et ses belles canines, formant un duo splendide, une chienne husky à leurs pieds. La pro de Photoshop a recadré l'image, produit deux photos où le visage gros plan des femmes arbore des couleurs de révolution.

Une femme trempe un pinceau dans une pinte de peinture rouge. Peint des sabliers sur les joues des deux blessées, toujours hospitalisées.

Les médias se sont emparés du scoop, l'image a fait le tour des salles de nouvelles.

*

Les nuits blanches succèdent aux jours de migraine. Coyote reprend des forces, lèche ses plaies qu'on enduit chaque jour de miel. Je me lève bien avant le lever du soleil, remplis sa gamelle et sors marcher avec elle dans les sentiers, veillant sur les campeurs endormis. J'allume le feu, la chienne s'en tient toujours loin, méfiante. J'attends l'aube à la cuisine commune, où il y a toujours à faire. Charrier de l'eau potable, gratter des chaudrons, moudre le café dans l'immense mortier de pierre. Il faut que je m'occupe. Sinon, je passerais ma journée à distance de course du gazebo, au cas où sonnerait le téléphone. Mieux vaut abattre des tâches. Être utile.

Lorsque j'entends une série de fermetures éclair, je sors les tasses. Les premiers zombies abouchent au feu. Je leur verse du café, m'éloigne en silence et sape ma ration de liquide brûlant en errant jusqu'à l'entrée du site, là où on a laissé la carcasse de la roulotte sur son lit de cendres. Je botte des débris, réfléchis, tandis que Coyote renifle les traces de sa maîtresse dans la couronne d'herbes calcinées.

Cette chienne est spéciale. Elle vous regarde droit dans les yeux, et à eux seuls, ils parlent. Ils parlent de la perte de toi. Raph, si tu savais comme je l'admire ! Elle se console dans un rituel : elle flaire ta trace et finit toujours par se coucher en boule, exactement là où on vous avait allongées, mes belles, en attendant les secours.

Sans toi, Anouk, sans ton courage aveuglé par l'amour, on n'aurait probablement pas eu le cran de sauter dans les flammes quelques secondes avant l'explosion. Nous étions pétrifiés. La peur, les cris, les bourrasques de chaleur. J'étais préparé, mais pas à ça.

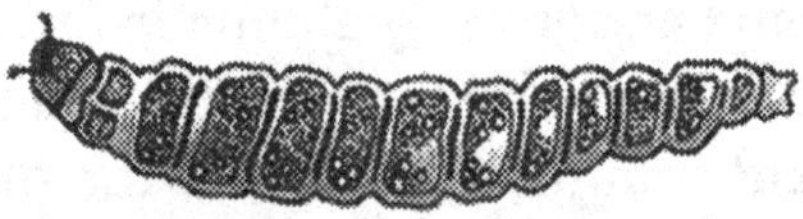

Les militants ont fait de magnifiques pancartes pour la manifestation qui s'organise. Je n'aime pas voir ces sabliers rouges peints sur leurs joues, comme si elles étaient condamnées, ou que leur temps était compté. Je sais qu'il l'est toujours, pour tout le monde. Mais je me sens en dissidence par rapport à mon propre groupe, qui instrumentalise le drame. C'est pourtant ce que Marius nous a appris. Ça allait, quand il n'était question que d'insectes ravageurs, de tordeuses d'épinette, d'arguments pro et anticoupes, et non de vies humaines.

J'ai parlé de mon malaise à Clémence, qui a laissé Yvonne et Marine repartir à la ferme, mais a choisi de rester encore à mes côtés, solidaire – et oh, tellement utile. Sa réponse m'a cloué le bec :

– Le public se réveille grâce à elles. Y a des manifs en vue de Montréal à Chibougamau !

*

Quand je cours comme un déchaîné, je ne pense à rien. Joignant l'utile à l'agréable, je jogge tous les matins sur des sentiers moussus, Coyote sur les talons. Sa fourrure est rigolote, j'ai dû en couper des touffes pour l'égaliser. Je suis surpris à quel point c'est vite de retour sur pattes, un chien.

Au gazebo, les messages rentrent par vagues. Lionel ne manque pas de livrer son bulletin de nouvelles quotidien. Il me texte qu'on t'a enfin donné ton congé de l'hôpital – brûlures superficielles, contusions, points fondants, côte cassée –, mais que tu restes auprès d'elle, relayant le vieux loup de mer. Ce qu'il faudrait, pour la sortir de son coma, vous pensez, ce serait qu'elle sente la présence de sa chienne, sa fourrure contre elle, son odeur, mais le personnel médical ne veut rien entendre. Pas d'animaux. Les risques d'infection sont trop grands. Protocole.

Je feuillette ton carnet, au hasard des feuilles humides, parcours ton imaginaire, toi femme qui court, qui bûche, qui se bâtit, qui prend soin des autres. Au centre, là où brillent les agrafes, je trouve une définition rendue floue par des gouttes de pluie qui ont dilué l'encre bleue, comme si cette page-là, tu l'avais revisitée souvent, beau temps, mauvais temps :

Écotone : zone de transition
entre des milieux biologiques différents.

Mot choc dans l'instant présent. *Écotone.* La transition ne sera pas fluide, non, mon amour, elle a pris un tournant radical. Comme le vent chaud devenu ouragan. Le Bivouac devait être une occupation pacifique du territoire. Nous avons échoué sur ce plan-là.

Mais qu'a-t-on fait de mal, sinon exiger qu'on sacre la paix à la Forêt ? Pourquoi notre amour de la Terre est-il si dérangeant ? C'est seulement parce que personne ne nous écoute qu'il a fallu s'en prendre à la machinerie. J'en conviens : ça doit être dur à avaler que nous soyons si nombreux à être prêts à sacrifier notre liberté. Pour les arbres.

Notre comité juridique est en feu. Ils ont matière à poursuivre et espoir de gagner. Nous sommes devant les tribunaux, à cogner à la dernière porte de la démocratie – parce que notre pétition n'a pas fait le poids, notre demande de protection du parc a été tablettée, nos militants, arrêtés et blessés. La non-acceptabilité sociale des coupes à blanc et de ce nouveau projet d'oléoduc ne suffisait pas. L'absence totale de consultation des Premières Nations non plus. Comment se fait-il que des compagnies aient le feu vert en l'absence d'évaluations environnementales, sans même avoir obtenu le consentement éclairé des principaux affectés ? Les lobbies des forestières et des pétrolières ont corrompu le système, tout simplement. Il y a de ça bien, bien longtemps.

Quand je roule avec Coyote vers la civilisation, chercher une commande de vrac en ville ou rencontrer des journalistes, je passe inévitablement par des rangs autrefois bordés de boisés. Mais de l'autre côté des fossés, il ne reste plus que des lisières écharognées par des broyeurs forestiers. Et plus loin, la lumière inonde un champ de bataille, et les troncs morts à perte de vue sont exposés au vent. Les pousses brûlées de soleil frémissent sous le silence des oiseaux. Tout tremble. Delirium tremens.

Il y a les imbéciles heureux, les complices silencieux et ceux qui ne savent plus se taire. Toutes ces forêts violentées, laissées toutes nues, à leur sort. Aberrant que l'industrie forestière dicte une telle propreté. Après les arbres, ils débroussaillent pousses et arbustes, puis font des tas qu'ils laissent décomposer, avant de replanter en rangées. La forêt est rasée lisse, comme le mont de Vénus d'une femme-objet. Il n'y en a plus, de forêts vierges et millénaires, que des lignes d'essences à croissance rapide, plantées en vue d'être coupées. Pins, épinettes, sapins abattus à trente ans pour servir le nouveau dieu, Capital.

Les deux bras veulent m'en tomber tellement je me sens impuissant face à l'inégalité des forces entre le végétal et le métal – les arbres qui croissent en douceur puis se reposent, la machinerie qui brave d'immenses distances et même le froid pour décimer tout un peuplement en dormance – alors je rêve que la sève des conifères mute, suinte sur les lames, gomme les engrenages au point de tout bousiller.

De retour à la tente, je me réfugie dans ma pile de Kerouac sous mon lit. Je revisite les passages surlignés en jaune fluo. Ils ont perdu leur éclat d'autrefois, mais ils me rentrent encore dedans. *Chacun a sa peur dans l'monde épouvantable.* Astheure, la mienne, de ressentir quelque chose comme un amour véritable et d'y renoncer. Passer drette. Ma tête est certaine que je fais le bon choix, qu'il est de mon devoir de renoncer aux petites joies comme aux grands bonheurs, pour la Cause. Mais mon cœur ne ment pas. *J'ai pas aimé ma vie. C'est pas la faute à personne, c'ainque moi.* La vie est d'hommage, hein, Jack ? Je ne veux pas devenir amer en vieillissant, faisant le point sur ma vie gaspillée. Livrer mes mémoires, ma jeunesse de mille misères, avec un incipit aussi pathétique.

Avons-nous même une traître chance de freiner l'industrie, cette fois ?

Ça fait des jours, non, des semaines, que les travailleurs forestiers font pression sur nous pour travailler. Ils veulent travailler leurs heures, gagner leur chômage. Les pauvres, on les comprend presque. Ils sont sous le joug d'un système qui mise sur leur pauvreté, s'assurant de leur servilité. Le patron a le pouvoir de faire basculer leurs vies. Alors ils obéissent, cèdent à la pression, braquent leurs phares sur nos tentes au bord de la route, enfoncent leurs klaxons à toute heure, feignent de nous rentrer dedans au passage. J'ai peur qu'un d'entre eux, un soir de brosse, ait la mauvaise idée d'imiter le boss.

Va falloir monter des barricades. Parce qu'ils vont revenir. Ils ont un permis de travail, une injonction de la cour et la frustration des hommes qui se tournent les pouces.

Réfléchis, Robin. *Écotone*. Effectivement, nous sommes en plein dans la zone de transition. Il faut réconcilier nos cultures, nos écosystèmes, qui s'entrechoquent. Mais comment ?

*

– Marius ? Il nous faut du sang neuf.

– J'allais justement t'appeler, *man*. J'ai des bonnes nouvelles à t'annoncer.

– *Shoot.*

– Ça bouge en coulisses. La mère de tu-sais-qui, elle avait déjà commencé à nous fournir des précédents internationaux, des sources intéressantes de stratégie et…

– Elle sait ce qui s'est passé ?

– Oui, oui. Elles se sont parlé. Justement, ça vient de faire décoller l'affaire. C'est une vraie lionne, cette femme. Tu devrais la voir en action, tout le monde qu'elle a alerté, sommé d'agir. Préparez-vous à recevoir pas mal de nouveaux appuis dans les prochaines heures.

*

Cohorte de véhicules chargés de matériel. En marge de la route, les renforts installent un grand chapiteau, où les militants se rassemblent, assurant une permanence. Il y a du thé chaud et des collations. Une massothérapeute offre des soins. Des cercles de parole s'organisent. Ils ont créé un espace de guérison dont nous avions tous besoin pour parler du jour de l'accident et de demain. Nommer les débris émotifs.

Le soir, le chapiteau se transforme en dortoir. Je suis ému par tous les petits gestes solidaires de cette microsociété que nous avons créée au Bivouac. Je clos ma marche par le sentier de Gros Pin, là où Coyote trouve tant de poules sauvages à pourchasser, joueuse. Elle s'est accrochée à la vie. J'aimerais avoir une once de sa candeur. Je ne pense qu'à nos deux louves qui tardent à rentrer…

J'ai la mort au ventre, chaque fois que j'arrive face à la roulotte calcinée. Je pense à notre grande brûlée qui erre dans un monde parallèle, et à ma rousse, quelque part tout près d'elle. Inquiet pour la santé de ces deux femmes, et celle de la Terre, et pour l'avenir. Partout, on dirait que c'est la violence qui mène.

Je me couche près de la chienne sur les cendres de l'incendie. Il ne faut pas désespérer, même si les nouvelles que j'ai de Lionel sont moins optimistes que les espoirs d'Anouk.

Les outardes brisent le gris, dissipent mes pensées de leurs cris serrés. Leurs ailes captent le soleil, biseautant l'azur. Elles brillent, et ça m'éblouit. Puis la mort frappe encore. Crépitement de détonations. Quelque part tout proche, sur la rive d'un petit lac ou en plein centre d'une coupe à blanc, ils ont posé des appelants, des caches camouflage, et ils déchirent l'air jusqu'à transpercer leur chair.

Pow et *pow pow pow* encore.

Les oies pleuvent sur Terre. J'essuie mes paumes sur mes cargos et flatte ma protégée. Si on ne fait rien, l'homme finira par avoir tout tué.

Chapitre 25

Cafés d'hôpital

Anouk

En deux mois, j'ai lu tous les romans des salles d'attente, au chevet de mon amour. Et ce, malgré mes lunettes tout égratignées depuis le jour de l'accident. Le café de l'hôpital est toujours aussi dégueulasse. Et ils le servent encore dans ces foutus gobelets de styromousse. Allô, les spécialistes de la santé : j'ai l'impression de boire de l'élixir de sables bitumineux dissous dans du plastique ! Ça vous semble sain ? Et les bouettes brunes à un dollar que vous servez aux malades ? Franchement. Depuis quand les patates en poudre et le gras de porc à la fécule de maïs sont nourrissants ?

La solitude des civières, des âmes anonymes, esseulées dans des couloirs tristes à mourir. La constance des infirmières, qui se relaient et reviennent sans cesse, comme la lueur des phares en mer. Si ce n'était du personnel soignant, je dirais que tout dans ces bâtisses m'irrite. La couleur des murs qui vous flanque une dépression assurée. Des verts ternes, des jaunes pus, qui s'écaillent. L'odeur de désinfectant dans chaque courant d'air, et malgré cela, la maladie qui plane.

Ce doit être la télé qui exacerbe mes frustrations. L'horloge indique vingt heures. Les *bips bips* de la chambre de Raph sont réguliers, toujours aussi atrocement lents. Comment électrocute-t-on un cœur faible de même ? Comment est-ce qu'on ramène à la vie un corps aussi meurtri ? Et pourquoi ses mains, ses pieds, sont-ils si froids ce soir ? Je toucherais du bois, mais ici, tout est fait de mélamine blanche et prélart gris.

Je texte à papa que j'ai eu mon congé, que je ne lui en veux pas d'avoir trouvé mille raisons de ne pas quitter les Alpes. Comment on dit ça en allemand ? *Ich verstehe.* J'te comprends, sans rancune, monsieur l'ermite. Suzanne, quant à elle, s'occupe de la vengeance. *Mom* m'écrit qu'elle s'est jointe bénévolement au comité juridique de maître Shields, et que la poursuite intentée conjointement contre Norbert Fizet et Foraska inc. sera déposée imminemment. Tout ça ne m'intéresse pas vraiment, mais je le prends comme une preuve d'amour.

Je regarde les machines de ma blonde la faire respirer trop lentement à mon goût, me disant que c'est une première depuis l'adolescence – je ne suis en froid avec ni l'un ni l'autre de mes parents. Nous sommes en train de réparer la famille. Le drame nous ressoude nonobstant la distance.

*

– Salut, Raphaëlle Robichaud, voleuse de cœurs.

Du bout des doigts, je flatte sa joue gauche. L'autre côté de son visage est couvert d'une gale suintante. En fait, tout son côté droit est pansé de gaze auréolée de lymphe. Ma grande brûlée, ma belle momie aux cils hiéroglyphiques. Tes somptueux cheveux noirs à moitié fondus. Je les peigne doucement sur le côté, les noue en une tresse de trois vœux. Tu te rappelles ce jeu ? À chaque croisement des mèches, j'unis ma triple prière pour toi :

Guéris, mon amour, prends ton temps,
mais reviens-moi.

Ton visage est serein. Tu ne dois rien sentir. T'es loin dans les vapes. Ils te droguent goutte à goutte. Je ne m'oppose à rien, même si depuis que je te connais, je ne t'ai vue gober aucun médicament. Là, j'en appelle à toutes les médecines pour te réanimer.

Au poste de garde, on me dit que les infirmières auraient essayé de contacter tes proches, mais que personne n'est encore venu. On est pourtant dans ta ville natale. Ils ne peuvent pas être bien loin, tes frères, tes sœurs, tes parents. Tu as coupé les ponts. On en a parlé un peu, sans faire le tour de la question. Tout ce que je sais, c'est que tu considérais ta grand-mère et ton arrière-grand-mère gaspésiennes comme seule parenté.

J'ai peur pour mon pays. Peur qu'on le *bulldoze* pour qu'une poignée de friqués aient raison de nos derniers îlots de biodiversité. Sur l'écran du téléviseur se succèdent les feux de forêt en Californie, en Alberta, en Australie et en Sibérie.

C'est soir de débat, rendez-vous national. Le chef conservateur est le plus charismatique, ça fait peur. Il se défend de faire reculer les droits des femmes, et tous ces sujets-diversions, abordés du bout des lèvres. Histoire qu'on tombe dans un débat de société qu'on a déjà fait, le temps qu'on nous entube.

Je suis le fil de mes pensées, inquiète pour ma santé mentale. Dans ma tête, un tourbillon de sable. Je carbure aux cafés d'hôpital, je bouffe de la malbouffe d'hôpital, je fume des pétards à la chaîne, j'écoute la télé-lobotomie. Je me couche contre toi et caresse l'intérieur indemne de ton bras droit, chuchote à ton oreille des *je t'aime* humides.

Tu ne bouges pas d'un poil.

Ma nuque est tendue. Je manque d'air. Toutes les fenêtres sont scellées. La ventilation crache de la poussière et de l'air vicié. Dans la salle de bains du coin, je m'asperge le visage et le cou d'eau froide. Ferme les yeux. Pense au ruisseau Morrison, à la rivière Amouraska, aux Appalaches, au vent du Sud-Ouest, qui sent le miel de fleurs sauvages, aux marées d'automne qui embrassent les quais, aux oies sauvages qui défient l'immensité.

Revient la peur.

Qu'on se dise la vérité : que ce soient les bleus ou les rouges qui rentrent, minoritaires ou majoritaires, des oléoducs seront construits. Le diable sait que des sables bitumineux, selon les dires des plus éminents économistes du pétrole, il y en aurait pour cent soixante-quinze ans, et ce, au rythme d'extraction actuel. Autrement dit, plein gaz, c'est le dernier sprint de cash. D'ici là, la planète aura eu le temps de nous cuire comme des homards. Tant mieux si c'est pour se débarrasser du problème.

Pensée pour mon chantier laissé en plan, non, *ce n'est pas si dramatique*, dirait ma Raphaëlle. Elle me rappellerait avec raison que le toit est fini, que la coquille est étanche, que le reste *peut se faire en toute saison, voyons.* Coyote va bien, m'a texté Robin. Il dit qu'il va essayer d'enregistrer ses mélopées et m'envoyer la piste, que je la fasse jouer à Raph. Voir si elle réagit à ses aboiements. Je veux qu'elle se réveille. Ne pas sentir qu'elle s'éloigne de plus en plus de jour en jour.

Je cultive l'espoir contre ma nature.

Le fauteuil dans la pièce est moulé à la forme de mon corps. C'est devenu mon lit, mon île, tout près de toi. J'écris au dos de napperons de papier souillés :

Cher journal,

Si les forêts bûchées renaissent. Si les arbres sont vivaces. Ils retigeront. Et retigeront.

Je ferme doucement la porte pour nous isoler du monde et m'allonge sur le bord du lit à roulettes, en fœtus, lovée contre toi.

– Raphaëlle Robichaud de L'Anse-Pleureuse, m'entends-tu ? Je suis là. Guéris, mon amour, prends ton temps, mais reviens-moi, s'il te plaît. On retournera à la yourte, Coyote reverra ses petits, on ira faire du chien de traîneau avec Robin et Nathan, puis souper à la Ferme Orléane, on partira sur un *trip* de pêche avec Lionel et on marchera à la recherche des plus vieux arbres du Québec...

Chaque soir, je lui raconte nos futurs plans d'aventurières de plein air, lui chuchote des souvenirs chauds de nos débuts, et enfin, je succombe à la fatigue, malgré les palpitations causées par les cafés imbuvables, la frayeur que cessent les *bip bip*, la teinte trop blanc-bleu des lumières du couloir toujours allumées, et tout le chahut dehors.

J'ai peur de dormir. Non, d'ouvrir les yeux dans le noir, saisie par le silence des machines. J'ai si peur, mon cœur.

Chapitre 26

Coma

Raphaëlle

J'entends l'écho de voix familières. Des portes battantes derrière le brouillard. Je sens, partout, jusque dans mes cellules, le danger qui guette. Au-delà d'un voile oppressant, toujours cette lumière bleue. L'air, au passage, me brûle les narines. Je n'ai plus de poils, de cils, de cheveux. Je sens ma peau cramer, se mêler à l'étouffante boucane. La fourrure de Coyote flambe, mon bébé hurle et roule sur elle-même parmi la vaisselle éclatée. Je suis paralysée jusqu'aux paupières, mais je sais l'angle fourchu de mon cou, je sais par les meubles culbutés que la roulotte est à l'envers, et que nous sommes prisonnières. Je sens les flammes qui me lèchent et ma chienne qui me traîne, les crocs enfoncés dans mon épaule. La fumée m'avale. Mes yeux ne veulent plus voir, mes doigts ne veulent plus réagir. Je me laisse partir.

*

Bruits électroniques, aiguilles qui me percent, douleurs atroces qui ne me quittent que pour mieux revenir. Elles me tirent du large. Quand j'ai mal à intervalles, j'apprivoise l'horreur de tout mon corps immobile, parfois j'entends des voix, alors j'habite de nouveau mon écorce brûlée et demande à mes membres fantômes s'il n'aurait pas été mieux que je flambe vive comme les herbes folles, vive comme les touffes de brindilles sèches autour de la roulotte, vive telle une sorcière sacrifiée.

Mais je vis, encore, captive de l'entre-deux. Dans la pire des réalités.

J'entends Anouk qui pleure doucement, qui soupire, qui se mouche. Et je ne peux même pas lui faire signe, lui dire que je suis là, que je m'accroche à sa voix. Elle me chante joyeux anniversaire. J'aimerais tourner ma tête vers elle, lever l'index et qu'elle le remarque, décoller mes lèvres soudées de sécheresse. Mais rien ne marche. Il a tranché, mon corps. Il ne m'appartient plus. Épuisée, le cœur en cendres, je me dissipe.

*

Je sais que c'est le jour. Une lumière chaude transperce mes paupières rebelles. Tout est baigné de rouge. J'attends que le rideau se lève. Sonde mes cellules. Rien ne bouge.

Où est ma chienne ? Elle doit courir devant les bêtes. Elle doit les guider jusqu'à perte d'horizon, ces créatures affolées par l'incendie qui avale le sous-bois, rase les clairières, épile les vallons. Des oies tombent des cieux. On nous blâmera pour le feu. Ma chienne court plus vite que le vent, ouvre la voie des siens jusqu'au lac Kijemquispam. Les chevreuils courent, transportant des écureuils sur leurs bois, les orignaux s'élancent, tout empanachés de petits orphelins, les lynx portent leurs petits dans leur bouche, les coyotes se jettent à l'eau, nagent pour sauver leur peau. Toute la forêt du Haut-Kamouraska flambe jusqu'à la racine. Je sens l'incendie dans mes poumons. Je sens la brûlure sur mes lambeaux. Mes muscles, mes os, mis à nu. Ma fin imminente.

Mais mon âme ne veut que survoler le carnage. Mes oreilles ne veulent qu'entendre les cris des bêtes sauvages. Et Lionel qui chante, qui parle à voix basse à quelqu'un, qui murmure.

Où suis-je ?

Plongée dans le noir, je sens une marée montante ensabler mes membres. Ils sont toujours plus lourds, ils s'enfoncent dans la vase mouvante. Je suis sous des draps, enterrée vivante.

Je pense à mon mort. À celui que j'ai piégé, saigné à blanc dans la boue. À toutes les bêtes que je n'ai pas su sauver. Je me sens aspirée par la spirale lente des urubus à tête noire. Les rapaces chauves volent au-dessus de mon corps, à présent.

Je suis plume. Je lève avec le vent. Je vois la forêt lointaine, les Appalaches, puis en bas, sous les nuages, au-delà des murs, là où mes orteils dépassent des draps blancs, elle est là. Ma renarde. Anoushka. Entourée de trois enfants roux et picotés comme elle. Une vieille chienne à ses pieds, qui lève les yeux vers moi.

Chapitre 27

Parallèles

Anouk

Vous avez joint la boîte vocale de Robin Chénier. Veuillez laisser un message…

– Salut, c'est moi. Excuse-moi, j'ai mis du temps à t'répondre. Les jours se ressemblent tellement. Raph est toujours dans le coma. On dirait qu'elle dort, mais je sens qu'elle s'enfonce. J'me caféine à fond pour la veiller, épier ses moindres mouvements, lui parler pendant des heures, lui tenir la main, et la nuit, si j'arrive à dormir, je fais des cauchemars qu'elle arrête de respirer ou que des monstres infiltrent le Bivouac et nous tuent dans notre sommeil. J'ai peur que des fous furieux débarquent. Promets-moi de faire attention. Je ne supporterais pas qu'il t'arrive quelque chose à toi aussi. Je suis au motel du Fleuve, mais j'ai toujours l'impression d'être dans ta tente, quand je dors.

Bref, je survis, pis je pense *full* à toi. Embrasse Gros Pin pour moi. Bye… bisou.

Assise sur les marches en béton des urgences, je remarque en éteignant mon cell que je suis dans le tort. Il me manque quelques mètres pour respecter l'interdiction de fumer. Je me lève et dépasse le cendrier toujours fumant. Les mégots de plastique fondent et dégagent une odeur de mort. J'écrase mon joint contre le garde-fou et insère la spirale de carton dans le contenant à pilules qui me sert de range-botches.

Foutûment bien gelée *at last*, je m'allonge dans l'herbe mouillée de rosée. L'effet du cannabis me soulage enfin. Je ne sens plus ma côte cassée, mes points de suture qui veulent lâcher, je n'entends plus les voitures qui se stationnent tout près, ni la porte battante de l'hôpital. Je n'entends qu'elles, là-haut, les oies sauvages qui volent vers un monde meilleur. J'espère que leurs cris du cœur rejoignent les tympans de Raphiki, ma momie du troisième étage. Elle aimait tant les saluer au passage.

Elles ne se trompent jamais, les oies, elles savent que l'hiver vient. Qu'elles le sentent dans le vent ou d'instinct, je préfère croire en la magie. Les églantiers ont gelé sur les battures du fleuve, l'odeur qui plane est celle des fruits tombés qui perlent de jus.

Encore une fois cette année, j'ai qu'un abri à moitié hivernisé. Ça suffit, la survie, bon sang. Faut vivre. Je me promets, quand le *buzz* aura passé, d'appeler des entrepreneurs. Il me faut un plancher isolé, des fenêtres thermos triples et un poêle de course. Un lieu chaud où soigner ma battante. Et Coyote.

*

– Madame ?

Une infirmière à la porte me fait signe. Je bondis comme un ressort sur mes pattes, manque de m'enfarger dans la bordure du stationnement, cours jusqu'à l'entrée, les tempes bourdonnant d'espérance.

J'arrive, mon amour.

La femme en uniforme saumon retient la porte de l'ascenseur, qui nous avale, puis nous montons trop lentement jusqu'au troisième étage. Je regarde sa bouche pincée.

– Elle est réveillée ?

Elle hoche que non.

– Si seulement on avait pu ouvrir ces maudites fenêtres, si l'air salin du fleuve avait pu atteindre sa peau, si le cri des oies avait pu lui siler aux oreilles et l'odeur des feuilles d'automne, atteindre ses poumons, elle les aurait déjà ouverts, ses yeux !

J'ai parlé trop vite. Elle a senti le parfum du cannabis. La porte de l'ascenseur s'ouvre sur l'étage. Hébétée, je talonne l'infirmière jusqu'au poste de garde. Elle tire une fiche avec une bande autocollante. Des numéros de couleur.

– Vous êtes une parente de Raphaëlle Robichaud ?

– Oui, c'est mon amoureuse.

L'infirmière lève les yeux et me sourit.

– Je vais l'inscrire au dossier. Votre nom ?

– Anouk Baumstark.

Mon visage se crispe, mes cils se mouillent de larmes. D'habitude, je prends le temps d'épeler le tout, mais là, franchement, je me fous qu'on massacre mon nom. On est venu me chercher pour une formalité. Il n'y a rien de neuf, donc. Je me sens vide. Mon estomac gronde.

– Va falloir prendre soin de vous, madame, vous avez pas l'air bien, hein ? Madame Baumstark, vous m'entendez ?

– J'irai mieux quand elle sera réveillée. C'est juste pour mettre mon nom dans une case que vous m'avez fait signe de vous suivre tantôt ?

– Oh. Non. Madame Robichaud vient de parler. C'est bon signe. Je voulais vous en informer.

– Est-ce que ce serait possible de lui faire faire un tour dehors ? Avec des couvertures bien chaudes, on pourrait la descendre avec l'ascenseur, jusque dans la cour. Elle a besoin d'air… Et de sa chienne. Vous savez, Raphaëlle, c'est la communion même avec le bois… La garder en dedans, c'est *pas bon* pour elle. Faut la remettre dans son élément. C'est ça qui va la tirer d'affaire. Elle meurt à petit feu, ici.

– C'est trop risqué, madame Baumstark. Pensez à toutes ses fractures et ses plaies. On évite tout déplacement, vous comprenez ? Et de toute façon, je n'ai pas assez de staff pour la promener juste pour le plaisir.

Sur le comptoir longeant la salle d'attente : des tulipes blanches dans un vase. L'eau bue a baissé. Les tiges ne sont plus immergées. Elles me font penser à toutes ces âmes ici, déracinées.

– Ah, voilà, madame Baumstark, j'ai trouvé la page de notes de ma collègue. Elle a retranscrit ce que votre conjointe a dit tantôt.

– Quoi ?

– Plusieurs noms, en fait. Au début, elle répétait, attendez un instant… Elle a dit : *Marie-Ange.*

– *Shit* de marde.

Moment de silence. Les lunettes au bout du nez, l'infirmière m'ausculte le visage. Je réussis à ramener ma mâchoire du bas à sa place, à avaler ma salive, à chasser de mon esprit la photo jaunie de Marie-Ange Robichaud, ce petit bout de femme d'une autre époque. Son regard féroce qui transperce l'image.

Où qu'elle allait, mon amoureuse traînait ce fameux portrait de son ancêtre. Quand elle était agente de protection de la faune, il dépassait du pare-soleil de son camion. Preuve tangible de ses racines, rappel de son devoir de mère veilleuse sur le territoire. Ciel, Raphaëlle invoque son aïeule, comme dans les moments de grands questionnements. Je me demande si c'est parce qu'elle approche du royaume des morts. Je m'en veux de même le concevoir. Je préfère croire qu'elle est sur le point de se réveiller.

– Elle a dit autre chose ?

L'index de l'infirmière glisse sur les notes manuscrites.

– Elle a aussi parlé d'un *Marco*. Là, elle est devenue très agitée. Je vous lis ce que ma collègue a noté :

13 h 23 : Mouvements oculaires rapides, paupières closes. Répète « Marie-Ange ».

13 h 30 : Patiente remue les doigts, dit « Marco », semble apeurée.

13 h 34 : Légers tremblements, agitation.

13 h 37 : Marmonne plusieurs fois « coyote ».

14 h : Signes vitaux : OK.

– Merci, madame, je comprends ce qu'elle veut dire. Coyote, c'est le nom de sa chienne.

– Et Marco ?

Faut que je pense vite. J'ai un haut-le-cœur.

– C't'un pourri.

L'infirmière hoche la tête. Je suis distraite par le téléviseur de la salle d'attente. L'écran montre des images d'une chaîne humaine, puis de la GRC procédant à des arrestations. Je reconnais des silhouettes et des visages de militants du Bivouac.

Les larmes coulent malgré moi. Je serre les dents.

– Ça vous émeut, madame ?

– Ce sont nos amis qu'ils arrêtent. Encore.

J'aperçois des pancartes colorées. À ma surprise, je reconnais mon visage et celui de Raphaëlle, bariolés de rouge et de noir. Et des drapeaux de Green Rev. Pis des tonnes de nouvelles troupes qui jouent du *drum*, brandissent leurs poings, canalisent leur rage en scandant leur amour.

Le vent tourne.

Je jette un œil sur la chambre de ma douce, puis me traîne les bottes jusqu'à la machine à café. Je reste hantée par tous ces fanions *flappant* au vent. Cette jeunesse et ces têtes blanches qui ont encore foi en demain. Je me demande si la vie nous accordera, à Raphaëlle et à moi, une deuxième chance.

Je retourne à son chevet, sens l'angoisse m'engloutir. Raphaëlle parle à ses morts, cherche sa chienne. Je lui prends la main, baise le bout de ses doigts. Jamais de réaction. Je m'effondre dans le fauteuil, fais gémir le plancher en me rapprochant au maximum du lit afin de poser ma tête sur l'oreiller. Je chuchote pour que personne n'entende :

– Ma belle, va falloir que tu fasses attention à ce que tu dis. On a fait un pacte du silence, *remember* ? Les murs ont des oreilles, ici. Et ne t'inquiète plus pour Coyote, elle va bien, Robin s'en soucie comme de la prunelle de ses yeux.

Délinquante, je sors de ma sacoche mon onguent maison au sapin baumier. J'en applique sur ta peau sans toucher aux zones de guerre. Je ne peux pas t'emmener en forêt, mais je peux te huiler le corps de ses remèdes, embaumer ta chambre d'odeurs que t'aimes. Je te masse les peaux intactes, les rives des pansements aux colles irritantes. Puis j'applique du baume à lèvres sur ta bouche sèche et y pose un baiser.

– Ma louve, je sais que tu m'entends... Je ne sais pas si je t'ai raconté que c'est Coyote qui t'a sauvé la vie. Elle est venue nous trouver. On avait entendu l'impact, mais on ne savait pas ce que c'était. Quand on l'a vue, j'ai tout de suite compris. On a couru comme des fous furieux. Elle a replongé dans le Winnebago. Quel sang-froid ! Quel amour ! Sans elle, je n'aurais pas su que t'étais à l'intérieur. Et il me fallait cette certitude au ventre pour avoir le courage d'y aller.

Je replace une mèche de cheveux derrière son oreille, colle un bec sur son front, lui reprends la main.

– Ses brûlures guérissent bien, Yvonne nous a aidés à bien la soigner. Elle n'a rien de cassé, contrairement à toi. Mais tu es forte et tu vas t'en sortir toi aussi, parce que j'ai jamais connu de femme aussi *badass* que toi. T'es une guerrière. Une force de la Nature.

*

Lionel débarque. Après une longue accolade qui m'arrache des larmes, il pose son manteau sur le divan et me chasse de la chambre. C'est mon tour d'aller dormir au motel, de combattre l'insomnie à coups de promenades interminables sur la grève. *Kicker* des cailloux, hurler tout mon saoul à la mer.

Je traîne les pattes jusqu'au tapis, ramasse quelques objets, jette mes mouchoirs à la corbeille. J'ai toujours l'impression que c'est lorsque je suis sur mon départ que tu t'apprêtes à lever le bras, un sourcil, ou à murmurer quelque chose comme : *Reste…*

Je pense à mes parents, qui m'envoient des mots d'amour, qui manifestent leur attachement. À notre relation qui s'améliore. Aux proches de Raphaëlle, qui ne se sont toujours pas pointés. Au fait qu'elle nous avait choisis pour famille, Lionel, Coyote et moi.

Je m'éternise dans le *lobby*. À la télévision, il y a un reportage sur la marche du 14 juillet. C'est beau. Ce doit être Flash qui a fait le montage vidéo. Je reconnais les miens. Tous ces gens pacifiques qui s'unissent pour la cause. Il y a les écowarriors du Maine qui ouvrent le pas, suivis par des familles à poussettes et un cortège de friands de plein air, puis mon beau grand Robin qui s'adresse à la caméra. Une chance qu'il est là, lui. Rio, Robin, *whatever*. Il veille au grain. Excellent communicateur, le crâne et la barbe fraîchement rasés, il passe bien à l'écran, énumérant sans colère les demandes légitimes du groupe, le nombre de marcheurs réunis ici pour la cause, la somme des signatures de notre pétition et la demande de protection du Parc qui traîne au ministère, dont nous n'avons toujours aucune nouvelle.

Le reportage se termine sur une mise à jour en direct. Le visage de notre porte-parole est moins lumineux, ses yeux, rougis.

– Monsieur Chénier, nous avons appris qu'une de vos bénévoles, grièvement blessée lors de l'accident survenu au lendemain de la marche, est toujours dans le coma.

– Oui, mais permettez-moi quelques précisions. D'abord, Raphaëlle Robichaud n'est pas seulement « une de nos bénévoles », c'est une ex-agente de protection de la faune qui s'est liée à notre mouvement parce qu'elle connaît très bien la région et est profondément inquiète qu'on détruise, sans inventaire faunique préalable, l'espace vital d'espèces vulnérables ou carrément en voie de disparition. Deuxièmement, il ne s'agit pas d'un « accident », comme vous dites, mais bien d'un acte criminel d'une violence inouïe, faisant l'objet d'une poursuite pour voies de fait graves. Enfin, pour ce qui est de son état, notre collègue militante est dans le coma depuis plus de deux mois maintenant. Elle se bat tous les jours pour rester en vie.

– Que s'est-il passé ce matin-là, monsieur Chénier ?

– Notre amie déjeunait dans le poste d'accueil du Parc quand le contremaître de la compagnie forestière a renversé celui-ci au moyen d'une pelle mécanique. Le feu a pris. Raphaëlle Robichaud et sa chienne sont restées prisonnières des flammes pendant de longues minutes. Anouk Baumstark, qui s'est portée à son secours, a dû elle aussi être dépêchée aux soins intensifs. Elle a eu son congé, mais reste au chevet de notre amie. Nous avons entre-temps réussi à maîtriser l'incendie, mais le geste délibéré de cet homme aurait pu causer un important feu de forêt. Ça vous montre le degré de respect de l'industrie pour les vies humaines et animales. Et pour la Forêt.

À l'écran passent des images sans doute captées au lendemain des événements : la roulotte renversée, la tôle calcinée, zoom sur les marques de l'impact, la vitre au sol, la désolation tout autour.

Robin baisse la tête, puis fixe à nouveau la caméra, le regard changé.

– Tout ce qu'il importe de dire aujourd'hui, c'est que Raphaëlle Robichaud a eu le courage de tenir tête à la compagnie forestière.

Je fonds en larmes.

Le reportage se termine sur une photographie de mon amoureuse, un cliché d'elle que je n'avais jamais vu auparavant. On la voit, il y a dix ans peut-être, sur le sommet d'une montagne, les yeux plissés face au soleil, ses jambes effilées comme les épinettes nichées dans les crevasses du rocher derrière elle. Je ferme les yeux, inspire profondément, pense à toutes ces vies parallèles qu'on aurait pu mener.

Chapitre 28

Comme une oie sauvage

Robin et Anouk

– Rob, les policiers qui enquêtent sur le sabotage de la machinerie forestière s'en viennent vous voir. J'voulais juste vous prévenir.

Adossé au gazebo qui abrite les batteries solaires, je me ronge les ongles au sang.

– On a combien de temps avant qu'une nouvelle flotte débarque ?

– C'est une question de jours.

– Et qu'est-ce qui se passe avec notre monde en dedans ?

– Ils les questionnent en boucle. Ils croient qu'ils pourraient cracher des noms.

– Ça veut dire qu'ils n'ont rien.

– C'est ce que Victoria pense aussi. C'est pour ça que c'est probable que la police revienne passer le Bivouac au peigne fin. Faites comme on s'est dit. Vous avez le droit de garder le silence.

– Merci, Marius. J'te tiens au courant.

Je raccroche et chuchote les dernières nouvelles à l'oreille de Cat. Clin d'œil mutuel.

– *I just hope* que… qu'ils les maltraitent pas, *back there*, soupire-t-elle.

Son de clochette d'ashram. *Diiiiiing.*

– C'est Anouk.

Cat s'agenouille pour flatter Coyote, qui offre son ventre. Les coupures sur son flanc ont bien cicatrisé.

– *Go, go*, réponds.

Message texte (1)
Anouk Baumstark
Je pense à toi.
Raph parle à ses fantômes.
Envoie-nous des bonnes vibes,
la mort plane.
xx

– *So ?*

– Ça regarde mal pour Raph.

Catwoman touche mon épaule. Elle me prend dans ses bras, et j'accepte l'étreinte, réalisant soudain toute la solitude qui m'habite.

– Merci d'être là, mon amie.

– *Thank YOU* de te tenir debout pour le bois. Hey, on se tape-tu un *roadtrip*, toi pis moi ? Rimouski *and back*, en une journée !

– T'es folle ! J'peux pas quitter le Bivouac.

– *Yes you can !* Faut que tu prennes soin de *tout* ton monde, *right* ?

– Hum.

L'idée fait son chemin. C'est pas l'envie qui manque. C'est mon petit démon qui chuchote : *pis c'est drette-là qu'ils vont se pointer pour bûcher, déserteur.*

– *Come on !* Ça va te faire du bien... Pis t'es pas si indispensable que ça ici, y a plein de monde qui peut tenir le fort. Fais pas ta *drama queen*.

– J't'amoureux d'une femme dont la blonde est dans le coma. C'est pas mal dramatique, tu trouves pas, toi ?

– Raison de plus pour être à ses côtés, *honey* !

– Pas si sûr. Anouk est très indépendante. Elle est comme toujours sur le point de partir. Comme une oie sauvage.

– *Free as a bird, yeah.*

– Ça me déroute par moments. Quand je pense à elle, je ne suis pas le même homme que lorsque j'organise le Bivouac. Je redeviens fragile.

– *Robby, it's normal !* T'es pas fait en chocolat. Pis l'amour, ça donne des forces aussi. Aie pas peur de la décevoir. *Worst case*, on rentre de bonne heure.

*

Sur les battures blanches d'oies, les appelants flouent la sauvagine. Elles se posent près des faux oiseaux. Tandis que le fleuve se retire, l'air salin me purge le cœur, je fais le vide. On file à toute allure. J'inspire profondément et expire tout mon stress. Ciel que j'ai hâte de la voir.

Je laisse l'odeur du varech et du sel marin gagner mes narines. Pour toi, *Magtogoek*, chemin qui marche, fleuve-fleuron. Il y a de grands portages devant, mais nous aurons la force du nombre.

*

Motel du Fleuve, nous voilà. Je reconnais l'auto d'Anouk dans le stationnement, en face de la porte numéro 9. Cat me dit *ouste*.

J'ai la main sur la portière et reste figé.

– Envoye, *scram*, Roméo. *Take your time*, moi, j'vais appeler ma fille.

– T'as une fille !? Wow.

– Vingt ans… et tellement plus sage que sa mère.

Je franchis le stationnement en écoutant la voix changée de mon amie, en pensant à mes parents qui mériteraient de savoir ce que je suis devenu.

Face à l'horreur d'architecture qui cache le fleuve de toute sa longue laideur, je décide d'instinct de contourner le bâtiment.

Loin devant sur la plage gît un immense tronc de bois flotté blanchi par le soleil. Blanc os. J'aperçois mon oie sauvage juchée dessus.

Je ne fais aucun bruit, avance à pas de loup. Les sarcelles ne protestent pas. Pourtant, Anouk se retourne sur-le-champ, comme si elle m'avait flairé dans la brise. À voir son visage, quelque chose en moi se tord. Son bras trop mince me salue, et ses yeux, cerclés d'insomnie, me sourient sans énergie. Vision burtonesque de mon Anouk. J'en lâche presque la valise de ravitaillement que j'ai préparée pour elle.

Mes pieds s'enfoncent dans le sable, je sens la vase traverser le cuir de mes bottines, mes bas, et l'eau s'immiscer jusqu'à mes pieds. Mais je me fous de tout. Anouk me fait signe de m'asseoir près d'elle.

– Coyote est pas avec toi ?

– Si. Elle dort dans le char avec Cat. Aimerais-tu la voir ?

– Tantôt. J'ai pas la force de bouger d'ici pour le moment.

– Tiens, je t'ai rapporté quelques affaires.

Elle plonge ses mains dans la valise, y fouille sans joie. Je comprends ce qu'elle cherche vraiment. Son visage s'éclaire lorsque je sors de ma veste son carnet.

– Oh, merci… C'est tellement pas pareil d'écrire et de dessiner sur des napperons de cafétéria.

– J'imagine.

– Tu restes combien de temps ?

– Assez pour te forcer à prendre un bain chaud, enfiler un pyjama propre et te border. Pis pendant que tu siestes, je vais aller nous trouver de quoi manger.

– J'ai faim, si tu savais… Mais j'ai pas l'énergie de cuisiner. T'avais pas à faire toute cette route pour moi.

– Lionel et toi, vous vous relayez sans fin, vous pouvez pas veiller l'un sur l'autre, alors je suis venu. Vous êtes des proches aidants. Le plus grand danger, c'est de vous brûler.

– Quoi, j'ai l'air brûlée ?

Clin d'œil entre le reproche et la boutade.

– Je viens prendre soin de mes recrues préférées.

Je laisse Anouk en plan et marche vers le motel, la valise sous le bras.

– C'est la 9 !

J'entre dans la chambre sombre au tapis parsemé de sable. Ça manque d'air et de lumière ici. J'écarte les rideaux, ouvre les fenêtres pour aérer un peu. Elle a déposé un foulard rose sur l'abat-jour de la lampe pour adoucir l'éclairage. J'ouvre le robinet d'eau chaude, rince le bain, coince le bouchon. Je flotte dans son univers sépia. La petite chambre me rappelle l'ambiance de sa cabane. Les romans de la pile bien droite qui dépasse de la table de chevet sont tous marqués du logo de l'hôpital. Il y a ses fioles bleues d'huiles essentielles de petit thé des bois et de pruche au bord de l'évier. Dans le coin, un amoncellement de vêtements sales. J'ouvre à fond le robinet d'eau chaude et décroche de la pôle du rideau de douche ses sous-vêtements, qu'elle doit sûrement laver à la main. Textiles doux, fleuris, pastel. Ces couleurs d'elle que j'aime.

Par la fenêtre, je la vois, debout face à l'infini. Elle pose un pied devant l'autre, bras ballants comme un zombie. C'est plus fort que moi, je refais le lit, en attendant que le bain se remplisse et qu'elle me revienne. Faut que je m'occupe pour faire de l'ordre dans mes idées.

J'entends Anouk qui frotte ses espadrilles sur le paillasson d'entrée. Le lit nous sépare. On dirait qu'elle n'a même pas la force de parler. Je la regarde, oppressé par sa mauvaise mine. Une oie en cage dans un motel de bord de ville-fleuve. Je m'assois sur l'édredon. Elle avance vers moi, lentement, et s'assoit sur mes genoux, légère comme une plume. Je l'enveloppe de mes bras et sens, malgré son chandail de laine, les os de son dos qui saillent, et contre mon ventre, son bassin plus anguleux que jamais.

– J'ai une côte cassée à droite, fais attention.

Je la cale dans les oreillers, avec la déférence des mouvements qu'on déploie pour déplacer une grande blessée. Anouk se déshabille péniblement, belle comme une tragédie. Émouvante comme une terre de cendres après l'incendie. Elle n'a presque plus de seins. J'embrasse ses tempes, le creux sous ses lobes d'oreille. Y retrouve, délecté, l'odeur de pruche des forêts de l'Estrie et des baies de gaulthérie du Nord. Je respire la forêt dans ses cheveux mêlés. Je voudrais rester tout contre elle, immobile, longtemps, mais je me lève, lui cède de l'espace, referme le robinet. L'eau du bain fume. Elle plonge prudemment dans l'eau brûlante. Et tandis qu'elle pénètre l'onde m'apparaît l'image d'une nymphe des marais parmi les feux follets de soirs magnétiques. Elle ferme les yeux, vide ses poumons et se laisse caler au fond du bain.

La voir ainsi me donne encore plus envie de me battre. Et, paradoxalement, de faire la paix avec mon mort, Albert Bouthiller, conducteur de train qui n'a rien vu venir.

Je referme la porte 9 derrière moi le plus silencieusement du monde.

Catwoman rit toute seule, renifle, éponge le coin de ses yeux. Elle parle encore à sa fille.

J'ouvre la portière arrière et sort Coyote pour une petite marche jusqu'à la coop bio aperçue à l'aller. J'y attrape quelques denrées, me demandant ce qui ferait plaisir à Anouk. Germinations, kombuchas aux fruits, fromage en grains, biscuits maison. Je reviens les bras chargés au motel. Offre des tranches de saumon fumé à Coyote sur le pas de la porte. J'irai à l'hôpital seulement lorsque j'aurai vu Anouk manger.

Cat vient me rejoindre pour fumer un joint face au fleuve. Mon amie est visiblement secouée par sa conversation avec sa fille. Comme une seconde nature, nous esquivons le sujet : le conditionnement du camp fait son œuvre. À son tour, elle reprend la chienne en laisse pour errer avec elle sur la batture.

En attendant qu'Anouk émerge, je vide le cendrier, sors les poubelles et fourre ses vêtements sales dans un sac. Puis je m'assois au bord du lit pour parcourir des yeux les titres des livres accumulés. Elle est clairement dans une phase poésie autochtone. Les périodes sombres se marient bien à la lecture de poésie. On a tous besoin de se nourrir de beauté et de se laisser bercer par les mots du territoire.

Anouk sort enfin de la salle de bains. Elle se plante devant moi et laisse tomber la serviette à ses pieds. Je peine à respirer. Les meurtrissures pourpres, les points de suture, toutes ces chairs roses douloureusement fragiles.

– J'fais peur à voir, han ?

– T'es la plus belle femme sur Terre, Anouk Baumstark.

– Arrête. J'me suis vue dans le miroir. Je suis prête pour l'Halloween.

– Pis moi je te regarde, et j'ai envie de brailler tellement j'ai mal pour toi.

– Arrête ! Tu vas me faire pleurer…

Elle attrape une bouteille de kombucha et prend une gorgée.

– Faudrait que je dorme mille ans…

Elle prend place à côté de moi, puis dépose sa tête sur mon épaule. Il y a un livre sous l'oreiller. La couverture happe mon attention. Les points blancs liés en constellations.

– Je suis heureux de voir qu'au moins, tu continues de nourrir ton esprit.

– Si tu savais comme c'est beau et douloureux à la fois, ce récit…

Elle ouvre le livre là où repose son signet, qu'elle me tend – une mèche de ses cheveux qu'elle a tressée avec ceux de Raphaëlle.

– Je lui en lis des bouts à voix haute pour la ramener. À la yourte, on faisait souvent ça, lire des livres ensemble, côte à côte dans le lit ou couchées face au poêle. J'aime que l'autrice n'utilise jamais les majuscules. Je ne sais pas si j'interprète bien ses raisons, mais autant le titre frappe, autant le texte est d'une humilité ! Écoute… *c'est avec grand regret que nous vous écrivons au nom des mitchi saagiig anishnaabeg pour vous informer qu'il ne vous sera pas permis de construire vos écluses, canaux et barrages hydroélectriques ici parce que c'est l'endroit où nous donnons naissance et allaitons, et parce que nous aimons boire à même la rivière pendant que nous donnons naissance et que nous allaitons. l'eau pure de nos ventres et de nos seins est la même que celle de nos rivières et de nos lacs.*

J'écoute ma renarde lire en lui caressant les cheveux, le visage, ses épaules mouchetées. L'instant de bonheur tire à sa fin. Avant de fermer les rideaux, je pose un dernier baiser sur son front. Nos yeux, soudainement soudés par cette certitude qu'on n'ose nommer. Je vais lui dire. Je *dois* lui dire.

– Je t'aime, Anouk.

La seule réponse vient des volées d'oies qui rasent le motel, se jettent, épuisées, sur la batture, lâchant des cris de ralliement. J'ai la poignée de porte dans la main. Anouk me souffle :

– Attends !… Moi aussi, je t'aime, Robin. J'ai juste l'impression de la trahir en le disant, mais je le pense, crois-moi. J'ai peur de miner ses chances, tu comprends ? Juste le dire me foudroie. Pendant que ma blonde est dans le coma, je parle toute nue dans une chambre de motel avec mon amant.

– Ton amant…

– Mon amant qui me manque tout le temps… Pars en paix. Je vais dormir et manger, promis juré craché. T'inquiète pas pour moi.

– J'vais revenir dès que je peux. Tiens bon, beauté féroce. T'es une guerrière, pis tu le sais. Raph aussi. Elle va avoir encore plus besoin de nous, à son réveil.

– Embrasse-la pour moi. Dis-lui que je serai là ce soir.

*

Robin a refermé la porte. Je me retrouve seule avec mon ventre. Je regarde par la fenêtre les oies blanches repartir en famille.

J'attrape le cellulaire et compose un petit mot pour rassurer mes parents. On s'écrit des messages de groupe, maintenant, eux qui se boudaient depuis une décennie ont mis leurs rancunes de côté. Puis j'ouvre le calendrier numérique pour compter les jours. Cette fatigue qui me terrasse et tout ce poids que j'ai perdu, est-ce que c'est seulement mes émotions ? Ou bedon j'ai vraiment un petit coco dans mon ventre qui me sape toutes mes énergies ?

Toute repliée sur moi-même au fond du lit, je rêve de nids de perdrix aux coquilles turquoise, grises, pivelées, aux enfants de la prochaine génération, qui renaîtront des cendres.

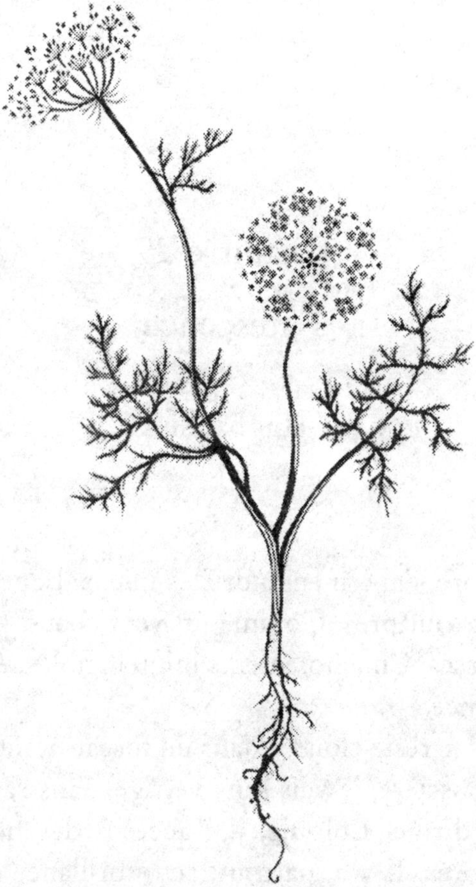

Chapitre 29

Nitescence

Raphaëlle

Encore, j'ai cru entendre les miens. Leur souffle aimant tout près. Comme un vent chaud plein de promesses. Chuchotements inintelligibles. Amours à distance.

Mais je reste cloîtrée dans un fuseau aérien. Telle une poussière, je vais sans vertige. Sans savoir où je me dirige. Éblouie, j'ai accès à des horizons inexplorés. Il y a, partout, cette brillance d'étoile Polaire, qui oriente mon envolée. Elle éclaire mes protégées, ces forêts à perte de vue, ces tapis de braise qui assaillent les épinettes orangées.

Je m'abandonne telle une feuille morte. Sublimée, mêlée à l'air qui me porte. Je suis peut-être un papillon de nuit collé à une ampoule et dont la vue est irrémédiablement brûlée par la lumière.

Chose certaine, je ne sens plus mon poids, ni aucune douleur.

Parmi les arbres immenses vus de très haut, je cherche mon beau Gros Pin. Du ciel, on dirait des arbres qu'ils sont les poils de la Terre, que l'humain ne peut s'empêcher de raser. Il y a des éclaircies. Des vides. On les voit bien d'ici, ces mises à nu, là où la canopée n'est plus. Je rassemble des nuages porteurs de pluies, guide des vents, avale la fumée. Tout se dissipe pour révéler une terre de roches et de fumier.

On a condamné l'Habitat à la peine de mort.

Mon corps qui s'éteint à petit feu. Je n'en veux plus.

Haut-Kamouraska, beauté mythologique, tu meurs toi aussi. On le sent dans l'air, ton bois bûché, tes champs couverts de purin liquide, tes rivières brunes de boue.

Je pars vers un ciel d'où l'on ne verra plus aucun carnage.

Dans la noirceur stellaire, je me laisse guider par la Grande Ourse, baignée de blancheur. Nitescence. Je ressens enfin une apesanteur, sorte de soulagement.

Merci, Mère Nature, plus forte que tout, que nous. Tu es toute-puissante. Tu renverseras la donne.

Chapitre 30

Pluies

Anouk

8 octobre

Cher journal,

Ce matin, une suie dorée s'accroche au ciel, obstrue les rayons du soleil. Vision apocalyptique de feux de forêt, qui colorent l'horizon, et de fines particules, qui cheminent du Maine jusqu'à nos poumons. La une des journaux qui traînent dans la salle d'attente oppose la progression des feux à la pénurie de climatiseurs. Le capitalisme profite de la crise. Tout un chacun s'équipe pour se rafraîchir.

La grande extinction dont parlaient les scientifiques est enclenchée. Les feux gagnent du terrain. Toutes ces étendues rasées à blanc dans les années passées, tous les copeaux laissés pour morts, autant de matières combustibles que nous avons abandonnées, comme une invitation. Nous avons déroulé un tapis rouge au malheur.

J'ai toujours associé l'automne à l'odeur des feuilles au sol juste après la pluie. Mais il ne pleut plus, ici. Je me demande si les éclaircies lunaires dans le Haut-Pays ne font pas partie des raisons pour lesquelles les nuages ne s'arrêtent plus au passage. Les vents les poussent plus à l'est, où l'on tente d'endiguer les inondations, bâtissant des murets de poches de sable, tandis qu'à Rimouski, le ciel est jaune de poussières d'arbres.

*

Il y a des pannes d'électricité à la grandeur du Québec. Les feux ont traversé les lignes américaines, puis les lignes d'Hydro. Des régions entières sont enclavées entre les rivières qui débordent et les feux qui approchent. L'air est suffocant. Ils l'appellent le Grand Feu, comme s'il n'y en avait qu'un.

Je pense à Heinrich, rentré dans son bunker, qui a sûrement un purificateur d'air, et un autre de secours. Et à maman, qui doit étirer son vin blanc en travaillant, quelque part au sommet d'un gratte-ciel. Je pense à ces couchers de soleil atrocement beaux quand tout brûle.

Je pense aux braves du Bivouac. Comme ils doivent être emboucanés ! J'ai tenu ma promesse, Robin : je mange. Plus juste des cafés et des pommes vertes qui m'acidifient l'intérieur. J'avale du gruau et du pain grillé tous les matins, comme quand Raph nous faisait à manger à la yourte. Et tu sais quoi ? J'ai perdu le goût de fumer, depuis que l'air porte cette odeur de suie. J'ai visualisé mes bronches tapissées de résine noire. J'en ai marre de tousser, de vivre dans le flou. Les idées, les peurs, les sentiments, comme diffus. Tout mon corps, engourdi par la fumée depuis une décennie. Je dois mettre toutes les chances de mon côté si je porte une vie.

Lionel rentrera bientôt. Je retourne voir ma revenante. Je la sens à bout de forces. J'erre entre le fleuve et son chevet. Je me couche dans le fauteuil, mais je ne dors pas. Je veille tes écrans numériques, bercée par tes *bips bips*. Tes gammes. Tout ce qu'il me reste de toi.

*

Lionel est assis de l'autre côté de la pièce. Il m'envoie un petit signe de la main, le sourire triste. Je reprends tranquillement mes esprits, cale le verre d'eau qui semble avoir été mis sur la petite table exprès pour moi.

Lionel hoche la tête.

– Qu'est-ce qui se passe ?

Je m'approche de ma Raphaëlle d'amour, saisis toute la gravité de son état en voyant son visage, passé de blême à livide, et sa peau chocolatée, maintenant jaune cire.

– Ses mains sont plus froides qu'avant, Lionel.

– L'infirmière essaie de retracer ses parents.

Boulet de canon. Si l'on contacte sa famille, celle qui a une légitimité sur papier, c'est que l'heure est grave. Le visage de Lionel est crispé d'émotion. Des larmes ruissellent jusque dans sa barbe.

– Y doivent penser qu'est sur sa fin.

J'ai peur de te perdre. J'ai peur que les liens de sang priment sur la vérité. C'est à nous qui te veillons de faire respecter tes volontés, non pas à ta « famille », à qui tu ne parles plus depuis je ne sais combien d'années !

Lionel et moi, accrochés de part et d'autre au lit, étudions ton absence. Longtemps. Car il y a vraiment quelque chose de différent, là. Je ne sens plus que tu nous entends. Je ne te sens plus là. Et ça me tue. Ça me tue.

J'égraine les années-lumière, me retiens d'aller fumer pisser boire une pinte d'essence de lave-glace à l'ammoniac. J'arrime mes battements de cœur aux *bip bip* de tes robots. Mais c'est beaucoup trop lent. Je m'en sers de métronome pour te chanter des berceuses qui me crèvent le cœur, me vident les yeux, le corps, de toute mon eau.

Comment, je ne sais pas, mais je trouve la force d'appeler la Ferme Orléane. Bruce répond. Il saute dans son auto. Il ira chercher Nathan. Ton cercle ne tardera pas. Lionel a réuni celles qui t'ont aimée, avant même que je ne te connaisse. Il avait, dans sa poche de chemise, une liste de numéros toute fripée, comme s'il savait que cette heure viendrait.

Il y a une Sophie et une Alice qui viennent te voir une dernière fois. Elles m'enlacent tour à tour. Me glissent à l'oreille un mot, une confidence ou un souhait, que je n'entends pas. Sophie, ton ex, de l'époque où tu vivais à Rimouski. Alice, la toute première femme dont tu es tombée amoureuse, et que t'avais eu le courage d'embrasser. Deux belles personnes visiblement ébranlées par ton départ.

La pièce se remplit de fleurs séchées. Je me rappelle les avoir semées avec Marine, Clémence et Adélaïde avant de quitter la ferme. Elles en ont fait des bouquets, suspendus tête en bas, dans le grenier jaune poussin où tu dormais. Ton cocon de semences et d'herbes de sorcière. On me touche l'épaule. Valentin et Bruce sont là aussi, derrière. Nathan entre sans faire de bruit. Certains sont à genoux au pied du lit, d'autres semblent implorer tous les dieux, les yeux fermés. Nous formons une chaîne humaine autour de toi, comme nos militants sur la 287, les jours d'arrestations. Nous formons un front commun pour te dire tout l'amour que tu es. Yvonne est catatonique. Je sanglote. Je n'arrive pas à parler. De toute façon, ça fait des jours ou des semaines ou des mois que je suis ici, à te parler te masser te chuchoter tous nos souvenirs.

Je suis vide.

J'espère garder des morceaux de toi.

Valentin m'approche, et je le laisse m'enlacer. D'autres le rejoignent. Entourée d'âmes en larmes, je me rappelle ce premier câlin de groupe à la Ferme Orléane. Raph et moi au centre. Amoureuses. Imparfaites. Indulgentes.

Il y a des étrangers dans le couloir. Une femme toute vêtue de noir avec une croix dorée dans le cou. On dirait une religieuse. Ce doit être ta mère.

Puis une volée de ses pareils s'attroupe autour du lit comme autant d'oiseaux de malheur. Les Robichaud au grand complet. J'ai envie de te protéger d'eux. Mais je n'en ai pas la force. Ils entrent faire leur deuil, prient leur Crucifié.

Nous te veillons. Je les entends marmonner des prières. Ça m'exaspère. S'il y a un dieu qui te ramène, chérie, ma Raphiki force-de-la-Nature, c'est Terre-Mère.

Mais elle brûle, Gaïa. Il pleut des oies sauvages. Les nuages rouillés porteurs de cataclysmes. Il n'y a pas d'explosions, qu'un silence d'apocalypse. Celui de l'électrocardiogramme d'abord. Puis, toutes les sonneries alertent l'étage. Tu nous quittes.

Cette fois, c'est la vraie.

Que mon cœur me soit arraché à froid.

Qu'on me laisse mourir gelée dans une cabane.

Qu'on me tranche vivante comme nos forêts anciennes. Qu'un dix-roues, qu'un train de *dilbit* me passent sur le corps.

Qu'on échange mes organes contre autant de réfugiés climatiques.

Qu'on remonte le temps et me poste à sa place en vigie dans la roulotte.

Qu'on me laisse croupir à perpétuité en cellule à la place de nos amis activistes.

Qu'à la courte paille, on me désigne comme kamikaze pour péter avec le pipeline.

Qu'on laisse ma carcasse nue pourrir au grand jour pour servir l'appétit des médias.

Qu'on m'empoisonne d'eau de la rivière Kalamazoo pour montrer ce qui nous guette.
Qu'on me fiche en haut d'un trépied d'où la police me fera chuter, me brisant la nuque.
Que des airs, on me balance dans un bassin de décantation de sables bitumineux où se meurent les canards, les oies blanches, les bernaches.
Tout. Tout le kit. En même temps.
Mais pas ça.
Pas elle.
Pas ma Raphaëlle.

Chapitre 31
Mes corneilles

Raphaëlle

Ka-craa, cra-craa. Elles sont là. Toutes là. Elles craillent en se perchant tout autour de moi. *Ka-craa, cra-craa.* Je me sens partir dans l'air, je résiste, plane un dernier temps, sommant mes membres. Comment faire signe à Nounoush ?

Je l'entends qui geint sous les prières de ma mère. Je la vois se retirer, s'éloigner, et mes corneilles faire place aux maudites pies moqueuses de mon passé. Celles qui ne savent que tourmenter, picorer, picorer.

Je n'y peux rien. Souviens-toi du chemin de la yourte, mon amour. Souviens-toi du sentier vers Gros Pin. Et tous nos feux de joie. Nos cartes aux trésors. Ô ma fée, ma rousse. Je serai toujours là.

J'en appelle à tous les coyotes et les loups. J'en appelle à tous les cougars et chats sauvages.

Rameutez-vous. Hurlez. Feulez. Que les corneilles s'élèvent. Et qu'elle vous entende. Qu'elle sache que nous sommes unies à jamais.

Je t'enverrai des lucioles dans le noir, et le jour, je ressusciterai des monarques. Je jouerai de la flûte dans les ruisseaux jusqu'à ta rivière. Je te ferai danser des aurores boréales, je t'aimerai du plus loin des dernières paillettes du cosmos. Je viendrai te bercer dans tes insomnies. Je tairai tous les bruits.

Ma grand-mère et mon arrière-grand-mère me tirent vers elles. Je dois traverser des barrières de feu, trouver ma voie. Ne pleure pas comme ça, Anouk. Pense aux renards croisés. Pense au petit roux qui pousse en toi.

Je te quitte, mon amour.

Pardonne-moi

Chapitre 32

Souveraine

Anouk

Le drap bleu ciel par-dessus son visage. J'ai l'impression de voir son souffle soulever le tissu. Je n'y crois pas, mais mon corps sait, je sens partout dans mes cellules qu'elle n'est plus là, et en même temps, partout à la fois.

*

La famille biologique de Raphaëlle signe les papiers sur le bureau en mélamine. Je suis hypnotisée par les *bip bip* recensant les signes vitaux des autres. Je n'ai plus le droit d'être ici. Plus de métronomes qui dictent nos vies.

Quelqu'un, sur une civière, a été dépêché dans le vide laissé par ma femme. Un mort-vivant dans le coma, lui aussi.

J'entends les Robichaud dire qu'ils veulent enterrer Raphaëlle dans un cimetière chrétien. Je me lève d'un bond. Ça ne se fera pas. *Over my fucking dead body.* Je ferai la grève de la faim jusqu'à ce qu'on me redonne ton corps de déesse. Tu voulais être incinérée, tes poussières, semées au vent. Par un vent du Nord comme tu les aimes. Un vent frais d'automne sur des terres insoumises. Là où tu étais souveraine.

Là où on s'est connues.

Il n'y aura pas de funérailles non plus. Tu riais de ces cérémonies coûtant des milliers de balles. Tu voulais que tes économies servent à la protection du règne animal.

Tes parents s'en arracheront les cheveux, je m'en contre-câlisse. On n'ira pas mettre une croix de pierre sur ta dépouille, on ne te pompera pas de formaldéhyde dans les cavités, on ne te maquillera pas la face pour redorer votre dernier portrait de famille.

Ils ne savaient même pas que tu étais lesbienne. C'est dire à quel point ils ne te connaissaient pas. La forme en O de leur bouche outrée. Oh, le choc, vous autres. Oh, c'est choquant, une femme qui aime sa femme ? J'avais presque oublié que ça se pouvait encore, ces pensées du Moyen Âge. Je vous en ai voulu. Assez pour vous sauter à la gorge si vous osiez bafouer ses dernières volontés.

– Voulez-vous une photocopie de son testament ?

– ...

– Elle l'a écrit de sa main l'hiver dernier dans mon journal intime.

Les Robichaud se signent en quittant la salle. Je fais une grimace de démone dans leur dos.

Lionel me masse les épaules tandis que je relis les vœux de Raphaëlle. Elle rêvait que voie le jour un refuge faunique à L'Anse-Pleureuse, sur sa terre familiale. Elle me confie Coyote et tout ce qu'elle possédait. Et ses derniers mots sont pour Lionel, son papa Loup, qu'elle me prie d'adopter. On n'a plus la force de pleurer. Je remarque Robin sur le seuil de la porte, et me laisse tomber dans ses bras, même si je lui en veux de ne pas être arrivé à temps.

*

À la cour d'audience, la juge accueille notre requête. Il y aura procès contre la compagnie forestière et Norbert Fizet, accusés conjointement d'un paquet d'affaires. Gens debout. Médias cliquetants. Onde d'applaudissements. Nous sortons. Tout m'indiffère.

Nos amis activistes sont enfin libérés. Triste coïncidence ? Il fallait une morte pour faire tourner le vent. Je ferme les yeux, plonge dans mes souvenirs de toi pour me donner une contenance. Une, deux, trois respirations. Clics de caméras. Flashs dans ma face. Micros multicolores sous mon menton.

– Raphaëlle Robichaud est morte ce matin des suites de ses blessures. Elle et moi, nous sommes des militantes d'un groupe *pacifique* qui occupe *légalement* des terres publiques depuis le printemps pour empêcher la coupe à blanc préalable au passage de l'oléoduc Patriot-Pipeline, le plus grave chantier d'hydrocarbures imposé au pays sans aucune acceptabilité sociale au Québec. Je peux vous dire que nous sommes tous complètement dévastés, mais que nous retournons au Bivouac, notre campement de résistance, avec encore plus de résilience. Nous y resterons jusqu'à l'hiver, s'il le faut. Et nous y reviendrons, chaque printemps. Nous nous enchaînerons à tous les arbres. Parce qu'il y a là une biodiversité fragile et des arbres anciens à protéger. En pleine urgence climatique, nous avons toutes et tous mis nos vies personnelles de côté pour le bien commun. Et je peux vous prévenir que ce n'est pas terminé. Nous allons créer une aire protégée, avec le consentement du gouvernement ou non. Car nous avons le consentement de la population, notre démarche s'appuie sur la science et nous avons le devoir moral de faire obstacle aux forestières et aux pétrolières. Et nous serons *féroces* parce que tant que nous nous battrons, il y aura de l'espoir.

*

Ils ont emporté ton corps au crématorium. On me remettra tes cendres dans une urne en bois, tournée par une artisane du Kamouraska. Lionel a déniché une œuvre de circonstance pour te contenir : le réceptacle est lisse, son grain, ambré, comme le brun fauve de tes iris. Sur le dessus trône un arbre fait de métal torsadé. L'artisane nous a demandé combien de branches nous voulions. Trois. Une pour Lionel, une pour Coyote, une pour moi. Ton père, ta fille et ta femme. La famille que tu t'étais choisie.

Sur le bureau des infirmières, une boîte en carton m'attend : on m'a appelée pour que je vienne la chercher. Nos effets, qui traînaient dans la chambre de Raphaëlle, sont dedans. J'y retrouve le petit doudou que Marine lui avait offert à la ferme. J'écrase la peluche contre mon nez et inspire. Le husky sent ma louve. Je veux ne jamais oublier ton odeur.

On m'offre des sympathies, des condoléances, quelques larmes sincères, un café.

La boîte sous le bras, les adieux faits, le dernier regard lancé vers la pièce de tes limbes, je traîne ma peau jusqu'à l'ascenseur. Puis je marche jusqu'au trottoir, traverse la passerelle, jusqu'à atteindre une mer agitée qui m'ébruine le visage.

Le vent est vif, me fait violence. C'est exactement ce dont j'avais besoin. Une bonne gifle pour me rappeler que moi, je suis encore en vie. Même si elle n'est plus là, j'ai encore du sang dans mes joues et des poumons qui pompent et ne me laisseront pas crever si facilement. Il est temps de reprendre la clé des champs.

Chapitre 33
Mon isba

Anouk

Première attisée dans mon poêle. La chaleur sèche mon ossature et la charpente de bois. Fait craquer mon *shack*, que j'ai décidé de baptiser en l'honneur de ces cabanes en rondin de sapin dans les pays aux froids sibériens.

Sur la mezzanine de mon isba, j'ai gonflé deux matelas de camping, puis j'ai déroulé deux grandes couvertures de laine. J'ai presque un lit double confortable.

Manque plus que mon Robin des bois.

Dans le chapeau pointu de ma maisonnette, j'ai fait poser une fenêtre en demi-lune. Quand je l'ouvre, j'entends la rivière déferler, projetant contre les rochers des branches et de l'écume blanche puis, les jours sans pluie, se calmer. Une fois la vitre refermée, on n'entend plus rien du dehors. Silence de cloître. J'ai toujours l'impression que Raphaëlle est là.

*

Je vois Grannie se garer dans ma cour. Mon cœur bat fort. Je range un peu en vitesse. Le linge sale dans le panier, la vaisselle dans le fond de l'évier. Est-ce que j'ai le temps pour un coup de balai ? Debout comme un piquet, j'attends de l'autre côté de la porte, avec presque autant de palpitations que la première fois. Riopelle en pleine vague de froid. Robin sous le soleil d'automne. Deux époques. Un seul homme. La fidélité – qu'à la Forêt – colorant tous nos rapports.

Et puis merde, j'ouvre la porte et vais à sa rencontre. Pas vrai que je vais taire encore mes envies. C'est comme si j'entendais Raph me souffler *vas-y, pour l'amour, aimez-vous donc pis beaucoup !* Parce que lui, il est encore là.

Lionel dirait que c'est au cumul des tempêtes qu'on reconnaît les bons mariniers.

Je prends la main de mon rebelle. Nous bifurquons vers le bois. Coyote ne nous lâche pas d'une semelle. Au bord de la rivière, il y a un peuplier faux-tremble mort depuis des lunes. Ses branches servent de perchoir aux martins-pêcheurs de jour, et aux chouettes, la nuit. Je m'y adosse, tire Robin contre moi. Nous nous embrassons. Le temps s'arrête. On n'entend que le murmure de l'eau et les lapées de la chienne. De *ma* chienne.

– Tu sais ce que j'aime chez toi, Anouk ?

Robin et son sourire plein de tristesse. Trop vieux pour son âge. Je sais qu'il m'aime et qu'il se retient, qu'ensemble on pourrait réaliser les projets les plus fous. Et que même si c'est paradoxal, je le dois à ma Raphaëlle, qui avait béni notre lien. Elle aussi y avait vu quelque chose d'inachevé. Une lutte féconde.

– Tu es tellement vivante.

Je détache sa ceinture, déboutonne sa chemise de flanelle. Il me prend le visage et colle son front au mien. Je pense au mot *refuge*. Je sens un frétillement dans mon bas-ventre.

La bruine insidieuse se transforme en pluie drue, froide, nous mouillant de la tête aux pieds. J'en étais à me demander comment c'était possible de rencontrer l'âme sœur deux fois plutôt qu'une dans une vie. Les probabilités.

Coyote se réfugie dans la grange. J'entends les feulements de Shalom, qui défend son territoire de chasse du haut de sa boîte de guenilles. Ils me font rire.

L'eau rigole sur nos tempes, le long de nos colonnes mouvantes. Je me laisse soulever, adossée au peuplier. Il entre en moi comme chez lui. Avec toute la douceur et la délicieuse douleur du monde. Nous oublions les frissons, la pluie et ses microharpons. Nous geignons ensemble, agrippés à l'arbre, contraints dans nos mouvements par les vêtements menottant ses chevilles. Lorsqu'il jouit en moi, je reprends mes esprits. J'ouvre grand les yeux et contemple le décor enchanteur, bouche bée. Ah, ma rivière, ma terre, mon isba. Ces horizons d'épinettes, ces pierres orangées au fond de la frayère, ces tapis d'épines de mélèze sur la berge, cette brume qui flotte telle une entité bienveillante au-dessus de l'eau.

Il se retire, je contracte mon bas-ventre, ne voulant rien perdre de sa semence. Mille millions de gamètes vivent en moi. J'ai encore ce sentiment d'être habitée. Je remonte ma culotte, prends le reste de nos vêtements trempés, en boule. Je les étendrai sur la corde à linge plus tard.

Nous marchons jusqu'à ma cabane en A, mon cocon fraîchement fini. J'étends au sol une couverture pour Coyote, qui secoue vigoureusement sa fourrure, tourne deux fois sur elle-même, comme si elle était au fond d'un terrier, avant de s'abandonner au sol, le museau sous la queue.

Je tends une tasse de thé à Robin, qui me remercie des yeux. Tout un déluge martèle mon toit de tôle. Je me réjouis d'avoir enfin une toiture étanche, des murs sains, une maisonnette qui sent le chanvre et non le créosote, la moisissure et les crottes de souris. Dehors, j'ai espoir que les nuages se déversent jusqu'aux terres publiques, tombent en trombe sur la forêt boréale, éteignent enfin ce Grand Feu.

– Restes-tu à coucher ?

– Si tu m'invites.

– Et le Bivouac ?

– Ils peuvent bien se passer de moi une petite nuit. Viens, là. J'ai quelque chose à te dire.

– Ça tombe bien, moi aussi.

Dehors, le gris de l'orage est bien ancré. Je fuis le regard de Robin, et l'entraîne vers l'échelle, puis jusqu'à ma mezzanine en me rappelant l'ascension de Gros Pin et cette nuit où nous nous étions perchées dans la cache, la Robichaud et moi, réchauffées de Coureuse des bois, d'anticipation et de paysages à couper le souffle.

Je ne me complairai pas dans le deuil, tes semaines de coma m'ayant lentement préparée à ton départ. Il ne me reste plus qu'à honorer ta mission de vie. Je balayerai des yeux le territoire à ta place. Je veillerai la forêt et ses animaux, que t'aimais tant. Je prendrai soin de ta chienne comme si elle était de mon sang.

Robin me chuchote à l'oreille ce secret que je n'espérais plus :

– Je m'appelle Félix Rioux.

Je prends sa main, la guide jusqu'à mon ventre.

– Moi aussi, j'ai quelqu'un à te présenter.

Si cette vie qui s'accroche à mon endomètre veut bien de moi comme mère, je lui trouverai un nom que t'aurais aimé, ma déesse. Un nom d'arbre ou de fleur. Une étymologie de défenseresse. Ou bien, je remonterai ton arbre généalogique gaspésien jusqu'à ton arrière-grand-mère mi'gmaq, qui n'est pas née Marie-Ange, ni Robichaud. Qui avait un nom bien à elle et qu'on a tu. Je le retrouverai.

Chapitre 34

L'éclaircie

Anouk

Cher journal,

Je sais que ce que je m'apprête à voir sera un choc. Malgré tous nos efforts concertés, ~~Robin~~ Félix m'avertit que le paysage a été saccagé.

Foraska inc. a entamé ses travaux, commençant par se raser un accès le long de la 287. C'est un stationnement rempli de monstres neufs et de troncs marqués de peinture orange qui nous accueille à première vue. La forestière a rempli le fossé de troncs d'arbres, en guise de pont temporaire. Les travailleurs ont traversé la machinerie et fait disparaître les tôles du Winnebago. Il ne reste qu'un cerne noir où ont repoussé de grands épilobes.

Des policiers surveillent les travaux. Une poignée de campeurs discutent avec un agent. D'autres s'affairent à déplacer les voitures. Un abatteur fait tomber un arbre, puis un autre. Une lisière d'arbres matures est déjà à terre. Le moral des troupes aussi.

Je reste à l'abri dans l'auto avec Coyote, trop enragée pour me montrer, les yeux pleins de tisons.

*

À cinq heures moins le quart, les hommes se rassemblent, démarrent à distance leurs *pick-ups*, embarquent et décollent. Les policiers les suivent, nous saluent des yeux. Ils croient peut-être avoir arrêté suffisamment de manifestants pour nous mettre hors jeu. Ceux qui restent ne sont que de petits *bums*, d'inoffensifs idéalistes, qui partiront dès que les nuits rafraîchiront.

J'ai peur que le vent pousse le Grand Feu par ici. On prie pour de la pluie, encore de la pluie, ici et sur tout le Bas-Saint-Laurent.

Dans l'aire déboisée, là où nous avions le chapiteau, avant les travaux, nous ramassons les branches, les racines, les miettes d'arbres à coups de râteau. Un petit feu crépite. Coyote est couchée, à son habitude, tout contre le cerne de suie. Bientôt, la Lune est haute, projette l'ombre de grandes épinettes bordant l'autre côté de la route, intouché.

Je m'assoupis dans une chaise, enroulée dans la couverture de Raphaëlle. Vient me voir une femme sans âge aux prunelles ardentes. Robin – que je n'arrive pas encore à appeler Félix, ça viendra – m'a dit que des Malécites de la région et des gens d'autres nations s'étaient joints au campement, je présume qu'elle est du nombre. Elle me tend un thé sans dire un mot. L'aînée porte les mains à son ventre et sourit. Ou bien c'est une tisane digestive, ou bien elle a deviné que je ne suis plus seule. Je me redresse, reconnaissante, prends la tasse chaude entre mes mains et lui fais signe de s'asseoir avec moi.

Je devine à son silence que nous ne parlons pas la même langue. J'aimerais savoir la sienne pour lui parler de choses vraies. J'aimerais comprendre comment son peuple a survécu à la colonisation. S'il est allé plus au nord, s'il a été enfermé dans une réserve, si elle a connu les pensionnats, si on lui a enlevé ses enfants. J'aimerais m'excuser pour les ruses des Blancs depuis quatre cents ans. Mais je n'ai pas besoin de parler, elle me sourit comme si elle savait déjà tout ça. Du doigt, elle me pointe une femme, là-bas, vêtue d'une peau d'ours noir. Elle danse. Et *boum*. Les tambours retentissent. *Boum*. Les battements de nos cœurs s'unissent. Je ferme les yeux et me laisse bercer par leurs chants.

*

Le soleil se lève, dégage un ciel plein de promesses, même si les premiers camions de la forestière amorcent leur montée, même si des gyrophares apparaissent. Nous les accueillons de nos cris et battements de peaux tendues, le visage maquillé de cendres, des pancartes multicolores fixées au corps.

Je pleure tant c'est beau. Et retiens Coyote qui jappe, hurle, chante avec les tambours. *Boum*. Je me déchaîne aussi, libère toute la peine que j'ai enfouie creux, crie de toute mon âme la mort de mon amoureuse.

Boum. Vocifère avec mes pairs des slogans d'amour pour notre Terre-Mère. *Boum.* Nos pieds font vibrer la route. Une poussière de terre jaune monte en l'air, étincelante comme de l'or, tandis que j'admire les œuvres d'art peintes toute la nuit sur chaque bout de carton et de contre-plaqué qu'ils ont pu trouver.

Espace naturel protégé
Guerriers pour la forêt
Urgence climat
Pas de planète B
Terrien, sans terre, t'es rien
Justice mes fesses
Debout pour nos ressources
Forêts debout
Coule pas chez nous
Phoque le mercure
Pas de Nature, pas de futur
Moins de riches, plus de ruches
Sauvons les ours polaires, pas les actionnaires
Que le pétrole sale reste dans le sol
Arrête de niquer ta mer
La croissance tue
Quand c'est fondu, c'est foutu
Nous sommes la Nature qui se défend
Territoire non cédé
Terres publiques au peuple
Penser le changement au lieu de changer le pansement
C'est pas nous les utopistes
Foraska ne passera pas
Mecimi-te 'kulankeyutomon skitkomiq

Chapitre 35

La tempête

Félix

L'homme à l'avant du bataillon policier tient une feuille, qui tremble au vent. Le négociateur lit son discours, rappelant que l'opposition aux oléoducs est contraire à l'intérêt national, que le corridor énergétique est une solution gagnant-gagnant, et qu'une poignée de dissidents ne renverseront pas ce projet d'unité nationale qui profitera à tous les Canadiens. Bref, ce n'est donc pas un négociateur, mais un porte-parole de l'industrie.

Les agents de la paix n'ont pas l'air d'avoir envie d'être là. Manifestement, on leur a ordonné de foncer dans le tas, mais ils sont des Québécois eux aussi, ils aiment l'idée qu'on se fait de ce pays riche, de ses espaces sauvages, ce sont des pères de famille inquiets, des mères de famille en colère, ils ont de la parenté dans le Bas-du-Fleuve et voient à la télé, tous les soirs, les feux de forêt qui se rapprochent dangereusement des villages ce Grand Feu qui outrepasse les frontières.

Ils ne nous matraqueront pas. Pas cette fois. Ils reculeront.

Épuisés, nous échangeons les quarts de garde et mangeons un brin. Nous avons tenu bon un premier vingt-quatre heures. Mais tout mouvement n'est aussi fort que son maillon le plus faible. Certains ont jugé que l'enjeu dépassait le sort de cette forêt et que, face à l'urgence climatique, il valait mieux frapper fort et vite. Un coup symbolique qui heurterait toutes les certitudes.

*

Marius répond dès la première sonnerie. Sans même donner le temps à son frère de lutte de placer un mot, il largue la bombe :

– J'ai une mauvaise nouvelle.

– *Shoot.* Les policiers sont en face de nous !

– Une tempête majeure s'annonce. Cinquante millimètres de pluie, des rafales à plus de cent kilomètres à l'heure. Les arbres vont tomber comme un jeu de Mikado. C'est trop dangereux. Vous allez devoir évacuer.

– On a combien de temps ?

– Quelques heures. Sortez de la forêt au plus vite. Y a rien de plus fragile au vent que de grandes épinettes sèches.

– Moi qui croyais que ce serait le Grand Feu qui nous sortirait du bois. Mais tant mieux, on a tellement prié pour de la pluie.

– Soyez prudents.

– OK, mais je fais quoi avec les coches, là ?

– Passe-moi celui qui a l'air d'être le boss. Je vais lui annoncer moi-même qu'on évacue.

*

Nous avions occulté cette éventualité, pourtant si réelle et palpable partout dans le monde. Ces cataclysmes qui font table rase de tous nos petits enjeux d'échelle humaine.

Nous plions bagage de toute urgence. Déjà, des vents soufflent dangereusement sur le Bivouac. Ailleurs, là où l'orage a éclaté, il pleut des cordes en diagonale.

Les policiers et les travailleurs aussi ont fait marche arrière.

Nous fourrons le matériel de camping pêle-mêle dans chaque char où il reste un peu de place, tandis que les enfants jouent, à l'abri, sur les banquettes. Tous ceux qui s'affairent au ramassage portent les quelques casques que nous avions prévus pour nous protéger des matraques. Paradoxal. C'est Mère Nature qui cogne. Elle ne fera pas de discrimination, elle. Elle nous abattra tous, si nous restons sous ce couvert d'arbres fragiles. Pour ne pas dire : fragilisés. C'est un des dommages collatéraux des coupes à blanc avoisinantes, ce vent du fleuve qui n'a plus d'entraves et nous atteint de plein fouet, à plus de cinquante kilomètres des côtes.

Comme les humains, les arbres isolés n'ont pas grand chance de survie. La résilience du bois vient avec la force du nombre, la prise de ses racines entortillées à une société de semblables.

Anouk et Coyote m'attendent à bord de Grannie. Nous avons loué toutes les chambres des motels des environs. Nos troupes s'y entasseront, heureuses de retrouver pour un temps de l'eau courante, une douche chaude, des matelas où sombrer. La beauté de la chose : chacun disposera d'un téléphone pour multiplier nos échanges et moyens de pression.

Nous roulons sur la 287 Nord, vers le fleuve, jusqu'à traverser l'ancienne voie ferrée, puis des fermes immenses aux granges effondrées, des vallées ponctuées de camps de chasse. On ne discerne plus les pancartes martelées de balles tant la pluie est violente.

Anouk monte le volume de la radio.

Voici le bilan préliminaire des dommages de cette tempête automnale qui sévit au Québec. Les bourrasques ont emporté des abris démontables, des toits et même un clocher d'église. On rapporte quantité d'arbres déracinés partout sur le territoire. Sur les routes, les vents violents ont causé des carambolages. On dénombre plusieurs accidents dans le parc de La Vérendrye. On nous signale que près d'un million de clients d'Hydro-Québec sont toujours privés d'électricité. La société d'État a mobilisé toutes ses équipes, mais le rétablissement du courant pourrait prendre encore quelques jours. Des pluies diluviennes s'abattent encore sur le sud de la province, tandis qu'en Abitibi-Témiscamingue, les citoyens sont aux prises avec un fort avant-goût de l'hiver, trente centimètres de neige étant tombés dans les vingt-quatre dernières heures. Nous rappelons à la population qu'il vaut mieux éviter tous déplacements. Des arbres obstruent encore plusieurs routes. La 117 demeure fermée jusqu'à nouvel ordre. Quant aux abonnés d'Hydro-Québec, ils peuvent s'attendre à devoir être patients. Quelques recommandations : faites provision d'eau potable et de nourriture, économisez les batteries de vos appareils de communication, regroupez-vous chez ceux qui ont encore de l'électricité, faites preuve de solidarité et dans la mesure du possible, restez chez vous en attendant que la tempête passe. Et maintenant à l'international, les feux de forêt de la Californie ont forcé l'évacuation de...

– Je coupe, ça va ? On sait ce qu'on avait besoin de savoir. Je vais me taper une sacrée dépression, si je continue d'écouter ce qui se passe avec les forêts qui brûlent partout dans le monde, en plus.

– J'comprends. Moi aussi.

*

Elle rentre du bois. Je n'aime pas la voir forcer comme ça. Avec son début de grossesse déjà si éprouvant, j'ai peur qu'elle fasse une fausse couche. Quand je le lui ai dit, elle m'a répondu que les femmes portageaient enceintes, avant.

Le matin, sous les couvertures, à moitié en cachette, je la vois compter sur ses doigts, puis sourire. Elle attend le cap des deux mois avant d'en parler à Lionel, Heinrich et Suzanne, Clémence et les autres. Cet enfant aura beaucoup de grands-parents.

Moi, j'ai désobéi. J'ai pris son cellulaire à son insu, et j'ai composé le numéro de mes vieux. Je suis resté sans voix, au début, quand ma mère a décroché. *Pardonne-moi, maman.* Son long cri de joie. L'entendre glousser, *Chéri, chéri, décroche, c'est notre gars !* Ils m'avaient vu au téléjournal, ils avaient reçu, oui, au fil des ans, toutes mes cartes postales. Je leur ai promis que c'était ma dernière mission, le réalisant moi-même en le disant. Et on s'est quittés, très émus, eux en s'excusant de mille trucs pas rapport, et moi, en leur demandant pardon pour mes longs silences des dernières années. Oui, Anouk et moi monterions bientôt souper.

*

Le feu crépite dans le poêle. Blottis l'un contre l'autre dans le divan, les pattes juchées sur la table à café, nous faisons sécher nos bas de laine. C'est simple, c'est bon. Coyote dort sur le tapis de l'entrée. Shalom le vorace nous *checke* de la mezzanine. Comme on y accède par une échelle, la chienne ne peut pas l'y atteindre. Lui, il s'est trouvé un raccourci par le haut des armoires de cuisine. C'est son royaume félin.

La tempête bat son plein. Le sol tremble par moments, dès lors on sait que pas loin, un arbre vient de tomber, suivi d'un autre, et d'encore un. Au moins, la tempête aura eu raison de tout, forçant Foraska à ranger ses machines flambant neuves.

Coup d'œil sur le système solaire alimentant l'amplificateur d'ondes.

– On dirait que le réseau cellulaire ne fonctionne plus. J'ai zéro barre sur cinq.

– C'est la tempête. T'as pas Internet sur ton téléphone ? Ça devrait marcher.

– T'as raison. J'vais essayer de joindre Marius sur notre forum sécurisé. J'ai juste besoin de savoir si on peut être utiles, tant qu'à être terrés ici. Y a sûrement quelque chose qu'on peut faire à distance. La balance commence à pencher de notre côté, justement, faut saisir le momentum.

*

M : *Vous êtes en sûreté ?*

R : *Oui.*

M : *J'ai du nouveau. Ça brasse.*

R : *Dans les coulisses ou par ici ?*

M : *Les 2. Y a eu des enlèvements. Ça vient pas de nous.*

R : *Qui manque à l'appel ?*

M : *Es-tu assis ?*

R : *Oui.*

M : *Ils ont enlevé le député conservateur de la région à son domicile de Montmagny, plus le représentant de la compagnie pétrolière à sa sortie d'un restaurant à Montréal, et simultanément, dans les Laurentides, le ministre de l'Environnement à son deuxième chalet.*

R : *Un ministre ! Impossible ! Depuis Pierre Laporte, les maisons des ministres sont munies de systèmes de surveillance hypersophistiqués, non ?*

M : *Oui, mais pas toutes les résidences secondaires. Quand ils l'ont enlevé, y'était à son deuxième chalet.*

R : *Shit. Faque la tempête fait rien que commencer.*

M : *J'ai entendu en coulisses que y aura pu de coupes par chez vous cette année.*

R : *OK. Mais tu me jures que ça ne vient pas de nous, les enlèvements ?*

M : *Une autre gang, j'te jure.*

R : *Ça nous laisse du temps pour pousser nos démarches légales.*

M : *Et le gouvernement va trouver que c'est de la petite bière, nos demandes, comparativement aux négociations qu'ils vont devoir mener avec les kidnappeurs.*

R : *Quelque chose qu'on peut faire ?*

M : *Remplissez vos batteries. Profitez de l'accalmie.*

R : *10-4.*

M : *Merci pour la Terre, mon frère.*

*

La dernière phrase de Marius reste scotchée. Ça avait tout l'air d'un adieu, pis je n'ai rien dit. J'ai fermé la conversation cryptée, l'ai effacée, comme sur le pilote automatique.

Je laisse échapper un sacré soupir en pensant aux arbres tout près de ceux qui ont été couchés. Ils l'ont échappé belle. Déesse soit louée.

*

On termine la soirée dans la même position. Les pieds devant le poêle, une tasse à la main, la tête de l'un sur l'épaule de l'autre. Tout de coton ouaté vêtus. Avec, en musique, les vents violents qui font casser des branches, et la voix nasillarde de la radio au bord de la fenêtre. Grâce aux panneaux solaires, nous ne connaîtrons pas les pannes. Pour être résilients, il faut être indépendants des systèmes, avec plusieurs plans B.

Bruit de moteur. On aperçoit à l'orée du bois le pick-up de Lionel. Il a dû manquer de courant à son chalet. D'un bras, il porte l'urne où dorment les cendres de sa chouette. De l'autre, il attrape au passage une grosse bûche d'érable sur la cordée de bois. Juste avant de sortir sur le perron pour l'accueillir, nous entendons à la radio que le Canada s'apprête à envoyer l'armée et ses chars d'assaut pour venir en aide aux sinistrés.

*

La planète continuera de tourner, et nous, de nous mobiliser.

Parce que si nous prenons soin de la Nature, elle prendra soin de nous.

Épilogue

La réserve faunique Amouraska

Le printemps suivant

J'avance avec tes cendres. T'es sous mon aile. Je t'emmène chez un ami. Tu te souviens de lui ? Cet arbre. Immense, colonnesque, toujours debout. Gros Pin.

Je suis sortie de l'auto et, caressant ton urne de bois lisse, j'ai marché jusqu'à l'enseigne du Parc. Ce parc que, grâce au campement de colorés et à toi, nous avons réussi à protéger.

J'avance avec ton corps. Et dans le mien, il y a la vie. Une nouvelle vie. Tu te souviens de lui ? Cet homme. Inspirant, militant, encore fiévreux. Je peux enfin te dire son vrai de vrai nom : Félix Rioux.

La main sur le ventre, je lis l'enseigne :

Bienvenue à la réserve faunique Amouraska,
là où des amants de la nature ont lutté
pour protéger la biodiversité et la vie sauvage.

Le Sentier Raphaëlle-Robichaud fait 16 kilomètres et mène au site de Gros Pin, pin blanc de plus de 450 ans.
En mémoire de Raphaëlle Robichaud, agente de protection de la faune et activiste écologiste, qui a péri lors de l'occupation du site par une coalition de groupes pacifiques qui militaient pour la création de ce parc.

Et je te serre dans mes bras. Non, je ne te laisserai pas partir tout de suite. Je marche avec toi, comme la première fois. Tu te rappelles, Raphaëlle, le lit de branches, le poil de lynx, ta catalogne ? Moi, je sens toujours la lumière chaude de la chandelle au coin de la pièce. Je me rappelle ta peau. Ta peur. Ton désir. L'odeur de cire d'abeille. Mon émoi.

Je marche d'un pas lourd jusqu'à notre premier nid d'amour, haut dans les bras de Gros Pin. C'est à ses racines que j'étendrai les restes de ton corps. Parce qu'il le faut et parce qu'elle t'habitait : tu retourneras à la Forêt. Tu seras notre Diane, notre Artémis. Tu hanteras ces lieux, m'entends-tu, Raphaëlle Robichaud ? Car tu y es, chez toi. Il vit grâce à toi, ce sanctuaire, grâce à ton amour pour la Terre.

Je te couche ici, je t'étends partout. Le vent tombe. Tout se tait. Je suis seule avec toi tout autour, tes poussières que je verse et qui s'éparpillent, qui veulent voler, comme l'ombre des sauvagines. Et tout entières, elles s'élèvent enfin en l'air, ces milliards de fines parcelles de toi. Elles captent la lumière. Elles brillent. Elles sont toi.

Toi, mon amour, étincelante, tu t'élèves et enlaces ton Arbre. Tu te mêles à la magie des lieux.

Va, repose en paix.

Déesse mienne.

Glossaire

À la brunante : au crépuscule.

Aboucher : arriver vis-à-vis, se trouver face à une ouverture ou à une brèche, comme une clairière ou un sentier.

Abrier : recouvrir.

Astheure : maintenant, à présent ; s'écrit aussi « à c't'heure ».

Attisée : bon feu que l'on vient d'allumer.

Au plus sacrant : sur-le-champ, de toute urgence.

Babiches : raquettes en babiche, un cordage fait d'étroites lanières de cuir de cervidé non tanné, héritage de tradition autochtone.

Babillard : tableau d'affichage des petites annonces locales.

Balloune : au sens propre, ballon d'anniversaire gonflé d'air ; au sens figuré, « péter la balloune » signifie briser le mirage, une idée faite, un espoir, ou déchanter d'un rêve à cause d'un événement subit ou d'une parole.

Bardasser : bousculer bruyamment en tous sens.

Batture : berge.

Bazou : voiture en piteux état.

Bedon, ou bedon : petit ventre rebondi ; contraction de « ou bien donc » signifiant « ou encore ».

Bibittes : dérivé de petites bêtes et bestioles (autant les fourmis que les souris, les pensées négatives, les peurs qui grouillent).

Bobettes : petites culottes.

Botche : mégot.

Brasser : secouer.

Bruns : billets de cent dollars canadiens.

Bûcher : abattre des arbres, en vue de les réduire en billots, puis en bûches. Par extension, travailler très dur pour relever un défi, mentalement ou physiquement, sans se permettre de répit.

Caler : avaler d'un trait.

Capoter : chavirer, échouer ou encore craquer, perdre son calme.

Catalogne : couverture tissée à partir de pièces de tissu recyclé.

Cégep : collège québécois d'enseignement général et professionnel, entre le secondaire et l'université.

Cenne : pièce d'un cent (un centième d'un dollar).

Chambreur : personne qui loue une chambre meublée.

Chaudière : seau de métal servant à recueillir un liquide.

Chienne (avoir la) : avoir très peur.

Corder : empiler du bois.

Croûtes à manger (avoir des) : apprendre quelque chose à la dure, tout en ayant encore beaucoup de pain sur la planche avant d'être en mesure d'atteindre son but.

Canner : transformer les récoltes de saison afin de pouvoir les entreposer dans des contenants en verre au couvercle métallique préalablement scellé à l'eau bouillante, procédé permettant de prolonger la conservation des aliments de plusieurs mois, voire années.

Char : voiture.

Chaudière : seau évasé et profond, habituellement en fer-blanc, qui servait anciennement à puiser l'eau, à traire les vaches, ou à recueillir de la sève d'érable pour en faire du sirop.

Claim : titre de concession, droit d'exploitation visant le sous-sol d'un secteur donné.

Clencher : ici, franchir à toute vitesse ; peut aussi s'utiliser au sens de « actionner le loquet, la clenche d'une porte » pour l'ouvrir, la fermer.

Débardeuse : machine servant à sortir le bois de la forêt.

Drette : de la langue d'oïl *dret* ; tout droit. Au Québec, dans la langue parlée, plusieurs mots courts finissant en « oi » portent affectueusement ce suffixe, notamment droit (drette) et froid (frette*).

* Détail important en sol québécois, si on vous dit *qu'y fait frette*, ne prenez pas l'avertissement à la légère : frette, c'est plus froid que froid. Tuque requise.

Emboucané : empli ou enveloppé de boucane (fumée dense).

Esties : juron dérivé du terme religieux « hostie » ; damnés, maudits.

Farouche : du latin *forasticus*, « sauvage » ; se dit d'un animal craintif, non apprivoisé, ou d'un être ombrageux qui ne se laisse pas facilement approcher, qui se méfie d'autrui.

Ferré : (garni de fers) muni.

Fins et fous (en avoir pour les fins pis les fous, ou vice-versa) : en quantité nettement suffisante pour tous, sans discrimination.

Filer au coton : passer à vive allure, toucher à sa fin.

Flauber (des bruns) : dilapider, flamber (des billets de cent dollars).

Foin d'odeur : *Hierochloe odorata*, graminée de bord de mer au parfum de vanille, herbe sacrée des Premières Nations, que l'on retrouve souvent sous forme de tresse d'encens ou en vannerie traditionnelle.

Frencher : embrasser passionnément sans se priver de jeux de langue. Mais attendez, on pensait que ça venait de chez vous ?

Garnotte : gros gravier.

Garrocher (se) : de l'ancien français *garroc*, « trait d'arbalète » ; (se) lancer avec précipitation vers un point précis.

Gommé : enduit de résine ou d'une matière collante.

Greyé : équipé.

Gruger : consommer par petites bouchées, ronger, grignoter.

Guedille : mets typique de bord de route des provinces atlantiques, pain blanc allongé garni de fruits de mer en salade.

Jammé : paralysé, coincé, comme si de la confiture (*jam*) avait séché au point d'immobiliser le couvercle d'un pot.

Jasette : brève conversation familière.

Jouquées : juché, perché.

Magané : du francique *maidhanian*, « estropier » ; abîmé, détérioré.

Mener du train : faire un bruit fou.

Molle (cornet de) : crème glacée onctueuse traditionnellement servie dans les bars laitiers américains, plus faible en matières grasses que la dure, d'où sa texture.

Motton (avoir le) : avoir la gorge serrée par l'émotion, l'impression qu'une boule de tristesse y est restée coincée.

Musher : éleveur de chiens nordiques et/ou guide d'expéditions en traîneau à neige tiré par un attelage de plusieurs chiens.

Pantoute : pas du tout. Autrefois, on disait « pas en tout », d'où « pas en toute » et donc « pantoute ».

Petite vite : très brève partie de jambes en l'air.

Pitonner : composer (une série de lettres ou de chiffres) en appuyant sur des touches du bout des doigts.

Pitou : meilleur ami de l'homme.

Portager : transporter sur la terre ferme son canot et son matériel entre deux cours d'eau.

Poucer : faire du stop.

Poudrerie : neige folle, légère, que soulèvent les vents comme de la poussière.

Pourvoirie, pourvoyeur : territoire de chasse et de pêche géré par un pourvoyeur, lequel loue des refuges et offre des services, notamment de guide en forêt.

Prendre le bois : historiquement, le fait de s'établir en des lieux éloignés et boisés par manque de terres – de nos jours, entrer en forêt avec l'intention résolue d'y rester un bon moment.

Puer au nez : rebuter.

Quétaine : ici, pensée ridicule (habituellement objet ou décor conçu pour être beau, mais que le manque de raffinement rend risible).

Quêteux : mendiant.

Ramancher : réparer (un membre ou un objet).

Rang : chemin rural longiligne suivant l'arpentage des anciennes seigneuries.

Rapailler : grappiller les parties d'un tout, rassembler des choses éparpillées en vue de les raccommoder ensemble.

Retontir : arriver à brûle-pourpoint.

Sacrer le camp : lever les pattes.

Saper : aspirer prudemment du bout des lèvres une boisson brûlante.

S'enfarger : trébucher.

Sur la brosse (virer une) : boire jusqu'à l'ivresse.

Tête (se faire une) : organiser ses idées afin de prendre une décision éclairée.

Toryennes, toryeux : juron dérivé de « tort à dieu » ; s'écrit aussi « torrieu ».

Train (mener du) : faire tout un tapage.

Trâlée : longue série d'items.

Tripeux : personne qui tripe, qui éprouve un vif plaisir, frôlant les sensations procurées par des substances hallucinogènes.

Truie : petit poêle à bois sur pattes.

Tuque : bonnet chaud.

Varia : dernier point d'un procès-verbal durant lequel sont abordés des sujets éclectiques.

Yâb : diable.

Zec : acronyme de « zone d'exploitation contrôlée ».

Zigner (age) : tentatives maladroites et répétées d'un mâle en rut qui cherche à monter une femelle.

Sources et références

p. 19 Antoine de Saint-Exupéry, *Terre des hommes*, Paris, Gallimard, 1939.

p. 19 Ernest Hemingway, *The Old Man and the Sea*, New York, Charles Scribner's Sons, 1952.

p. 39 Citation de l'historien Horace Pauléus Sannon.

p. 49-50 Chanson de Patrick Watson, « The Great Escape », *Close to Paradise*, Montréal, Secret City Records, 2006.

p. 51 Morjane Baba, *Guérilla kit – Ruses et techniques des nouvelles luttes anticapitalistes. Nouveau guide militant*, Paris, Éditions La Découverte, 2008.

p. 61 Groupe d'experts intergouvernemental sur l'évolution du climat, *Changements climatiques 2014 – Rapport de synthèse*, 2014.

p. 64 Christine Quintasket, *Mourning Dove : A Salishan Autobiography*, Lincoln, University of Nebraska Press, 1990, p. 69.

p. 66-67 Serge Mongeau, *L'écosophie ou la sagesse de la nature*, Montréal, Écosociété, 2017, p. 56.

p. 68 Documentaire de Richard Desjardins et Robert Monderie, *L'erreur boréale*, Montréal, ACPAV et ONF, 1999.

p. 91 Colette Dubuisson et Marie Nadeau, *Études sur la langue des signes québécoise*, Montréal, Les Presses de l'Université de Montréal, 1993.

p. 92 Chanson de Mara Tremblay, « Les aurores », *Papillons*, Montréal, Audiogram, 2001. Texte : Mara Tremblay, Editorial Avenue.

p. 158-159 Chanson de Richard Desjardins, « ... Et j'ai couché dans mon char », *Tu m'aimes-tu*, Montréal, Foukinic, 1990. Texte : Richard Desjardins, Éditions Foukinic.

p. 164 Chanson de Tire le coyote, « Jeu vidéo », *Désherbage*, Montréal, La Tribu, 2017. Texte : Benoit Pinette, Éditions de La Tribu.

p. 179 Chanson de Samian, « Mino Picaok (Ooma Kopek Aki) », *Face à la musique*, Rouyn-Noranda, Disques 7ième Ciel, 2010.

p. 191 Poème de Gaston Miron, « La route que nous suivons », *L'homme rapaillé*, Montréal, Les Presses de l'Université de Montréal, 1970.

p. 224 Éric Plamondon, *Taqawan*, Montréal, Le Quartanier, 2017.

p. 225 Chanson de Jean Leloup, « Sang D'encre », *Le Dôme*, Montréal, Audiogram, 1996.

p. 254 Berthier Plante, *L'Annedda, l'histoire d'un arbre*, Québec, SHFQ, 2013.

p. 279-280 Peter von Tiesenhausen, « This Canadian Artist Halted Pipeline Development by

Copyrighting His Land as a Work of Art », *Vice*, 2014.

p. 287 Fiche descriptive du petit polatouche – susceptible d'être désigné espèce menacée ou vulnérable par le ministère des Forêts, de la Faune et des Parcs du Québec.

p. 298 Chanson de Richard Desjardins, « Nous aurons », *Kanasuta*, Montréal, Foukinic, 2003. Texte : Richard Desjardins, Éditions Foukinic.

p. 330 Jack Kerouac, « La nuit est ma femme » (1951), *La vie est d'hommage*, textes établis et présentés par Jean-Christophe Cloutier, Montréal, Boréal, 2016, p. 86.

p. 363 Leanne Betasamosake Simpson, *Cartographie de l'amour décolonial*, traduction de Natasha Kanapé Fontaine et d'Arianne Des Rochers, Montréal, Éditions Mémoire d'encrier, 2018, p. 114.

p. 390 Lexique de la langue wolastoqey du site web de la Première Nation Wolastoqiyik Wahsipekuk.

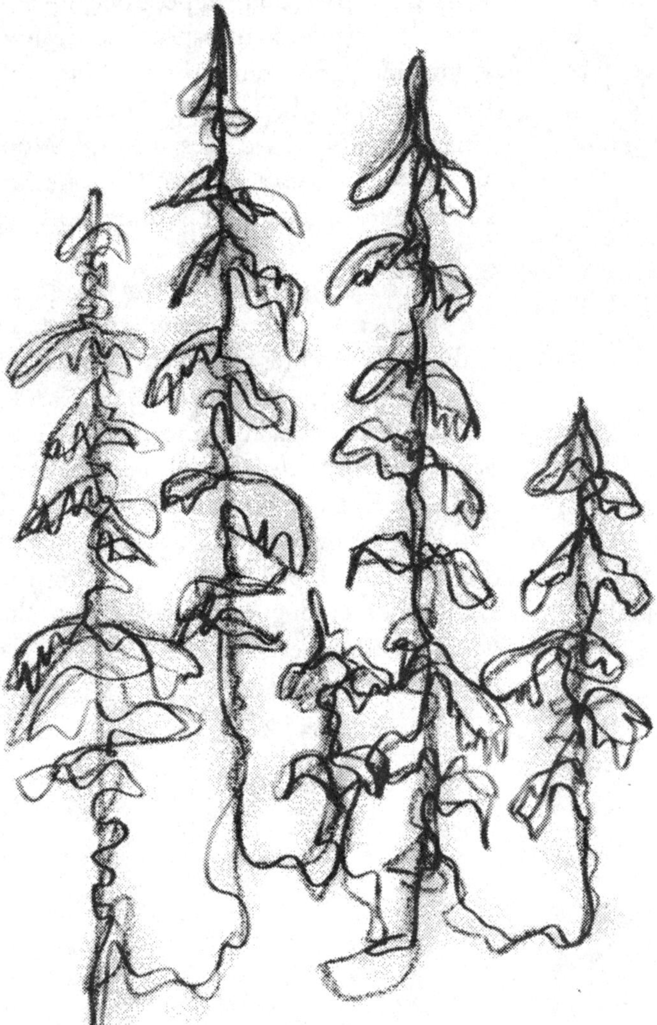

Remerciements

Merci à mon éditrice, Myriam Caron Belzile, d'avoir planché sur ce troisième roman d'amour du bois avec moi. Je nous en souhaite une cordée.

Merci à mon ami Alexandre Bibeau de m'avoir emmenée dans le très Haut-Kamouraska pour enlacer Gros Pin.

Misiyh Freda Huson, Molly Wickham et les *land defenders* du campement Unist'ot'en de la nation Wet'suwet'en pour l'inspiration. Tenez bon.

Woliwon à la Première Nation malécite de Viger pour cette main tendue au pow-wow *Deux Nations, Une fête* à Cacouna.

Merci à toutes ces courageuses vigies sur le territoire, qui militent et qui barricadent les accès à nos forêts anciennes.

Cet ouvrage a été composé
par Nord Compo à Villeneuve-d'Ascq (Nord)
et achevé d'imprimer sur Roto-Page en janvier 2023
par l'Imprimerie Floch à Mayenne
pour le compte des Éditions Stock
21, rue du Montparnasse, 75006 Paris

PAPIER À BASE DE
FIBRES CERTIFIÉES

Stock s'engage pour l'environnement en réduisant l'empreinte carbone de ses livres.
Celle de cet exemplaire est de :
850 g éq. CO_2
Rendez-vous sur
www.editions-stock-durable.fr

Imprimé en France

Dépôt légal : février 2023
N° d'édition : 02 – N° d'impression : 101904
89-51-1653/0